이 책에 쏟아진 찬사

칼 세이건이 서재에서 사랑스런 딸 사샤와 함께 찍은 사진을 본 적이 있다. 그들은 밥을 먹을 때 식탁에서 무슨 대화를 나누었을까? 방황하는 사춘기 딸에게 칼 세이건은 어떤 조언을 해주었을까? 가장 내밀한 시간과 공간을 함께했던 그들은 서로에게 어떤 영향을 주고받았을까? 사진 한 장이 전해준 수많은 질문에 답이라도 하듯, 사샤가 쓴 이 책은 아버지 칼 세이건과의 추억을 담뿍 담고 있다. 뼛속까지 천문학자였던 칼 세이건의 가족은 우주의 경이로움을 일상의 매 순간에 투영하고 있었다. 그들의 삶 그 자체가 '코스모스를 품은 창백하고 푸른 점'이었다. '별과 같은 성분으로 만들어진 우리는 결국 우주로 돌아간다'는 깨달음을 체득한 자만이 보이는 자신에 대한 성찰과 타인에 대한 이해, 삶과 죽음에 대한 겸손하면서도 의연한 태도들이 이 책 곳곳에 배어 있다. 가장 가까이에서 칼 세이건을 바라본 딸이 전하는 내밀한 부성애! 사샤는 삶에서 가장 소중한 것들을 그렇게 아버지에게 배운 것이다.

그래서 역설적이게도, 사샤 세이건은 아버지에 대한 추억을 넘어, 그 스스로 훌륭한 작가로 성장했음을 이 책을 통해 증명한다. 가족과의 사랑을 성숙하게 실천하는 대목에서, 자신의 일을 독립적으로 수행하고 어려움을 헤쳐나가는 모습에서, 삶과 죽음에 대한 당당하면서도 사색적 태도에서, 그는『코스모스』의 전 우주적 성찰이 일상에서도 얼마든지 발견될 수 있음을 아름답게 보여준다. 이 책은『코스모스』의 가족 버전이다.

_정재승 (뇌과학자,『열두 발자국』저자)

당연하던 것들을 당연하지 않게 만드는 책을 좋아한다. 우연의 산물이며 찰나에 불과한 우리의 삶이 얼마나 경이롭고 소중한 것인지 다시 생각해보게 한다. 전능한 신을 믿지 않아도, 이야기와 음식과 노래와 작은 의식들로 우리는 매일을 축일祝日로 만들 수 있다. 저자의 어머니 앤 드루얀의 말처럼 "누구한테 감사해야 할지 모르더라도 감사할 수는 있지"(나의 영웅 칼 세이건과 앤 드루얀의 사적인 모습과 말들을 딸의 시선으로 접하는 것도 값진 일이었다). 책을 덮고 나니 새삼 동지가 지나면 낮이 길어지기 시작하고 마침내 봄이 당도한다는 사실이 얼마나 근사하게 느껴지던지! 이 작고 유일한 삶에서 당연한 것은 아무것도 없다. 그리고 '우리처럼 작은 존재가 이 광대함을 견디는 방법은 오직 사랑뿐이다'. 결코 당연하지 않은 삶을, 서로를 사랑하게 하는 책이다.

_김하나 (작가,『말하기를 말하기』저자)

칼 세이건의 딸이라는 사실이 글에서 드러난다. 과학적 산문시의 대가한테서 물려받았구나 싶은 문체다. 이 세계를 물리주의적으로 보는 관점을 한순간도 저버리지 않으면서, 서정적인 언어로 탄생에서 죽음까지 삶의 리듬을 새기며 의식儀式의 의미를 옹호한다. 삶의 기쁨으로 진동하는 사랑스러운 책.

_리처드 도킨스 (진화생물학자, 『이기적 유전자』 저자)

삶의 의미는 무엇인가? 사샤 세이건은 모든 곳에서 의미를 찾는다. 가족에게서, 세상에서, 특히 우주의 별들 사이에서. 이 책을 읽으면 나의 걸음 하나하나, 내가 먹는 음식 한 입 한 입, 내가 쉬는 숨 한 모금 한 모금이 더욱 소중히 여겨질 것이다.
_빌 나이 (과학 커뮤니케이터, 〈빌 아저씨의 과학 이야기〉 진행자)

따스하고 우아한 찬가…… 뿌리 깊은 역사적 전통의 힘과, 스스로 전통을 만들어내는 기쁨을 아름다운 문체로 써내려간 책.

_그레그 제너 (역사평론가, 『소소한 일상의 대단한 역사』 저자)

세속적 세계에서 위기에 맞닥뜨린 이들을 위한 명약.

_앤드루 레이더 (스페이스X 총괄관리자, 『인간의 탐험』 저자)

천상의 지혜와 지상의 지도를 담은 책이다. 회고록과 매뉴얼이 풍성한 조화를 이룬 이 책을 쓴 사샤 세이건의 등장으로, 칼 세이건과 앤 드루얀의 딸인 사샤의 삶과 그가 어떻게 일상 속 경이로움의 진정한 가치를 찾게 되었는지 살펴볼수 있다. 세속적 렌즈를 통해 감상할 수 있는 섬세하고 찬란한 삶이 담긴, 깊이있고 우아한 작품.
_『커커스리뷰』

너무나 반갑고 다정한 책. 매력적이고 매혹적이며, 사려 깊은 이 작품은 인간 존재를 고양시키고 우리 삶에 찬사를 보낸다.
_『퍼블리셔스위클리』

여기 담긴 인간 존재, 우주, 그리고 일상 속 경이로움을 보라.
_뉴욕포스트

우리, 이토록 작은 존재들을 위하여

우리, 이토록 작은 존재들을 위하여

FOR SMALL CREATURES SUCH AS WE

RITUALS FOR FINDING MEANING
IN OUR UNLIKELY WORLD

사샤 세이건 지음

홍한별 옮김

SASHA SAGAN

문학동네

내 삶의 빛, 헬레나 하야에게

들어가는 말

나는 아주 독실한 무신론자다…… 이것은 새로운 종류의 종교다.

—알베르트 아인슈타인

축제 없는 삶은 여인숙 없는 기나긴 길과 같다.

—데모크리토스

　내가 아직 어리고 아버지가 살아 있을 때, 아버지가 나를 맨해튼에 있는 뉴욕 자연사박물관에 데려가 디오라마 diorama*를 보여주었다. 그곳이 나에게는 신성한 장소였다. 오래전부터 이어져온 심오한 질문들에 대한 답이 있는 장엄한 장소. 거기에 가면 경외감이 들었다. 그런 한편 무섭기도 했다. 나는 아버지 다리 뒤에 숨어 떨면서 얼어붙은 동물

---

*　역사적 사건이나 자연 풍경, 도시 경관 등 특정한 장면을 축소해 만들어둔 모형.

들을 훔쳐보았다.

"저거 방금 움직였어!" 내가 소리를 질렀다.

"아냐. 네가 상상한 거야. 안 움직여." 아버지가 말했다.

"어떻게 알아?"

"죽었으니까."

'죽음'이라는 게 그때 나에게는 불분명하고 모호한 개념이었다. 지금도 그렇지만 그때는 더 그랬다. 디오라마에 곰과 가젤이 있었지만 어떤 면에서는 거기 없는 것 같기도 했다. 나는 아버지가 정확성을 아주 중요하게 생각하는 사람이고 디오라마에 대해서도 나보다 더 잘 안다는 것을 알았기 때문에 아버지 말이 옳다고 받아들였던 것 같다. 그 동물들은 움직이지 않았다. 그래도 나한테는 꼭 움직이는 것처럼 보였다.

이어 다른 전시물들도 구경했다. 울퉁불퉁하고 반짝이는 보석 원석, 초기 인류와 공룡 화석, 네안데르탈인이 쓰던 도구, 아즈텍의 황금 조각상, 요루바족의 가면 등등 역사와 자연의 전당에 비치된 신성한 유물들이었다. 그런 한편 내 마음 한구석에는 죽음이라는 수수께끼가 계속 남아 있었다. 그게 무슨 뜻인지, 정확히 어떤 것인지, 죽음이라는 게 있다는 사실에 대해 어떻게 반응해야 할지 자꾸 생각하게 됐다.

"사실이기를 바란다고 해서 사실이라고 믿어버리면 위험해."

그 일이 있고 얼마 뒤에, 아버지가 아주 부드러운 말투로 나한테 이렇게 말했다. 왜 나는 아버지의 부모님을 만난 적이 없느냐고 물었을 때였다. 아버지는 그분들이 돌아가셨기 때문이라고 대답했다.

　"언젠가는 다시 만날 수 있어?" 내가 물었다.

　디오라마에 있던 동물들은 죽었을지라도 그래도 볼 수는 있었으니까.

　아버지는 부모님을 다시 만나기를 세상 무엇보다도 더 간절히 원하긴 하지만, 다시 만날 수 있으리라는 근거는 없다고 했다. 아무리 그렇게 믿고 싶더라도 무엇이 사실인지 아는 편을 택하겠다고 했다. 가슴속의 진실이나 나에게만 진실인 것, 진실처럼 들리고 느껴지는 것 대신, 입증하고 증명할 수 있는 사실을 택하겠다고. "인간은 자기 자신을 속이는 경향이 있어." 아버지가 말했다. 나는 다시 디오라마를 생각했다. 아버지 말이 옳았다. 내가 보기에는 틀림없이 움직이는 것 같았지만 사실 움직이는 게 아니었다.

　우리는 집에서 세상의 역사에 관한 이야기를 많이 했다. 부모님은 사람들이 아무리 열렬히 신봉하는 것이라고 해도 그게 반드시 사실이라는 법은 없다고 가르쳤다. 물론 어떤 생각들은 주관적이다. '이게 내가 먹어본 가장 맛있는 샌드위치'라거나 '저 사람이 내가 본 가장 잘생긴 사람'일 수는 있다. 보는 사람 관점에 따른 판단이니까. 그런데 우리의 지각 범위 밖에 존재하는 현상, 말하자면 지구의 운동, 질병의 원인, 별 사이의 거리 같은 것은 객관적 현실이다. 아직은 지구에 사는 그 누구도 모르는 것일지라도 사실이 아닌 것은 아니다.

옛날 사람들은 너무나 당연하게 해가 지구 주위를 돈다고 믿었다. 하지만 믿는다고 해서 사실이 되지는 않는다. 지금 우리가 믿는 것들 가운데에도 나중에는 어떻게 그것도 몰랐느냐고 폭소와 경악을 자아낼 일들이 분명 있을 테다. 새로운 정보가 생기면 앎도 달라진다. 아니 달라져야만 한다.

그렇다면 만약 어떤 사람이 자기 생각이 맞는지 검증해보고 실제 현실이 어떤지 알아보고 싶다면 어떻게 해야 할까? 부모님은 그럴 때 쓸 수 있는 것이 과학적 방법론이라고 했다. 아버지는 과학자였다. 천문학자이자 교육자 칼 세이건이 바로 내 아버지다. 과학은 아버지의 일이기도 했지만 세계관이자 철학이자 삶의 원칙이기도 했다. 아버지와, 작가이자 영화 제작자인 어머니 앤 드루얀은 나에게 믿음에는 증거가 필요하다고 가르쳤다. 과학은 다른 사상과 비교하고 대조해볼 수 있는 사실 체계가 아니라, 어떤 견해가 면밀히 들여다보아도 무너지지 않는지 검증하고 확인하는 방식이라고 했다. 오늘날 과학자들의 견해도 앞날에는 사실이 아니라고 입증될 수 있는데, 그것은 통탄할 일이 아니라 아주 좋은 일이라고 했다. 그렇게 해서 앎의 길로 한 단계 더 나아갈 수 있기 때문이다.

이렇게 배웠기 때문에 아버지가 돌아가셨을 때 나는 곤란한 상황에 빠졌다. 막 열네 살이 되었을 때다. 나는 어떻게든 아버지를 다시 보고 싶은 마음이 정말 간절했다. 그래서 아버지를 만나는 꿈을 꾸곤 했다. 꿈에서 나는 아버지가 그동안 어디에 가 있었으며, 어떤 오해가 있었다거나 비밀 임무를 맡아서 그럴 수밖에 없었다는 등의 설명을 듣는다. 그 꿈은 늘 똑같이 끝난다. 내가 기뻐하면서 아버지에게 말한다. "그럴 줄 알았어! 아빠가 죽지 않았을 줄 알았어! 나 만날 아빠가 돌아오는 꿈꿔ㅡ" 그 말을 하는 순간 아버지의 얼굴에 슬픔이 스치고 나는 깨닫는다. "이것도 꿈이구나. 그렇지?" 아버지는 미안한 듯 고개를 끄덕이고 나는 꿈에서 깬다.

그때로부터 20년도 더 지난 요즘도 나는 가끔 그 꿈을 꾼다.

아버지가 나에게 가르쳐준 모든 것, 아버지가 지지하는 모든 것이 내가 다시 아버지를 만날 수 있으리라고 믿을 수 없게 만들었다. 그렇지만 우리집은, 종교는 없어도 결코 냉소적이지는 않았다. 부모님은 내가 살아 있음을 너무나 아름답고, 아찔할 정도로 신비롭고, 우연히 일어난 신성한 기적으로 느낄 수 있게 해주었다. 부모님은 우주는 막대하고 우리 인간은 궁벽한 곳에 있는 작은 행성에서 눈 한 번 깜박할 순간 동안을 살아가는 아주 작은 존재라고 했다. 또 두 분의 책에도 나오지만 "우리처럼 작은 존재가 이 광대함을 견디는 방법은 오직 사랑뿐이다"라는 말도 나에게 들려주었다.

이 문장은 아버지가 출간한 유일한 소설 『콘택트』에 나온다. 아버지 어머니가 처음에는 영화로 구상한 이야기인데 영화는 제작 기간이 워낙 길다. 특히 이 영화는 구상에서 개봉까지 18년이나 걸렸다. 그사이에 부모님은 줄거리를 소설로 써보기로 했고, 그렇게 해서 나온 이 책을 나에게 헌정했다. 『콘택트』도 두 분이 쓴 다른 책들처럼 공동작품이다. 책 표지에 아버지 이름이 적혀 있으므로 이 문장도 아버지가 한 말로 알려졌지만 사실 우리 가족 철학의 정수와도 같은 이 문장을 실제로 만들어낸 사람은 엄마다.

내가 어릴 때 우리집에서는 과학과 영성이 충돌하는 일이 전혀 없었다. 부모님은 과학을 통해 밝혀진 자연의 신비야말로 위대하고 가슴 벅찬 기쁨의 원천이라고 했다. 논리, 증거, 증명이 초월적인 감정을 약화하는 게 아니라 오히려 반대로 경탄을 불러일으킨다는 것이다. 부모님이 쓴 책, 글, TV시리즈 〈코스모스〉 등을 통해 이런 생각이 전 세계 수없이 많은 사람에게 전해졌다. 이 책에 담긴 생각도 많은 부분이 부모님으로부터 비롯한 것이다. 부모님은 증명할 수 있고 경험할 수 있고 검증할 수 있는 것들은 신성하고 심오하지만, 그것을 '사실'이라고 부르는 순간 얼마나 아름다운지

잊게 된다고 했다. 그런데 그럴 필요가 없는 것이다. 과학은 환호하고 축하해 마땅한 통찰의 원천이다.

우리 인간들은 축하를 아주 잘한다. 아마 전 지구상에서 제일 잘할 것이다. 다른 종의 생물도 먹을 게 많거나 짝짓기를 할 시기가 되면 신이 나서 열정을 분출한다. 당연히 축하할 만한 중대한 일이고, 인간들도 그렇게 한다. 그렇지만 인간 말고 다른 종은 파티를 계획하거나 준비하지는 않는다. 잔칫상을 차리지도 않고 특별한 옷을 입고 특별한 장식을 하고 특별한 말을 하거나 노래를 부르지도 않는다. 하루 일을 쉬는 법도 없다.

하지만 인간은 진짜 진심으로 축하를 한다. 해마다 수십 억의 사람들이 크리스마스, 설날, 이드 알피트르*를 즐기려고 시간과 정성을 쏟아붓는다. 온갖 문화나 종교마다 다양하게 나타나는, 축일을 기념하거나 통과의례를 치르는 세세한 절차를 생각해보라. 부모가 자식에게 물려주는 미묘하게 다른 요리법이나 기도 같은 것을 생각해보라. 억겁의 세월 동안 제우스나 케찰코아틀**을 기리기 위해 마련한 장식, 희생, 제물 들을 떠올려보라. 지구상에서 사람이 사는 곳이라면 어디에서나 존재에 질서와 의미를 부여하기 위한

＊ 라마단의 끝을 축하하는 이슬람 축제.
＊＊ 고대 아즈텍신화에 등장하는 날개 달린 뱀 형상을 한 신.

의식이 만들어졌다. 이런 의식은 무한히 다양한 것 같지만 또 한편으로 닮은 점도 뚜렷이 나타난다.

나에게는 호기심 많고 활달한 예쁜 딸이 있는데 이 아이를 보면 종종 감탄하게 된다. 물론 아이는 아직 너무 어려서 나에게 자신의 철학 같은 것을 말해줄 수는 없다. 아이의 철학이 어떤 것이 될지 그게 어떤 계기로 생겨날지 나는 모른다. 아이가 자라면서 생각도 자랄 때 이 광대한 우주 안 우리의 작은 자리에서 가슴 떨리는 아름다움을 발견할 수 있게끔 생각의 틀을 만들어줄 수만 있다면 그것으로 충분할 것이다. 내가 아이에게 어떻게 그런 것을 전할 수 있을까 곰곰이 생각할수록, 어떤 믿음 체계에 안착하지 못한 사람 누구에게나 이런 틀이 유용할 것이라는 생각이 들었다. 사람은 누구나 축일, 축하, 전통 등을 누릴 수 있어야 한다. 또 누구나 시간을 헤아리고 기록해야 한다. 누구나 공동체가 필요하다. 누구나 사랑하는 사람을 맞아들이거나 혹은 그들에게 작별을 고해야 한다. 내게 신앙이 없다고 해서 이 지구상의 삶의 리듬을 따라 살고 싶은 욕망도 없는 것은 아니다.

나에게 종교가 없어서 가장 아쉬운 것은 공통의 문화가 없다는 점이다. 내세나 신을 믿지 않고 살 수는 있다. 그렇지만 축하나 공동체나 의식ritual, 儀式 없이 살 수는 없다. 이론을 검증하거나 게놈 지도를 작성하는 일에 대한 찬송가는 없다. 위대한 발명이나 의학적 발견을 기념하는 축제도 없다. 하지만 나도 삶의 경이를 기리고 싶어서 새로운 의식을 만들게 되었다. 조상의 전통을 변용하여 내가 신성하다고 믿는 것을 기릴 수 있음도 알게 되었다.

이 책을 읽는 당신에게 독실한 신앙이 있다면 기쁜 일이다. 다행스러운 일이다. 확실한 믿음이 있는 사람은 이미 많은 것들을 기리면서 살고 있을 것이다. 이 책은 그러지 말라고 쓴 책이 아니라 기뻐할 만한 것들을 더욱 늘리라고 쓴 책이다.

만약 당신이 나와 비슷한 사람이라면, 그러니까 무교자, 무신앙자, 불가지론자, 무신론자 등으로 불릴 수 있는 사람이라면 이 책이 회의주의와 비관주의를 분리하는 데 도움이 되기를 기대한다. 입증할 수 있는 기적과 심오한 의미로 가득한 곳으로 이 세상을 바라보기 위해서 신앙이 꼭 필요하다고는 생각하지 않는다. 그렇다고 소중히 지켜온 의식들을 포기하라고 하고 싶지도 않다. 다만 격식을 갖춘 의식을 수행한다는 느낌 없이 진심으로 전통과 조상을 기리는 방법이 있다고 말하고 싶다.

사실 나 윗대로 몇 대만 거슬러올라가도 아주 독실한 분들이 나온다. 엄마의 조부모님은 정통파 유대인이었다. 정말 제대로 정통파였다. 증조외할머니 틸리는 집안에서 음식을 준비할 때도 코셔 율법을 철저히 지켰다. 그러니까 유제품용 포크가 고기에 (실수로 단 일 초라도) 닿았다 하면 일

년 동안 뒷마당에 묻어놓아야 했다.* 증조외할머니의 남편이자 나의 증조외할아버지 벤저민은 너무 가난해서 해마다 성전에 내는 회비를 낼 수가 없어 자원해서 성전의 야경꾼 노릇을 했다.

틸리와 벤저민은 19세기 말, 현재는 라트비아와 벨라루스로 독립한 러시아제국의 변방에서 태어났다. 두 분은 살기가 더 힘들어지기 전에 일찌감치 러시아에서 빠져나왔다. 그래도 수중에 돈은 한푼도 없었다. 처음에 두 사람은 먼저 스톡홀름으로 이주한 틸리의 언니에게 갔다. 내가 들은 이야기에 따르면 서쪽으로 가는 길에 날마다 틸리와 벤저민은 빵집에서 묵은 빵 한 덩이를 샀다. 새 빵을 살 돈이 없었기 때문이다. 두 사람은 길가에 앉아 이디시어로 서로 이렇게 말했다. "아냐, 당신이 먹어, 난 배 안 고파." 두 사람 다 굶어 죽기 일보직전이었지만 그래도 고집을 부렸다. 엄마는 내가 어렸을 때 이 이야기를 들려주셨다. 나는 두 분이 이렇게 실랑이하는 장면을 살면서 수백수천 번은 머릿속으로 떠올리며 살을 붙였고, 그게 내가 생각하는 진정한 사랑의 모습이 되었다.

두 사람의 딸인 나의 대고모님이 스웨덴에서 태어났고

---

* 코셔 율법에서는 육류와 유제품을 함께 먹는 것을 금지한다.

그뒤에 세 식구가 배 삼등칸에 타고 대서양을 건너 뉴욕항 엘리스섬에 도착했다. 틸리와 벤저민의 아들이자 나의 외할아버지인 해리는 1917년 미국에서 태어났다.

그로부터 20년 뒤, 해리는 뉴욕대학교에서 언론학을 공부하는 학생이 되었다. 해리 이전에는 집안에 대학 근처에라도 가본 사람조차 없었다. 틸리와 벤저민은 이디시어 억양이 강한 영어를 했고 영어로 글을 쓰거나 읽지도 못했지만 해리는 미국인이었다. 맨해튼에서 대학에 다니면서 자연히 더 넓은 세상을 알게 되었고 신앙적 회의에 빠졌다.

어느 날 해리는 기차를 타고 퀸스의 집으로 가면서 아버지에게 중대한 이야기를 하려고 마음먹고 용기를 그러모았다. 집에 와보니 아버지가 기도용 숄인 탈리스를 걸치고 기도를 드리고 있었다. 아버지 벤저민이 기도를 마치고 눈을 뜨자 기쁘게도 사랑하는 외아들, 대학생이 된 아들이 눈앞에 있었다.

그런데 해리는 아버지에게 앞으로는 율법을 지키지도, 기도를 올리지도, 금요일 밤마다 예배당에 가지도 않으려한다고 말했다. 이제 믿음이 없기 때문이라고 했다. 어릴 때부터 받은 가르침도, 율법도, 신도 이제 더 믿지 않는다고 말했다.

해리는 아버지가 격노할 것에 대비해 마음을 다잡았다.

나는 그 막중한 순간을 종종 상상해봤다. 해리는 부모님이 박해를 피해 엄청난 희생을 무릅쓰고 탈출했으며 신세계에서 본래의 생활방식을 유지하려 각고의 노력을 기울였고 자식들에게도 열심히 믿음을 가르쳤다는 사실을 누구보다 잘 알았다. 그러니 죄책감이 얼마나 컸을 것인가. 게다가 그 순간 대양 건너 그들의 고국에서는 정치적 분위기가 격변하면서 유대인들이 사라지고 있다는 것도 아는데.

그렇지만 뉴욕에서 나의 증조외할아버지는 고개를 들어 아들을 보고 웃음을 띠며 이 결정적인 한마디를 했다. "믿지 않으면서 믿는 척하는 것만이 죄다."

수십 년 뒤, 이 이야기가 엄마의 탁월한 이야기 솜씨로 생생하게 나에게 전해졌을 무렵에는, 이 말이 우리 식구들이 반복해서 읊는 주문 같은 것이 되어 있었다. 엄마 집안에서 수천 년 동안 이어져온 유대교 신앙이 끝났음을 알리는 말이지만, 그런 한편 유대 전통의 또다른 면을 강조하는 말이기도 했다. 토론, 철학적 질문, 회의주의.

외할아버지가 조상들의 믿음을 따르기를 거부했다고 해서 갑자기 유대인이 아니게 된 것은 아니다. 유대주의에서는 희한하게도 종교, 문화, 민족 사이의 경계가 불분명해지는 경향이 있다. 예를 들어 내가 DNA검사를 받는다면 아시케나지 유대인이라는 결과가 나올 것이다. 하지만 어떤 검사에서도 예를 들어 장로교도라는 결과가 나오지는 않는다. 적어도 타액을 가지고 하는 검사로 그런 결과가 나올 수는 없다. 유전자검사 기관만 나를 유대인으로 보는 것도 아니다. 내가 지금 나의 무신앙에 대한 글을 쓰고 있지만 그래도 나는 내가 유대인이라고 생각한다. 복잡한 문제다. 나의 남편 존과 처음 데이트를 시작했을 때 존도(존의 부모님은 한 분은 개신교도이고 다른 분은 가톨릭인데 존은 종교가 없다) 이걸 이해하기까지 좀 시간이 걸렸다. 이런 대화를 나눴었다.

> 존: 너는 유대인인데 신을 안 믿고 종교도 없다고?
> 나: 응.
> 존: 그러면 무신론자나 불가지론자 같은 거야?
> 나: 응.
> 존: 그럼 유대인이 아닌 거네.
> 나: 아니, 그래도 유대인이야.

이런 대화가 한참 오갔다. 마침내는 존도 내가 초자연적인 존재에 대한 믿음이 없더라도 유대인일 수는 있다는 걸 이해했다.

이제 존은 이렇게 말한다. "유대인이라는 말은 민족이자 문화이자 종교이자, 이 세 가지가 겹치지만 완전히 겹치지는 않는 벤다이어그램 같은 거지. 혈통적으로는 유대인이 아닌데 유대교를 받아들인 개종자가 있는 것처럼 혈통적으로 유대인인데 유대교를 믿지 않는 사람도 있는 거고."

나는 이렇게 말한다. "그렇지!"

그런데 이게 유대인만의 문제도 아니다. 예를 들어 예수 그리스도를 구세주라고 생각하지는 않지만 그래도 크리스 마스를 즐기는 사람이 많다. 종교 말고 다른 정체성도 마찬 가지다. 이를테면 이탈리아계 미국인은 자신을 이탈리아인 이라고 생각하지만 실제로 이탈리아어는 거의 하지 못하 기도 하고 단테를 읽은 적도 보티첼리 작품을 본 적도 없고 심지어 장화 모양 나라에 가본 적도 없는 사람도 얼마든지 있다. 피렌체 사람이 이런 사람을 만나면 자기 나라 사람이 라고 생각하지 않을 테지만 브루클린 베이리지에 사는 이 사람은 자기가 이탈리아인이라고 생각한다.

브루클린 윌리엄스버그의, 아직 젠트리피케이션이 일어 나지 않은 지역에 사는 정통파 유대인들이 금요일 밤에 내 가 반바지 차림으로 이방인 남편과 같이 굴을 먹는 모습을 본다면 절대로 나를 자기들의 일부라고 생각하지 않을 것 이다. 하지만 나는 그들을 보면서 유대감을 느낀다. 다중우 주 속 또다른 우주에서는 해리 외할아버지가 신앙이 없다 고 차마 고백하지 못하고 부모님의 전통을 따랐을 수도 있 다. 그 우주에서는 또다른 내가 집에서 이디시어로 말하고 코셔 율법에 따라 식사를 하고 옷차림을 단정히 하고 진심 으로 신을 믿을 것이다. 아니면 믿지 않는다는 사실을 아무 한테도 말 못하거나.

그런데 그렇게 되지 않았다. 할아버지는 할말을 했고 우리 엄마와 삼촌을 신앙 없는 유대인으로 키웠고 엄마도 나중에 그렇게 했다. 그럼에도 우리가 유대인 정체성을 완전히 버리지는 않았다.

외증조부님의 믿음이 그분들의 삶에 형태를 부여했다. 나는 다른 신념 체계를 갖게 되었지만 삶에 의미를 부여하는 그분들의 방식이 부러울 때가 있다.

세속적인 내 눈으로 보면 그분들의 전통에서 다른 의미가 보인다. 어떻게 보면 모든 의식의 원천은 사실 과학이다. 신앙, 경전, 근원 설화, 교리 등은 종교마다 다를지라도 사람들은 태곳적부터 천문학과 생물학 이 두 가지를 축하해온 셈이다. 계절의 변화, 긴 여름날, 추수, 끝없는 겨울밤, 꽃 피는 봄 등은 지구가 해의 둘레를 돌면서 생겨나는 일이다. 또 태초부터 달의 차고 이지러짐에 맞추어 의례의 시기를 정했는데, 달의 위상 변화는 당연히도 달이 지구 둘레를 돌면서 일어나는 일이다. 탄생, 성숙, 재생산, 죽음은 인간의 생물학적 과정이다. 인간 종의 역사가 이어지면서 인간에게 의미 있는 기적(엄밀히 정확한 말은 아니지만 다른 마땅한 말이 없으므로 그냥 이 표현을 쓰겠다)들이 있었다. 이런 구체적 사건들을 중심으로 무수히 많은 축하의식이 생겨났고 서로 접촉 없이 발달한 사회들에서 비슷한 모습으로 나타났다.

광대무변한 공간과 시간 속 어딘가에 있는 나선형 운하의 조용한 구석에서 별의 둘레를 도는 돌덩이 위에 우리는 산다. 우리 지구 사람들에게는 이런 자연의 사건, 변화, 패턴 등이 막대한 영향을 미친다. 무척 중요하기 때문에 사람들은 자연현상을 해석하고 기대하고 예측하는 데 큰 노력을 기울였고 그럼으로써 인류가 성장하고 번영하고 생존할 수 있었다. 지구 어디에서든 한 해 중 가장 중요한 행사들은 거의 비슷한 시기에 치러진다. 예를 들어 크리스마스와 유대교의 하누카는 대략 같은 시기에 온다. 중국의 동지 축제, 줄루족의 움코시 워퀘시와마(첫 열매 축제), 이란의 얄다, 미국 서부 원주민 부족인 호피족의 소얄도 마찬가지다.

연례 행사만 그런 것이 아니라 생애주기도 그렇다. 아미시에서 마사이까지 모든 문화에 성인식이 있는데 유대교의 바르 미츠바*, 라틴아메리카의 킨세아녜라**, 스위트 식스틴 파티*** 등과 본질에서 같다. 갓난아기를 맞이하고 혼인하고 망자를 기리는 다양한 방법들은 말할 것도 없다. 들뜬 기쁨부터 깊은 슬픔까지, 이런 의식의 핵심을 이루는 감정은 신앙 체계를 넘어 어디에서나 공통이다.

---

* 유대교 남자아이들의 성년식.
** 라틴아메리카 문화에서 여자아이가 열다섯 살이 된 것을 축하하는 의식.
*** 미국 여자아이의 열여섯 살 생일파티.

저마다 다른 역법曆法을 쓰고 기후도 정치도 미신도 제각각일지라도 우리 각자가 기념하는 것의 골자에는 어떤 자연현상이 있을 가능성이 크다. 굳이 신화를 들먹이지 않더라도, 우리가 우리보다 더 큰 존재의 일부라는 사실에는 전율할 수밖에 없다. 광대한 우주와 자연의 심오하고 아름다운 진실에 경탄하는 것만으로도 영적으로 충만한 삶을 살 수 있다.

자연에는 온갖 패턴이 있고 사람들은 패턴을 발견하고 만들어내고 따라 하기를 좋아한다. 우리보다 더 큰 존재를 나타낸다고 여겨지는 단어나 동작을 반복하는 것이 언어, 수학, 음악, 의식儀式 등의 핵심을 이룬다. 어떤 의식은 사적이고 어떤 것은 공적이다. 어떤 것은 너무 흔해서 의식이라고 생각조차 않고 반복하기도 한다. 세상 어디에서 언제 이루어지든 의식은 어떤 예술의 형태, 정교한 공연이나 신비한 시 같은 것이며, 시간과 변화, 삶과 죽음 같은 우리 힘으로 어쩔 수 없는 일들을 마주하기 위해 필요하다.

인간 문화의 많은 부분이 존재의 가장 놀라운 요소를 받아들이기 위해 생겨났다. 인간은 누구나, 무에서 비롯해 마침내 무로 돌아간다. 우리는 잉태되고 성장하고 죽는다. 그 후에 어떻게 되는지는 영원한 미스터리다. 우리는 이 땅에서 주기적이거나 영구적인 변화가 언제 어떻게 일어나는지 파악함으로써 그 비밀을 파헤치려고 한다.

나는 의미 있고 문화적으로 풍부한 의식을 현대적으로 바꿀 수 있다고 믿는다. 당장 내일 새로운 의식을 만들어낼 수도 있다. "늘 그래왔으니까"라는 말로 누군가를 배제하고 비하하거나, 또는 혐오스러운 행동을 정당화할 때가 너무 많다. 오래된 전통이라고 해서 새것보다 무조건 낫다고는 할 수 없다. 오히려 자신의 믿음이 담겨 있고 자신이 경험한 삶을 이해하는 방식이 될 수 있으며 세상을 원하는 방향으로 조금이라도 이끌어갈 수 있는 의식을 만들어낸다면 훨씬 기쁜 일이 될 것이다.

무언가를 만들어낸다는 게 쉽지는 않다. 부자연스럽고 우스꽝스럽게 느껴질 수도 있을 것이다. 그러다가 공동체나 전통에 속해 있다는 소속감을 놓칠 수도 있다. 뮤지컬 〈지붕 위의 바이올린〉의 테비에처럼 "전통!"을 외치지는 않더라도 조부모님이 당신 조부모님으로부터 배워서 수행한 구체적인 의례를 정확히 따르는 데서 오는 만족감은 분명 있을 것이다. 기도를 드리고, 초에 불을 밝히고, 옛날 방식으로 디저트를 만들고, 과거로 끝없이 거슬러올라가며 이름 모를 선대 조상을 상상하는 일은 즐겁다. 시간여행을 하는 것처럼 과거와 이어져 있다는 느낌을 받고 이미 검증된 진실로부터 확신을 얻을 수 있다. 그러므로 새로운 문화가 생겨날 때도 기존 문화를 바탕으로 덧붙여나갈 때가 많다. 다른 문화의 요소를 빌리고 용도에 맞게 고치고 재해석하고 유용하고 훔쳐서 억지로 개종한 이들을 달랜다. 새로운 과학 전통이 생길 때도 보통 종교 전통을 빌려오곤 한다. 이 책에서도 종교적 언어를 사용할 수밖에 없었는데, 예를 들면 '성스러운' '신비로운' '영적인' 같은 말들은 유신론에서 나온 말이지만 과학적 현상에 대한 이해로부터 우러나오는 감정도 똑같이 이런 말로 묘사할 수 있다. 찬란하게 아름다운 세상에 대한 이해와 함께 자라난 어휘들이기 때문이다.

많은 사람이 나에게 아이가 생기면 신앙심이 더 생길 거라고 했다. 특별히 신심 깊은 사람들이라서 그렇게 말한 것은 아니고 오히려 종교가 없는 사람 중에 그런 말을 하는 사람이 많았다. 아이에게는 전통이 필요하고 종교가 그런 것을 제공해준다고 생각하기 때문에 말하는 것이었다. 그런 말을 들으면 나는 보통 콧방귀를 뀌었지만 어떤 면에서는 옳은 말이라는 생각이 든다.

지금 나는 딸과 같이 무언가를 기념하고 싶은 충동을 이전보다 더 많이 느낀다. 나는 전에도 지금도 특별한 행사를 아주 좋아한다. 뭔가 특별한 일이 있으면 단조로운 일상에 변화가 생기고, 옷을 차려입을 구실도 되고, 사람들과 어울리고 맛있는 음식을 먹고 즐기고 어떤 무리에 속한 느낌을 받을 수 있어서 좋다. 나는 파티도 좋아하고 시간의 흐름을 기념하고 시간의 흐름을 느끼는 것을 좋아한다. 우리 아이도 그런 걸 즐기게 하고 싶다. 아이의 얼굴에 웃음이 떠오르는 걸 보고 싶다. 아이가 웃음을 터뜨리고 경이감을 느끼고 지구에서의 삶이 신비롭고도 의미로 가득차 있다는 걸 느끼게 해주고 싶다. 그렇지만 믿지도 않으면서 시늉만 하고 싶지는 않다. 내가 사실이라고 믿지 않는 것을 아이에게 말해줄 수는 없다.

그래서 나는 아이 양쪽 부모 조상들의 관습과 신념 일부를 따르면서도 거기에 구애받지 않고 한 해의 삶을 그려 아이에게 보여주고 싶은 욕구를 강하게 느낀다. 아이가 사람들을 갈라놓는 교리 따위에 얽매이지 않고 이 지구의 다른 사람들과 연결되어 있다고 느끼게 만들고 싶다. 종교는 공감, 감사, 경이의 감정을 끌어내는 역할을 한다. 과학은 우리가 꿈도 꾸어보지 못한 진정한 장엄함을 우리에게 보여준다. 나는 이 두 가지를 결합하여 우리 딸, 우리 가족, 그리고 여러분이 이 우주에서 살아가면서 마주하는 신비한 아름다움과 공포를 함께 헤쳐나가고 기릴 때 유용하게 쓸 수 있는 무언가 새로운 것을 만들고 싶다.

1장 ——————————————— 태어남

어제는 정액 한 방울, 내일은 재 한 줌.

—마르쿠스 아우렐리우스

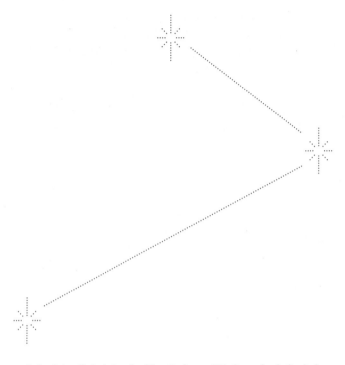

딸이 처음 태어났을 때 나는 존하고 하루에도 몇 번씩 이런 말을 주고받았다. "우리 아기가 태어났다니 믿기지 않아!" "우리한테 아기가 생기다니!" "우리가 사람을 만들어냈다니 말이 돼?" 재생산이라는 게 어떻게 이루어지는지 처음 알게 된 사람들처럼 신기해하면서 몇 달 동안 날마다 이런 소리를 했다. 아무리 생각해도 납득이 안 갈 만큼 신기했기 때문이다. 사실 아직도 온전히 당연하게 받아들이게 되지는 않은 것 같다. 엄마도 마찬가지여서 아직도 가끔 나와 동생 샘을 보면서 기쁜 듯이 이렇게 말하곤 한다. "그거 아니, 너희가 원래 이 세상에 없었는데 우리가 만들었어! 그래서 생겨난 거야!" 우리는 엄마를 흘겨보며 이렇게 말한다. "엄마, 왜 당연한 소리를 해." 당연한 일이긴 한데, 그렇다고 해서 놀랍고 아름답고 짜릿한 일이 아닌 것은 아니다. 태어난다는 것 자체가 정말 놀라운 일이다. 아기가 세상에 태어날 때, 새로운 사람이 다른 사람의 몸안에 생겨날 때, 격한 감정과 함께 우리는 삶이라는 막대한 경이의 일부를 경험한다.

의식은 변화를 받아들이도록 도와주는 도구 가운데 하나다. 우주에는 정말 많은 변화가 일어난다. 수도 없이 새로 생겨나고 또 사라지고, 또 그것을 기리기 위한 방식도 참으로 다양하고 저마다 굉장하다. 출생이나 생명을 신학적 의미에서 '기적'이라고 부르지는 않을지라도 숨이 막힐 정도로 놀라운 일이고 축하해 마땅한 일임은 부인할 수 없다.

지금 이 글을 쓰고 있는 나는 다른 모든 사람과 마찬가지로 탄생과 죽음 사이의 짧은 순간을 겪고 있다. 탄생 이전과 죽음 이후의 시간에 비하면 정말 짧은 순간이다. 명확히 입증된 것은 아니지만 나나 당신이 태어나기 전에 무한한 시간이 있었다고 말할 수도 있다. 현재의 지식에 따르면 약 138억 년 전에 빅뱅이 일어나 우리가 아는 우주가 탄생했다고 한다. 그렇지만 빅뱅이 모든 것의 시작인지 아닌지는 알 수 없다. 빅뱅 이전에 무엇이 있었는지 혹은 없었는지는 아직 풀리지 않은 비밀이다. 인간이 더 많이 알아내고 기술을 더 발전시키고 더 똑똑해지면 현재 우리가 생각하는 것이 사실이 아님을 알게 될 수도 있다. 그렇지만 아주아주 오래전에 어떤 식으로든 우리가 생겨났다는 것은 사실이다.

반대편, 그러니까 우리가 죽은 뒤에도 이론적으로는 무한한 시간이 있을 것이다. 지구나 인간은 무한하지 않지만 우주는 무한할 것이다. 아닐 수도 있지만. 우리가 공전하는 별이 언젠가는 다 타버릴 것이라는 사실 말고 그 밖의 것은 잘 모른다. 이 두 개의 거대한 수수께끼 사이에서, 운이 좋다면 우리는 80년, 길게는 백년을 생존할 수 있다. 전체 그림에서 보면 눈 깜박할 정도의 시간도 안 되는 기간이다. 그래도 어쨌거나 우리는 여기 존재한다. 바로 지금.

이게 얼마나 경탄스러운 일인지 잊기 쉽다. 하루하루가 흘러가고 일상이 반복되다보면 그게 얼마나 기적적인 일인지는 쉽게 잊힌다. 그렇지만 살아 있다는 사실을 통렬하게 느끼는 순간이 있다. 자동차 사고를 극적으로 피했다든가 하는 무시무시한 순간일 수도 있고, 갓난아기를 품에 안을 때 같은 아름다운 순간일 수도 있다. 그리고 그사이의 고요한 순간이 있다. 이 모든 기쁨과 슬픔이 오직 나 자신에게만 절실하게 느껴지는 순간들.

몇 해 전 어느 날 나는 강렬하게 그런 순간을 경험했었다. 내가 임신했다는 사실을 막 알게 된 충격에 더해 입덧까지 시작되어 정신이 없을 때였다. 이제 모든 게 영원히 달라질 거였다. 그때 아버지가 돌아가신 지 20주기가 되었다. 20년이라니 너무나 긴 세월이었다. 아버지와 같이 산 시간보다 훨씬 더 긴 시간이 벌써 이렇게 흘렀다. 아버지가 너무 그리웠다. 지금까지도 가끔은 너무나 그리워서 견딜 수가 없을 지경이 되곤 한다.

새로운 존재의 시작과 다른 존재의 상실이 모순적인 감정들을 불러일으킬 때 나는 이 우주 안에서 내 자리를 절절하게 느꼈다. 시내를 걷다가 거리에서 마주치는 모든 사람, 주름지고 현명해 보이는 사람들조차도 모두 한때는 아기였다는 사실을 떠올리고는 놀랐던 일이 기억난다. 너무나 당연한 사실인데 어쩐지 큰 깨달음을 주는 것 같았다. 우리가 어떻게 여기에 있게 되었나 하는 생각을 하지 않을 수가 없었다. 우주가 시작될 무렵에는 인간이 없었다. 현재 지식에 따르면 인류가 나타난 지는 수십만 년밖에 안 되었다지만 (이 숫자는 새로운 화석이 발견될 때마다 변하기도 한다) 지구가 생겨난 지는 45억 년 이상 되었다. 우리는 신참이다. 우리는 우리와 조금 다른 종에서 진화했고, 그 종은 또다른 종에서 진화했고, 그렇게 거슬러올라가보면 단세포생물에까지 이른다. 우리 친척처럼 보이긴 않지만 그래도 친척이다. 이 단세포생물이 어떻게 발생했는지는 이제 조금씩 밝혀지는 참이다. 인류가 어떻게 끝이 날지는 더욱 불분명하다. 인류 스스로 파멸을 가져올 수도 있고, 외적 요인에 의해 파괴

될 수도 있고, 아니면 무언가 아주 다른 것으로 진화할 수도 있을 테다.

내 뱃속에서 작은 생명체가 조금씩 자라나는 동안, 나보다 먼저 임신한 친구들이 농담을 섞어 끔찍하다는 표정으로 이렇게 말하던 게 생각이 났다. "내 몸안에 에일리언이 있는 것 같아!"

아버지는 외계인이 존재하는가 하는 문제에 오래 골몰하셨다. 결론을 내리지는 못했는데, 지구인이 우주 다른 곳에서 온 생명체와 접촉했다는 증거가 현재까지는 없기 때문이다. 아빠는 믿기 위해서는 증거가 필요하다고 생각했다. 그 점에서는 나도 같은 생각이다. 무언가를 '믿지 않는다'라는 말이 그것이 존재하지 않는다고 확신한다는 뜻은 아니다. 존재한다는 증거를 보지 못했기 때문에 믿음을 보류한다는 뜻이다. 신이나 내세 같은 종교적 요소에 대한 내 생각도 아버지가 외계인에 대해 갖는 생각과 마찬가지다. 아버지는 "증거의 부재는 부재의 증거가 아니다"라고 했다. 다시 말해 증거가 없으므로 존재하지 않는다는 게 아니라 존재하는지 아닌지를 알 수 없다는 말이다. 그런데 희한하게도 우리는 외계인이 어떤 존재인지 또렷한 이미지로 떠올리곤 한다. 보통 사람들이 상상하는 외계인의 모습은 대체로 사람과 비슷하게 생겼지만 더 작은 존재다. 눈이 크고 머리카락은 없다. 말을 하지 않는다. 사회적 규범을 모른다. 선할 수도 악할 수도 있지만 어느 쪽이건 우리한테서 무언가를 원한다. 그들이 도착하는 순간 모든 게 영원히 달라진다.

아기가 외계인 같은 게 아니다. 우리가 생각하는 외계인이 우리가 생각하는 아기와 닮았다.

내가 태어났을 때 아버지도 그런 생각이 든 게 아니었을까. 엄마 말에 따르면 내가 태어났을 때 아버지가 나를 안아 올리고 얼굴을 들여다보며 이렇게 말했다고 한다. "지구에 온 걸 환영해."

그러고 사흘 동안 내 이름을 지어주지 않았다.

마침내 이름을 지어주었는데 할머니의 이름을 따서 가운데 이름을 레이첼이라고 지었다. 레이첼 할머니는 매력적이면서 정말 골칫덩이이고 끝내주는 이야기꾼이며 독특한 소리로 웃는 분이었다고 한다. 어린 시절 무척 고생을 많이 했는데, 할머니가 두 살일 때 엄마가 동생을 낳다가 죽고 말았다. 할머니의 아버지는(러시아에서 살인 용의자가 되어 미국으로 탈주했다는 말이 있다) 할머니를 한 번도 만나본 적 없는 이모들하고 같이 살라고 다시 유럽으로 보냈고 몇 해 뒤에는 재혼했다. 그래도 할머니는 뉴욕으로 돌아와 자랐고 나의 할아버지 샘과 만나 평생 사랑하며 사셨고 우리 아버지를 키워내셨다. 한마디로 말할 수 없는 굴곡진 삶의 이력이었다.

내가 어릴 때 하는 양이 레이첼 할머니를 똑 닮아서 식구들이 깜짝 놀라고 경악하기까지 했단다. 할머니를 보고 배운 것은 아니었다. 할머니가 돌아가시고 아홉 달 정도 지난 뒤에 내가 태어났기 때문이다. 우리 부모님은 어린 딸이 레이철 할머니의 독특한 웃음소리와 똑같은 소리로 웃는 걸보고 소름이 돋았다고 한다. "정말 섬뜩했어." 무언가 으스스하고 섬뜩한 추론을 끌어낼 만한 일이었다. 나에게 돌아가신 할머니의 유령이 씌었다거나 할머니의 유령이 이승을떠나지 않고 내 곁을 맴돌고 있다고 생각할 수도 있었을 것이다.

내가 여덟 살 때 남동생이 태어났고 할아버지 이름을 따서 샘이라고 불리게 되었다. 동생은 아버지를 쏙 빼닮았다. 아버지 생일파티 초대장에 아버지가 어릴 때 코니아일랜드에서 수영하는 흑백사진을 넣어 인쇄했는데, 초대장을 받은 사람들이 전화를 걸어 이렇게 말했단다. "파티 갈게. 그런데 초대장에 왜 샘 사진을 넣은 거야?" 부모님은 식구들끼리 이렇게 닮는 것도 경이로운 일로 생각했다.

이런 신기한 일을 나에게 설명해주려고 부모님은 DNA라는 비밀 암호 같은 것이 혈관을 타고 흐른다고 말해주었다. 내가 만난 적 없는 조상들의 특징이 거기에 담겨 있다고했다. 내 유전자가 나와 초기 인류, 선사시대의 포유류, 그리고 지구상의 최초의 생명체를 연결한다고 했다. 그리고언젠가 내가 아이를 낳으면 나도 그 사슬의 고리 하나가 되어 나의 일부를 내 이름도 모를 후대에 전해주게 되는 것이라고. 이 설명이 다른 어떤 설명보다 나에게는 만족스러웠다. 그리고 내가 그 말을 믿든 안 믿든 상관없이 입증 가능한 설명이기도 했다.

이렇게 해서 나는 우주가 현재 우리가 이해할 수 있는 범위를 넘어설 정도로 크고, 우리는 우리가 살기에 딱 적당하게 완벽히 맞춰진 행성에 살고 있으며, 우리는 비판적 사고를 할 수 있어 시간이 흐르면서 세상을 더욱 깊이 이해할 수 있게 된다는 등의 놀라운 사실을 아찔하고 충격적으로 마주하게 된 것이다. 그게 전부가 아니었다. 더 놀라운 건이 모든 일이 우연히 일어났다는 사실이다. 소행성이 지구를 간발의 차로 비껴갔다면 공룡이 살아남았을 수도 있고 백악기의 조그만 포유류들이 번성해서 인간으로 진화할 수 없었을지도 모른다. 이 모든 일이 기적이라고 생각하지 않을 수가 없다. 종교적인 의미와는 다른 의미에서.

인류가 번성하는 데 성공했다 하더라도 우리 각각이 태어날 확률은 여전히 희박하다. 예를 들어 인류의 이동 패턴이 조금이라도 달라졌다면 고조부모님은 아예 만날 수 없었을지도 모른다. 조상이 유럽 태생이라면 14세기 유럽 인구의 절반을 쓸어버린 흑사병 창궐 때 살아남았어야 한다. 조상 중에 아메리카 원주민이 있다면, 유럽 침략자들이 가져온 미생물과 학살 때문에 10~20퍼센트만 살아남았는데 그 확률을 뚫고 유전자를 전해준 사람이 있었다는 말이다. 어떤 조상을 두었든 당신이 물려받은 유전형질이 겪어내야 했을 전쟁, 공습, 전염병, 기근, 가뭄 등은 헤아릴 수 없이 많다. 그리고 이 모든 일이 딱 당신이, 바로 당신이 어머니의 자궁에서 나와 이 넓은 세상에 태어날 순간을 위해서 예비되었다는 말이다.

예를 들어 생물학적 부모의 삶에서 두 사람이 만나게 된 결정적 계기가 세 번씩 있었다고 생각해보자. 물론 극도로 줄여서 잡은 것이다. 실제로는 수백만 가지의 계기가 합해져야 하겠지만 단순하게 생각하기 위해 세 번이라고 하자. 이를테면 어머니가 어떤 대학에 진학하기로 하고, 대학에서 어떤 사람과 친해지고, 그리고 몇 년 뒤에 그 친구가 초대한 파티에 갔기 때문에 아버지를 만나게 됐다고 하자. 그런 한편 아버지는 어떤 직업을 택했고 일을 하다가 어떤 동료를 만났고 그 동료의 초대를 따라 어떤 파티에 갔다가 어머니를 만난 것이다.

너무나 당연한 이야기지만 부모가 만나려면 일단 두 사람 다 태어나야 하고, 그러려면 양쪽의 조부모들도 만나야 한다. 그리고 그 이전에 조부모가 태어나려면 증조부모가 만나야 하고, 이런 식으로 동아프리카에서 나타난 최초의 인류까지 거슬러올라갈 수 있다.

현재 학계에서는 호모사피엔스가 대략 칠천오백 세대가

있었다고 추정한다. 그들이 모두 딱 그 완벽한 순간에 서로를 만나야만 하는 것이다. 갈래길이 어찌나 많은지 열 세대, 열다섯 세대만 거슬러올라가도 경우의 수가 생각조차 할 수 없을 정도로 커진다.

그런데 이 가정은 의식적인 선택만을 고려한 것이다. 여기에 우연까지 끼어들면 어떻게 될까?

엄마의 부모님은 뉴욕시 지하철에서 만났다. 러시아워의 E노선 열차에서였다. 1938년이었다. 외할아버지 해리가 윌리엄 포크너의 『압살롬 압살롬!』을 읽다가 책장을 넘기려는데 외할머니 펄이 할아버지의 손을 막으면서 자기는 아직 다 안 읽었다고 말했단다. 그 기차에 열차칸이 몇 개 있었을까? 그 역을 지하철이 몇 대나 지나쳐갔을까? 그들이 서로 다른 노선 근처에 살았다면? 그들의 부모님이 다른 도시로 이주했다면? 역사를 거슬러올라 끝도 없이 갈 수 있다.

우리가 세상에 생겨나기까지 일어난 수없이 많은 결합은 대부분 로맨틱 코미디 영화에 나올 법한 멋진 만남은 아니었을 것이다. 두려움에 떨던 결혼식 첫날밤이었을 수도, 우연히 만난 낯선 사람과의 하룻밤이었을 수도, 춥고 쓸쓸한 어둠 속에서 마주친 따뜻한 몸이었을 수도, 침략자나 압제자에 의한 끔찍한 폭력이었을 수도 있다. 그런 한편 진정한 사랑의 눈부신 환희 속에서 이루어진 결합도 틀림없이 있었으리라.

당신이 태어나기까지, 이전에 존재했던 여자들에게 임신 사실을 알게 된 어떤 순간이 있었을 것이다. 생리가 시작되지 않고, 입덧이 생기거나 가슴이 욱신거린다. 이윽고 몸매가 바뀌기 시작하고 부풀어오르는 배가 자랑거리 혹은 수치가 된다. 가끔 나는 이 여자들 내면의 생각, 기대감과 두려움을 상상한다. 수없이 많은 열정과 고통, 환희와 고뇌의 이야기들은 모두 세월이 흐르며 잊혔겠지만, 이 이야기들 모두가 당신이 태어나고 유전적으로 이런 존재가 되는 데 중대한 영향을 미쳤을 것이다.

그런 한편, 당신이 운명이나 결정론을 믿는다면 당신이 존재하기까지 딱 한 가지 사건만 일어나면 된다. 우주가 생겨나기만 하면 되는 것이다. 그뒤에 일어난 모든 일은 필연적으로 일어난 사건이니까. 지금 당신이 이 문장을 읽고 있다는 사실도 포함해서. 아니면 어떤 사건들은 필연적이고 다른 것들은 아니라고 생각할 수도 있다. '모든 일에는 이유가 있다'라거나 어떤 일들은 '그럴 수밖에 없었다'라고 생각하는 식인데, 보통 마음을 달래기 위해서 하는 말이기도 하다. 그렇지만 내게는 이 모든 혼돈 속에서 어떻게든 당신이 당신이 되었다는 생각만큼 놀랍고 경이로운 건 없는 것 같다.

자유의지냐 운명이냐 결론을 내리지 않더라도 탄생이 참으로 특별한 일이라는 사실에는 변함이 없다. 전 세계에서 아기의 탄생을 축하한다. 탄생을 기념하기 위해 세례식, 명명식, 할례, 귀 뚫기 등등의 의식이 이루어지고 탯줄과 태반과 관련된 전통적 행위도 많다. 때로는 집안에서 하는 아주 사소한 행위로 이루어진 탄생 축하의식도 있다. 예를 들어 힌두교와 이슬람교에는 아기가 처음 맛보는 음식이 단맛이어야 하고(꿀 한 방울이나 과일 한 조각으로 아기가 처음 세상의 맛을 보게 한다) 처음으로 듣는 말이 기도여야 한다는 믿음이 있다. 때로는 지구의 삶에 안착했음을 축하하는 잔치를 벌이기도 한다. 고대 잉카에서는 아기가 젖을 뗐을 때, 중국에서는 태어난 지 백일이 되었을 때 잔치를 한다. 영아 사망률이 높았던 시대에는 이것만으로도 대단한 성취였다. 오늘날에도 그런 의식들을 따르며 출생과 죽음이 얼마나 가까운지를 되새긴다.

코트디부아르에 사는 벵족은 내세를 죽은 사람들이 세계의 온갖 언어로 대화하는 거대 도시로 생각한다. 죽은 사람이 환생하여 아기로 태어난다고 여겨, 아기에게 식민지시대 프랑스 동전을 주기도 한다. 저승의 통화이자 지상의 벵족 사회를 무너뜨린 열강의 통화다. 하지만 벵족 아기가 보통 처음으로 받는 선물은 카우리cowry 조개껍데기다. 카우리 조개는 프랑스인들이 침범하기 전에 조상들이 쓰던 통화이며 예전의 삶을 기억하는 기념물이다.

아기를 맞아들이기 위해 만들어진 의식, 전통, 미신, 축하

행사 등은 모두 본질적으로 새로운 인간의 안녕을 빌기 위한 것이다.

부모가 되면서 존과 나는 온갖 꿈과 희망에 부풀었지만 그걸 표현할 전통적 방식 같은 것이 없었다. 딸에게 줄 상징적 선물이나 아이의 귀에 속삭여줄 오래전부터 전해 내려오는 특별한 한마디가 없었다. "지구에 온 걸 환영해"라는 말이 있긴 하지만 겨우 한 세대 전에 시작된 전통이니까. 우리에게 종교가 없기 때문에 그런 것일 수도 있다. 혹은 그때 너무 힘들고 정신이 없어서 축하파티 같은 건 생각할 겨를도 없었기 때문일 수도 있다. 친구와 식구들을 한자리에 모으고 의례와 전통에 따라 아기의 탄생을 축하하는 자리를 마련했다면 이 엄청난 변화를 받아들이는 과정이 조금 더 쉬웠을지도 모르겠다. 그랬다면 아기가 태어나고 거의 일 년 동안을 우리가 생명을 만들어냈다는 충격에 빠진 채로 보내지는 않았으려나. 아니, 어쩌면 축하의식을 행하며 더 큰 경이를 느꼈을지도 모르겠다.

지금 생각해보면 어떤 형식을 갖춰 아기를 맞이하는 게 마땅했다는 생각이 든다. 파티를 한다거나 아니면 세속적인 의식 같은 것을 만들어서. 책의 어떤 구절이나 시를 읽어주는 것도 괜찮았을 듯싶다. 그렇지만 그런 의식을 만들어내려면 창의성과 통찰력을 발휘해야 할 텐데 그때 나는 아기 방을 준비하고 아기 옷을 고르고 내가 어떤 엄마가 될지를 상상하느라 그럴 여유가 없었다. 언젠가 또 아기를 낳게 되면 그때는 적절한 의식을 준비해야겠다는 생각이 든다.

자세히 어떤 형태일지는 모르겠지만 시도해보고 싶은 게 한 가지 있다. 아름답고 구체적이며, 여러 다른 문화권에서도 행해지는 의식이다. 나무 심기. 어머니 자연Mother Nature에 작은 씨앗 하나를 심으면 새로운 생명이 생겨나는 신비를 상징한다.

발칸 지역에서는 마르멜루* 나무를 심고 중국 일부 지역에서는 (딸이 태어났을 때) 오동나무를 심는다. 자메이카에서는 아기의 탯줄을 씨앗과 같이 심는다. 『탈무드』에서 기원한 유대교 전통도 있는데 여자아이가 태어나면 사이프러스를, 남자아이가 태어나면 히말라야 삼나무를 심는다. 아이가 성장해 결혼식을 올릴 때 그 나뭇가지로 후파**를 만든다. 인도 북서부 라자스탄주 피플란트리에서는 여자아이가 태어나면 마을 사람들이 망고, 북인도 자단나무, 암라 등의 나무를 111그루 심는다. 여자아이를 대체로 짐으로 여기는 사회에서 딸의 출생을 특별히 축하하는 의식을 거행하다니 예사롭지 않다. 하지만 사실 이 의식은 슬픔에서 비

---

* 퀸스나 유럽모과라고도 불리는 과일로 잼이나 술을 만들어 먹는다.
** 나무 기둥 네 개를 세워 만든 차양으로, 유대교에서는 그 아래에서 결혼식을 올린다.

롯되었다. 예전 피플란트리 촌장(사르판치sarpanch라고 부른다)이 만들어낸 전통인데, 촌장은 어린 나이에 세상을 뜬 딸을 기억하고 싶었다. 마을에 여자아이가 태어날 때마다 나무를 심어 수천 그루가 되었는데, 흰개미 떼 피해를 볼까 걱정되었다. 그래서 마을 사람들은 해충을 막아주길 기대하며 알로에베라를 심었다. 곧 피플란트리에는 수백만 그루의 알로에베라가 자라게 되었다. 그런데 이걸 어떻게 활용해야 할지는 전혀 몰랐다. 그러다 마을 여자들이 알로에베라로 주스와 연고를 만드는 법을 알게 되었고, 곧 알로에베라가 마을에 큰 수익을 가져다주었다. 의식에서 예상하지 않은 축복이 생겨난 셈이다.

유대인, 중국, 발칸 지역의 나무 심기 전통은 아주 오래된 것이다. 라자스탄 피플란트리 이야기도 아주 오래된 전설처럼 들리지만 그렇지는 않다. 고작 2006년에 시작된 것이다(이 전통에는 특히 마음에 드는 점이 하나 더 있다. 여자아이가 태어나서 나무를 심을 때 아기의 부모는 딸을 성인이 되기 전에 결혼시키지 않을 것이며, 교육을 받을 수 있도록 지원할 것이고, 나무가 딸들처럼 쑥쑥 자랄 수 있게 함께 돌보겠다고 약속하는 법적 효력이 있는 문서에 서명한다). 피플란트리 사람들에게는 나무 111그루를 심는 게 의미 있는 일이다. 고대로부터 내려온 율법이나 신의 계시 없이도 탄생을 축하할 수 있는 것이다.

딸아이가 쑥쑥 자라감에 따라 나도 아기의 눈 안에서 조상들의 모습을 본다. 우리가 알던 사람들, 우리가 결코 알 수 없을 사람들. 아기의 조그만 얼굴을 보면서 아기가 이 모습 말고 다른 모습일 수도 있었다고 상상하기는 어렵다. 그렇지만 아기가 태어나기까지 어느 지점에서 무언가 다른 일이 일어났을 수도 있었다. 우리 각자가, 살아서, 이 세상에서 함께 살아가게 되기까지, 우리가 바로 지금 이 순간에 도달하기까지 있었던 그 모든 일에 대해 나는 경이를 느낀다.

2장 ——————— 한 주의 의식

종교는 무언가를 믿는 것이 아니다…… 나를 바꾸어놓는 방
식, 신성함을 경험하게 하는 방식으로 행동하는 것이 종교다.

—캐런 암스트롱

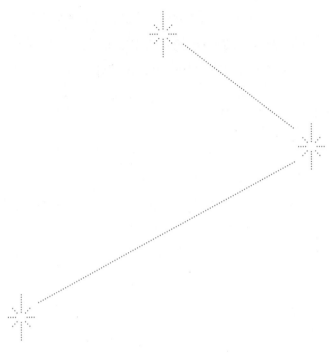

종교마다 신성한 날은 다르지만, 어떤 종교든 일주일 중 하루를 신앙을 점검하고 공동체와 자기 자신을 돌아보는 날로 삼는다는 점은 대체로 비슷하다. 유대교에서는 이런 매주의 의식이 금요일 일몰부터 시작되어 토요일 일몰까지 지속된다. 이슬람교에서는 금요일 오후 기도부터 시작된다. 기독교 대부분 교파는 일요일이 안식일이지만 제칠일안식일예수재림교회는 토요일을 안식일로 지킨다. 개신교의 한 분파인 퀘이커교에서는 모든 날이 똑같이 그리스도를 찬미하는 날이라고 생각하기 때문에 해마다 돌아오는 기념일을 특별히 더 챙기지는 않지만, 그래도 일주일에 한 번 올리는 침묵 예배를 신앙의 구심점으로 삼는다. 불교에서는 달의 위상에 따라 그 주의 신성한 날이 달라진다.

나의 외증조부모님에게는 신성한 날이 샤보스Shabbos(안식일을 뜻하는 이디시어다. 히브리어로는 샤바트Shabbat라고 한다)였다. 한 주에 한 번, 지구가 한 바퀴 돌아 제자리로 오는 동안 아무 일도 하면 안 되고 돈을 만져도 안 되고 전기를 쓸 수도 없었다. 전등이나 전화도 사용 금지이고 자동차도 타면 안 됐다. 기도하고 시너고그(예배당)에 가며, 식구끼리 함께하는 시간만으로 하루를 채웠다. 휴식하고 성찰하며 한 주를 돌아보고 마감하며 주말을 보냈다.

모든 게 그렇지만 안식일에 관한 정통파 교리에도 빠져나갈 구멍이 있다. 예를 들어 안식일을 지키는 유대인들이 많이 사는 지역의 대형 건물은 안식일 동안에는 엘리베이터가 자동으로 층마다 멈추도록 미리 조작되어 있다. 엘리베이터를 타더라도 버튼을 누르지만 않으면 규율 위반이 아니라는 일종의 꼼수다. 많은 논란을 일으키는 주제다. 또 다른 예외도 있다. 정말 심하게 아픈 사람은 차를 타고 시너고그에 와도 되는데, 다만 유대인이 아닌 사람이 운전하는 차를 타고 와야 한다. 어쨌거나 나의 외증조부 벤저민은 워낙 독실한 분이라 위암으로 죽어가는 와중에도 매주 걸어서 예배를 드리러 가셨다고 한다.

해리 할아버지가 더이상 신앙을 따르지 않겠다고 선언한 뒤에도 유월절이나 하누카 같은 명절은 집안 풍습의 일부로 남아 있었지만, 안식일을 지키지는 않았다. 그 점이 나에게는 좀 아쉽기도 했다.

다행스럽게도, 종교가 없는 사람도 주간의식은 가질 수 있다. 목요일 주류酒類 특별할인 시간에 직장 동료들과 한잔한다거나, 데이트하는 날, 좋아하는 운동 수업이 있는 날, 자원봉사하러 가는 날 같은 것들이다. 혹은 농산물 시장에 장을 보러 가거나, 네일숍에 가거나, 심리상담을 받으러 가는 등 거의 모든 사람에게 일주일에 한 번 하는 특별한 일이 있기 마련이다. 비디오, DVD, 스트리밍 서비스가 등장하기 전에는 가장 좋아하는 TV프로그램을 방송시간에 맞춰 보는 게 매주 돌아오는 의식이었다. 스포츠 경기는 요새도 대부분 생방송으로 보기 때문에 수백만 명이 함께 같은 시간에 각자 집에서 환호하고 괴로워한다. 이런 일을 한다고 해서 경건한 마음이 들지는 않겠지만 삶의 패턴이 생기고 공동체와 나 자신을 다시 생각해보는 시간이 만들어질 수 있다.

어릴 때는 금요일에 학교 마치고 집에 오면 엄마가 나를 데리고 클레버 한스 베이커리에 할라*를 사러 갔다. 우리가

✳ 유대인이 안식일에 먹는, 새끼 꼰 모양의 흰 빵.

살던 업스테이트 뉴욕* 이서커에 있는 빵집이었다. 안식일을 지키지는 않아도 이런 의식을 치르면서 조상들에게 살짝 경의를 표했던 셈이다. 나에게는 내가 '초록이'라고 부르던 민트 아이싱을 얹은 브라우니를 사 먹는 게 가장 중요한 일이었지만. 집에 돌아오는 길에 카시트에 앉아 냠냠 맛나게 먹던 일이 기억난다. 그것도 일종의 성찬식이었던 셈이다. 이런 식으로 나는 한 주를 끝내고 일에서 휴식으로 전환하는 때(당시 나에게는 일이라는 게 주로 색칠 공부였지만)를 처음으로 인식했다. 빵을 사러 가는 행위가 시간의 흐름을 인지하고 느끼는 한 가지 방법이었던 것이다. 시간은 파악하기 쉽지 않은 개념이다. 쉴새없이 흐르지만 느끼기는 어렵다. 풀밭에 누워 지구가 돌아가는 걸 느끼려고 하는 것과 비슷하다. 변화가 미세하고 지속적일 때는 감지할 수 없다. 해가 지는 걸 본다거나 할 때에야 지구가 또 한 바퀴 돌았구나 하는 걸 알 수 있다.

엄마와 내가 주말마다 함께한 또다른 신성한 의식이 있다. 물론 그걸 의식이라고 생각하게 된 건 어른의 관점에서 떠올려보게 된 최근의 일이지만. 엄마는 색도화지 한 묶음, 풀, 안전가위와 커다란 골판지 한 장을 꺼냈다. 그다음에 바

---

* 뉴욕주에서 뉴욕 대도시 권역을 제외한 지역.

다, 우주, 공룡, 숲 같은 주제를 정하고, 종이로 식물, 동물, 바위, 해 등을 오려 우리만의 세상을 만들었다. 가끔은 종교적인 주제도 택했다. 우리집이라고 해서 에덴동산이나 노아의방주 이야기 같은 것을 꺼리지는 않았다. 오히려 집에서 가르치기도 했다. 나한테 나무로 된 방주와 동물 한 쌍씩이 든 장난감 세트가 있었는데 엄청 소중히 여기고 잘 보이는 데 전시해놓곤 했다. 그렇지만 문명의 대들보 같은 이런 이야기들을 부모님께서는 역사적 사실이 아니라 중요하고 영향력 있는 문헌으로 받아들이도록 가르쳤다는 점은 달랐다(엄마는 "대홍수가 있었다는 증거는 있어. 하지만 화석 자료를 보면 동물이 한 쌍씩 살아남아 다시 번성했다고 보기는 어려워"라고 말하곤 했다).

종이를 어떤 모양으로 오렸는지가 중요한 게 아니라, 같이 보낸 시간이 중요했다. 엄마와 내가 앉아서 이야기를 나누면서 조금 교육적이기도 하고 창의적이기도 한 무언가를 했다. 의식이란 그런 것이다. 그리고 일주일에 한 번 했다는 것도 적절했다. 날마다 하면 너무 자주여서 특별하게 느껴지지도 않고 시간도 너무 많이 들었을 것이다. 한 달에 한 번 하면 너무 띄엄띄엄이어서 규칙적으로 반복되는 리듬을 느끼기가 어렵다. 일주일에 한 번이 딱 적당했다.

사실 일주일은 계절처럼 천문학적인 근거가 있는 시간 단위는 아니다. 달의 위상 변화와 연관지을 수는 있다. 달은 지구 둘레를 28일에 한 바퀴 도는데, 28은 7로 딱 나눠떨어지는 수다. 그래서인지 7일을 주 단위로 삼은 문화권이 많다.

그렇다고 한 주가 반드시 7일이어야 하는 것은 아니다. 고대에는 8일, 9일, 20일을 한 주로 택한 문화가 있었다. 프랑스혁명기에는 프랑스 사회의 모든 것을 의문시하면서 달력도 바꾸어서 10일을 한 단위로 보는 체계를 택한 적이 있다. 고대 이집트에서도 10일을 한 단위로 삼았다.

우리가 시간을 경험하는 방식은 우리의 믿음과 밀접한 관련이 있을 때가 많다. 일주일 달력을 보아도 뚜렷이 알 수 있다. 영어로 월요일을 가리키는 'Monday'는 달$_{moon}$과 날$_{day}$이 합해진 말이다. 스페인어, 프랑스어, 이탈리아어에서는 요일 이름이 같은 기본 구조로 되어 있다. 화요일은 화성$_{Mars}$의 날이다. 영어로는 뚜렷이 드러나지 않지만 로망스어에서는 확연히 보인다. 스페인어로는 마르테스$_{martes}$, 프랑스어는 마르디$_{mardi}$, 이탈리아어로는 마르테디$_{martedi}$. 수요일은 각각 미에르콜레스$_{miércoles}$, 메르크르디$_{mercredi}$, 메르콜레디$_{mercoledi}$로 수성$_{Mercury}$의 날이다. 또 목요일은 목성, 금요일은 금성, 토요일은 토성의 날이다. 일요일은 당연히 해의 날이고.

천체에 붙여진 이 이름들은 고대 유럽 신들의 이름이기도 했다(그래서 퀘이커교도들은 기독교 이전 우상의 이름을 부르지 않으려고 요일을 요일 이름 대신 숫자로 지칭하기도 한다). 그리스에서 스칸디나비아까지 옛사람들은 행성과 항성을 사람의 모습으로 상상해 신으로 섬겼다. 우주의 운행과 신의 작용이 하나의 시스템으로 움직였다. 사실 세계 어디에서나, 유사 이래 거의 늘 자연과 종교는 떼려야 뗄 수 없을 정도로 밀접하게 연관되어 있었다. 우주는 신성했다. 신과 자연은 서로 대립하지 않았다.

나는 어릴 적 고대 신화를 많이 읽었다. 어떤 이야기인지 익숙하게 알 것이다. 신이 올림포스산에서 내려와 양치기 같은 평범한 인간의 모습을 하고 딱한 인간들의 인간사에 끼어드는 이야기들이다. 어른이 된 뒤에 내가 바로 그런 신화 속 장면 같은 순간을 살았다고 느낀 적이 딱 한 번 있다. 내 삶에 지대한 영향을 미친 우연한 만남이 있었다.

존과 갓 결혼했을 때였는데, 내 생일이 돌아오는 주에 워싱턴DC에 가게 됐다. 의회도서관에서 우리 부모님의 원고를 입수한 것을 축하하는 대규모 행사가 열려서였다. 나에게는 감정적으로 너무 힘든 일이었다. 행사에서 상영한 영상 속 아빠의 젊고 건강한 모습과 아빠의 목소리에 주체하지 못하고 울음을 쏟아붓고 말았다.

존은 행사에 내 생일이 묻혀 어영부영 넘어가게 하지 않겠다고 마음을 먹었던 모양이다. 존은 몇 달 전 앵커 앤더슨 쿠퍼가 〈식스티 미니츠〉에서 감탄하며 소개하는 걸 보고 우리가 꼭 한번 가보고 싶다고 얘기했던 레스토랑 예약에 성공했다. 음식을 음식이 아니라 예술에 가깝게 구현하는 그런 식당이었다. 둥근 얼음 모양으로 만들어낸 모히토 칵테일, 액화질소를 뿌린 팝콘 등. 아주 환상적인 식사가 될 것 같았다. 하지만 식당으로 가는 길에 택시를 탄 일이 환상적인 경험이 되리라고는 꿈에도 생각지 못했다. 우리는 존의 일에 관해 이야기하다가 택시를 잡아탔다. 그때 존은 직장에서 자극도 열정도 받지 못하고 틀에 박힌 일상을 반복하고 있었다. 나는 존에게 무엇이든 간에 하고 싶은 일을 해야 한다고, 전에도 한 이야기지만 또 반복해서 했다. 지금 일이 만족스럽지 않다면 대학원에 가서 커리어를 바꿔볼 수도 있을 거라고 했다. 한편 존은 안정적이고 좋은 직장이 있는데 확실하지도 않은 것을 추구하려고 그만두자니 너무 무책임한 것 같다며 역시 전에도 했던 이야기를 또 했다. 택시에 올라타 기사에게 주소를 알려주고 익숙한 토론을 계속했다. 우리가 신혼이긴 해도 같이 살기 시작한 지는 6년이 넘었으니 똑같은 대화를 하고 또 하는 부부의 관습에 이미 익숙한 상태였다.

"결혼한 지 얼마나 됐어요?" 택시 기사가 백미러로 우리를 보면서 노래 부르는 듯한 억양으로 말했다. 도로에는 눈길도 주지 않는 것 같았다.

"앞에 신호등이 있네요." 존이 말했다.

"6주요." 내가 말했다.

"6개월, 신혼이군요!"

"아뇨, 6주요!"

기사는 결혼이라는 주제에 대해 아주 잘 안다는 듯이 나지막한 목소리로 탄성을 질렀다. 그러더니 재니스 조플린 노래를 하기 시작했다. "오 세상에, 나한테 메르세데스벤츠를 사주지 않겠어……"

존과 나는 서로 마주보았다. 노래가 재니스 조플린 메들리로 이어지더니 우리가 모르는 언어의 발라드로 계속 바뀌었다. 기사는 도로에는 아주 가끔만 눈길을 주면서 계속 노래를 불러주었다. 존은 추가로 안전띠를 채우기라도 하는 듯 팔을 내 몸 위에 둘렀다.

"재니스 조플린 알아요?" 기사가 물었다.

그럼요, 알죠, 우리가 말했다.

"미국은 그래서 좋아요. 시에라리온에 있을 때는 동네마다 노래가 다 달랐어요. 여기에서는 다들 같은 노래를 알죠. 노래 좀 불러요?"

나는 목소리에 비음이 섞여 있고 박자 감각이 없다. 존은 나보다 조금 낫긴 한데, 그래도 우리는 아뇨, 노래 못 해요라고 대답했다.

"둘이 같이 노래해야 해요!" 택시 기사는 우리 부부 사이에 대화나 섹스처럼 꼭 있어야 할 것이 없다는 듯 강경한 말투로 말했다.

우린 노래를 너무 못해서요, 우리가 변명했다.

"그건 핑계가 안 돼요. 반드시 노래를 해야 해요. 아무 노래나요. 그냥 불러요! A-B-C-D······"

한 박자가 지나갔다. 존과 나는 어쩔 수 없이 따라 불렀다. "E-F-G?"

우리 세 사람은 한밤중에 9번가를 달리며 H에서부터 이어서 노래를 불렀다. 그렇게 Z까지 불렀다. 기적적으로 무사했을 뿐 아니라 뜻밖에 기운이 솟는 느낌이 들었다.

"일주일에 한 번, 꼭 같이 노래를 해요. 같이 그렇게 즐기면 사이가 돈독하게 유지될 거예요."

레스토랑에 도착해 택시에서 내리고 나자 무슨 일이 있었던 걸까 어리둥절한 기분이었다. 만약 내가 신자였다면 신의 계시 같은 거라고 생각했으리라. 나는 신자가 아니므로 아주 친절하고, 현명하고, 약간 남의 일에 끼어들기를 좋아하는 사람을 운좋게 우연히 만났던 거라고 여기고 있다.

부모님은 사랑을 신성한 것으로 보게끔 나를 키우셨고 그래서 존과 나는 늘 우리의 사랑을 종교 비슷한 것으로 생각한다. 초자연적이라거나 운명지어졌다거나 그런 의미에서가 아니라, 믿고, 존중하고, 소중히 여기고, 당연히 여기지 않는다는 의미에서 종교처럼 여긴다.

종교처럼, 우리 사랑에도 신성시되는 기원(우리의 우정이 마침내 로맨틱하게 바뀐 8월의 무더운 어느 밤), 해마다 돌아오는 기념일(처음 밤을 보낸 날, 사귀기로 한 날, 결혼기념일), 이따금 황홀경에 빠지는 초월적 순간 들이 있다. 그렇지만 꼭 필요한 요소인데 부족한 게 한 가지 있었다. 여느 종교에서 일주일에 한 번씩 하는 의례로 하듯, 우리가 함께 만들어온 세계의 중심에 있는 헌신과 기쁨을 정기적으로 재확인하는 절차가 없었다. 정해진 시간에 규칙적으로 꼭 해야 하는 일, 기분이 좋지 않을 때도 눈코 뜰 새 없이 바쁠 때도 화가 났을 때도 소중한 것을 일깨우기 위해 꼭 해야 하는 일, 솔직히 정말 하고 싶지 않을 때도 해야 하는 그런 일이 없었다. 그런데 이 이름 모를 택시 기사가(이름을 알아두었다면 좋았을 텐데 미처 그러지 못했다) 우리에게 그런 것을 만들어준 셈이다.

그 택시를 탄 뒤에 많은 것이 바뀌었다. 존은 좋아하는 일을 찾았다. 존이 직장을 옮기면서 우리는 뉴욕에서 보스턴으로 이사했다. 아기도 낳았다. 그렇지만 알파벳 노래는 여전히 계속된다. 우리는 주말마다 그 노래를 부른다. 보통 토요일 아침에 처음 눈이 마주쳤을 때 부른다. 깊이 숨을 들이마시고 잠시 멈추는 게 신호다. 그러고 같이 노래를 부른다. 서로 열렬히 사랑할 때도, 서로에게 화가 났을 때도, 어디 가야 해서 정신없이 바쁠 때도 노래를 부른다. 서로 떨어져 있을 때는 전화로 부른다.

남침례교에서 시베리아의 주술사까지, 노래를 신앙과 결

합한 예는 헤아릴 수 없이 많다. 인간만 그러는 것도 아니다. 여러 종의 새, 벌레, 고래 등이 노래를 이용해 짝짓기 의식을 치른다. 일주일에 한 번 모여 함께 노래를 부르는 행위를 여러 종교의 의식에서 핵심 절차로 삼는다. 종교와 무관한 의식에서도 마찬가지다. 국가를 부르면서 시작하는 스포츠 행사는 얼마나 많은가? 아침마다 똑같은 노래를 부르며 하루를 시작하는 유치원은?

알파벳 노래가 누구한테나 적합할지는 모르겠다. 사실 엄청 우스꽝스러운 노래라 약간 바보같이 느껴질지도 모르겠다. 그렇지만 그 택시를 탄 지 5년이 지난 지금은 바로 그게 핵심이라는 생각이 든다. 우스꽝스럽기 때문에 나도 모르게 마음이 풀어지고 유대감이 생기고 자신을 연약한 존재로 느끼게 되고 그래서 특별하다. 결혼이나 이 방대한 우주처럼 나 자신보다 더 큰 무엇의 일부라고 느낄 때, 그 핵심에 있는 감정이 바로 이것이다.

요새 알파벳 노래 말고 또다른 주간의식이 생겼는데 이역시 노래와 상관이 있다. 나는 화요일 오후에 딸을 데리고 동네 극장 3층 작은 연습실에서 하는 아기 음악교실에 간다. 아이가 무척 좋아하는 시간이다. 아이는 엄마와 달리 음악적 재능이 좀 있는 것 같다. 최소한 리듬감은 있다. 존도 가끔 시간이 나면 같이 간다. 〈반짝반짝 작은 별〉〈올드 맥도널드〉 같은 노래도 부르고, 마라카스 악기를 흔든다든가 청소하기 노래 같은 전에 들어보지 못한 노래도 부른다. 아이들은 장난감 악기를 두들기고 끝날 시간이 다 되면 비눗방울을 분다. 우리 아이와 생일이 3주 안팎으로 비슷한 여자아이 셋이 있는데, 아이 엄마들과 무척 친해졌다. 네 엄마가 서로 의지하며 도움과 조언과 지혜를 나눈다. 매주 우리는 아기들이 천천히 자라 아이가 되어가는 걸 보면서 경탄한다. 아이는 날마다 보니까 변화를 느끼기가 어려운데 넷이 같이 있는 걸 보면 시간의 흐름이 느껴진다. 우리에게 가장 신성한 존재를 시간을 들여 목격하면서 조금 더 깨달음을 얻는 듯하다. 나에게는 이 음악교실이 또다른 기적을 기리는 또다른 교회다. 아주 작고 새로운 종파의 교회에서 우리는 아주 작고 신비로운 신들을 숭배한다. 아직 우리가 완전히 이해하지 못하는 힘과 소망을 지닌 존재. 우리는 조건 없이 그들을 사랑하고 우리의 희생을 기꺼이 바친다.

3장 봄

무슨 목적으로, 4월이여 그대는 다시 돌아오는가?
아름다움 때문만은 아닐진저.

—에드나 세인트 빈센트 밀레이,「봄」

종교는 원래 자기 것이 아닌 것도 무작정 차지하려는 습관이
있다.

—알랭 드 보통,『무신론자를 위한 종교』

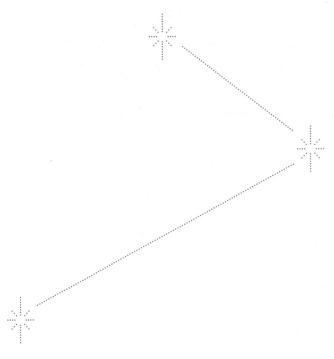

우리가 사는 이 행성은 조금 삐딱하다. 자전하는 모양이 그렇다는 말이다. 우리는 약간 기울어진 채로 태양을 돈다. 그 기울기는 약 23.5도인데 이를 자전축 기울기라고 한다. 이렇게 기울어져 있지 않더라도 날씨는 있을 수 있지만, 계절은 생기지 않고 일 년 내내 밤낮의 길이도 달라지지 않을 것이다. 낮이 가장 긴 날이 하지, 가장 짧은 날이 동지다. 춘분은 그 경계를 넘어가는 날인데, 그러니까 낮이 밤보다 길어지기 시작하는 순간이다. 지구는 일 년 동안 우리의 별 태양 주위를 타원형으로 돌고 자전축이 기울어져 있으므로 북반구와 남반구가 받는 햇빛의 양이 다르다. 한쪽 반구에서 햇빛을 가장 많이 받는 날이 하지다. 같은 날이 반대쪽 반구에서는 동지다. 지구가 해 주위를 돌면서 여름은 서서히 가을로 바뀌고 겨울은 봄으로 이어진다. 한쪽 반구가 봄일 때 다른 쪽은 가을이다. 사람들 대다수가 사는 북반구에서는 춘분이 대략 3월 20일경이다(춘분, 추분, 하지, 동지 날짜는 앞뒤로 하루이틀 정도 당겨지거나 늦춰질 수 있는데, 우리가 사용하는 달력에 윤년이 있어 매년 앞뒤로 조금씩 달라지기 때문이다). 믿든 말든 상관없이 관측하고 입증할 수 있는 사실이다.

춘분이 오면 날씨도 더 따뜻해질뿐더러 빛도 더 많아지므로 그것만으로도 기분이 들뜬다. 혹독한 겨울을 이겨내고 새로 생겨난 생명의 징후를 볼 때면 마음이 설렌다. 어쩌면 우리는 봄을 사랑하게끔 진화했는지도 모른다. 봄이 왔다는 것은 이제 위험을 벗어났으며 얼어 죽거나 굶주릴 가능성이 줄어들었다는 뜻이기 때문이다. 사방에서 모든 것이 다시 태어나는 모습을 보면서 죽음에 대한 근원적 공포를 누그러뜨릴 수 있기 때문일 수도 있다. 어느 쪽이든, 봄의 기쁨은 신앙이나 교리 같은 것과 무관하게 누구든 얼마든지 누릴 수 있다.

지구가 기울어지지 않았다면 지구 위의 삶이 얼마나 달라졌을지 생각해보라. 어떤 천문학적 사건, 혹은 사건들 때문에 지구가 기울어졌는지는 아직 잘 모른다. 지구 생성 초기에 대충돌이 있었을 것으로 추측하기도 한다. 이 대충돌로 생겨난 잔해의 파편들이 지구 궤도에 진입해 달이 되었다고도 한다. 그때에는 지구의 자전축이 더 많이 기울어져 있었는데 새로 생긴 달의 인력 때문에 지금 현재의 기울기가 되었을 수도 있다.

이 충돌이 지구에게, 아니 지구의 생명체들에게는 얼마나 크나큰 축복이었나. 덕분에 낮의 길이가 달라진다든가 달의 모양이 바뀐다든가 하는 정말 많은 아름다움이 생겨났다. 그로부터 수십억 년이 지난 뒤에 비로소 나타날 다양한 생명체의 삶에 막심한 영향을 미칠 변화였다.

그리고 이 생명체들 가운데 일부(사람)는 계절의 변화에 지대한 관심을 두게 되었다. 사람들은 계절의 변화를 기록하고 표시하고 축하한다. 실용적인 이유도 있다. 우기나 눈보라가 언제 올지 알면 미리 준비하고 살아남을 수 있다. 계절에 따라 얻을 수 있는 식량도 달라지는데 이것 역시 알아두면 매우 유용한 정보였다. 그뿐만 아니라 정서적인 요인도 있다. 우리가 느끼는 감정이 달라진다. 중위도 지역에 사는 사람은 짧고 추운 날과 길고 화창하고 더운 날에 갖는 감정이 각각 다를 것이다. 적도 가까운 지역에서는 연중 낮의 길이가 크게 달라지지 않지만 그래도 계절은 있다. 이 지역에 사는 사람들은 건기일 때와 오후에 주기적으로 폭우가 쏟아지는 우기일 때 아마도 기분이 매우 다를 것이다.

춘분은 봄이 왔음을 나타내는 천문학적 지표다. 그렇지만 사는 지역, 기후 패턴, 식생 등에 따라 춘분이 되었어도 아직 봄이 온 것같이 느껴지지 않을 수도 있다. 어쩌면 봄은 눈이 녹고 내복이나 외투 없이 밖에 나갈 수 있을 때부터일지도 모른다. 이렇게 보는 것은 기상학적으로 봄을 정의할 때다. 또는 꽃이 피고 아기 토끼가 태어날 때가 진짜 봄이라고 느낄 수도 있다. 이런 것은 생물학적 정의다. 정말 봄이 왔다고 생각하게 만드는 게 무엇이든 간에 그걸 연구하며 기리는 과학 분과가 있다. 우리 각자가 어떤 순간을 봄의 변화가 응축된 것으로 느끼든 어둡고 추운 시기가 물러가고 빛, 온기, 아름다움, 풍요가 다가오는 것이 봄의 핵심이라는 점은 다를 바 없다. 모든 게 다 죽은 것처럼 느껴지다가, 어떻게든 다시 삶의 기회가 주어지는 것이다.

이 무렵 우리가 기리는 많은 명절에 이런 삶의 순환이 반영되어 있다. 유월절은 하누카와 함께 우리 가족이 계속 이어가는 유대교 명절인데, 유월절도 이 무렵이다. 매년은 아니어도 자주, 늦은 봄(주로 4월 초)에 해리 할아버지와 펄 할머니가 뉴욕시에서 이서커 우리집으로 오시고 엄마가 유월절 전통 식사인 '세데르Seder'를 준비했다. 유월절 전례서 『하가다Haggadah』도 꺼냈다. 『하가다』는 찬송가책이자 역사책이자 지침서다. 『하가다』에는 수천 종류가 있어서 얼마나 정통에 가까운지, 『하가다』 읽기에 시간을 얼마나 많이 들일 용의가 있는지 등등 개인 취향에 따라 고를 수 있다. 하지만 똑같은 『하가다』를 택한다고 하더라도 세데르는 집마다 다 다르다.

우리집에서는 이날이 오면 특별히 세데르용으로 쓰는 좋은 접시와 날붙이를 꺼냈다. 또 옷을 차려입었다. 나는 어릴 때나 지금이나 과한 옷치레 하기를 좋아하는 사람이라 유월절에서도 특히 이 부분을 좋아했다. 옷을 차려입으면 특별한 기분이 들고 신이 나고 기분이 들뜬다. 의식을 치르며 나누는 이야기 내용은 신나는 내용은 아니었지만.

이야기를 여러 형태로 반복해서 들려주는 것이 종교의식에서 중요한 부분을 차지한다. 믿어야 할 게 무엇무엇인지 나열한다고 그 사상을 받아들이게 되지는 않는다. 마음을 움직이고 마음을 끄는 방식으로 교리를 구체적으로 들려주어야 할 필요가 있고 그래서 이야기가 중요하다. 엄마는 가족의 옛이야기, 기원 이야기, 슬프고 기뻤던 온갖 이야기를 생생하고도 자세히 들려주고 또 들려주곤 했는데 이런 행위는 기록으로 남겨지기 이전 먼 옛날부터 이어진 전통의 일부다. 나는 증조부모님이 길가에 앉아 있는 모습이나 해리 할아버지가 신을 믿지 않는다고 털어놓았을 장면을 떠올릴 때면 그 이야기를 들려주는 엄마의 목소리도 같이 들리는 듯하다. 엄마가 말로 그려낸 그림들이 엄마가 아니었으면 영영 잊히고 말았을 과거의 사건들을 생생하게 살려냈다. 엄마도 나도 직접 보지 못한 일이지만 우리 안에 살아서 영원히 함께하게 되었다. 종교도 같은 방법을 통해서 퍼져나갔고 지금도 마찬가지다. 부모가 아이들에게 이전에 어떤 일이 있었으며 조상들은 어떻게 살았고 그들에게 무엇이 중요한지를 이야기로 들려준다. 한 번만 들려주는 것이 아니라 반복해서 들려주고 또 들려주어 충분히 각인시켜 아이들이 기억하게 하고 다음 세대에 다시 전해질 수 있도록 하는 것이 핵심이다.

전통적 세데르에서는 이집트에서 노예생활을 하던 유대 민족이 홍해를 건너 어떻게 탈출했는가 하는 이야기가 담겨 있다. 당연하게도 탈출 과정에서 핵심 역할을 하는 히브리의 신 야훼를 중심으로 한 이야기다. 엄마는 〈다예누 Dayenu〉 노래를 같이 부르는 순서를 가장 좋아한다. '다예누'는 한번 들으면 머릿속에서 떠나지 않는 아주 쉬운 노래다. 물론 그래서 좋아하는 것은 아니다. 〈다예누〉에서는 구약에 나오는 하느님이 유대인에게 내린 기적, 축복, 선물을 열거한다. 바다를 가르고 압제자들을 물에 빠뜨리는 등. 이렇듯 하느님의 행적을 언급한 다음에 "다예누"라고 노래하는데, 대략 '그것만으로도 얼마나 충족한가'라는 뜻이다. 이런 식이다. "우리를 바다에서 뭍으로 인도하신 것만으로 얼마나 충족한가……" "우리에게 토라를 주신 것만으로 얼마나 충족한가." 엄마는 야훼가 조상들을 이집트 밖으로 인도했다고 믿지는 않는다. 이 노래가 감사의 노래이기 때문에 좋아한다. 우리는 〈다예누〉를 비종교적으로 부르면 어떨까 하는 이야기를 종종 나누곤 했다. **우리에게 햇빛을 주신 것만으로 얼마나 충족한가. 우리에게 꽃을 주신 것만으로 얼마나 충족한가.**

그러면 주신 '그분'이 누구냐는 의문이 남는다. 어쩌면 아인슈타인이 말한 '스피노자의 신' 즉 "존재하는 것의 질서와 조화로 나타나는 신" 같은 존재일지 모른다. 다른 말로 하면 우주의 물리 법칙을 (자연을 '어머니 자연'이라고 부르는 것처럼) 의인화해서 신처럼 생각하는 것이라고 할 수 있다. 나는 이렇게 생각하기를 좋아한다.

유월절에는 노래만 하는 게 아니라 낭독도 하고 달걀 같은 상징적인 음식을 먹고 접시에 와인 방울을 떨어뜨리는 의식도 치른다. 또 상징적 인물 선지자 엘리야를 초대하기 위해 문을 열어둔다. 내가 가장 좋아하는 순서는 아피코먼 afikomen 찾기다. 무교병*을 쪼개 냅킨으로 싸서 집안에 숨겨놓은 것이 아피코먼인데 아이들이 이걸 보물찾기하듯이 찾는다. 아피코먼을 찾으면 5달러 지폐 따위 작은 상을 받았다.

유월절의 이야기 자체는 암울하다. 무시무시한 구약의

＊ 누룩을 넣지 않은 빵[無酵餠]으로 유월절 다음날부터 무교절까지 7일 동안 만들어 먹는다.

신 이야기다. 노예생활, 영아학살에 새끼 양의 피를 바른 문설주, 이, 종기, 메뚜기떼 등등으로 인한 역병과 최악의 날씨가 펼쳐진다. 그다음에는 엄청나게 많은 사람이 물에 빠져 죽는데 이 사람들은 나쁜 사람들이니까 사실 이 부분은 좋은 대목이다. 그러다 이스라엘 사람들이 뜨거운 사막 위에서 40년 동안 헤매는 이야기로 끝난다. 거의 호러 영화급이다. 그렇긴 해도 유월절에는 밝은 축제 분위기가 있다.

거의 비슷한 시기에 성(聖)금요일부터 시작하는 부활절 주말이 시작된다. 성금요일은 끔찍하고 참담한 공개 처형인 예수의 십자가형을 기념하는 날이다. 상상만 해도 끔찍한 일이다. 그렇지만 부활절 일요일에는 예수의 부활을 축하한다. 유월절과 마찬가지로 기적이 일어났음을 축하하는 날이다.

춘분은 해마다 거의 같은 날짜이지만 부활절과 유월절은 날짜 변동이 크다. 크리스마스는 그레고리력(지구상 대부분 사람이 사용하는 달력)으로 12월 25일로 고정되어 있지만, 부활절은 히브리력을 따르는 유대교 축일처럼 해마다 날짜가 달라진다. 초기 기독교도들은 부활절을 유월절에 축하했다. 기독교는 유대교에서 갈라져 나온 종교이므로 유월절이 부활절보다 더 오래된 명절이다. 최초의 부활절이 유월절과 같은 날이었던 까닭은, 십자가형과 부활이 유월절 무렵에 있었다고 신약에 적혀 있기 때문이다(예수의 최후의 만찬이 세데르였다고 주장하는 신학자도 있다). 기독교가 널리 퍼지면서 지역마다 다른 날짜를 부활절로 삼았다. 서기 325년 로마제국이 다신교에서 일신교로 공식적으로 전환할 때 콘스탄티누스 1세는 중대한 결정을 내리기 위해 사람들을 한자리에 모았다. 오늘날 터키인 비잔틴제국의 니케아에서 공의회를 열어 교회의 재산, 위계질서, 성직자들의 성생활 등에 대한 규칙을 제정했다. 또 이때 부활절을 유월절과 분리하는 결정도 내려졌다. 유대력이 일정하게 통일되어 있지 않아 쓰기 불편해서였을 것이다. 또 새로 생긴 축일을 유월절과 분리해 나름의 의미를 갖게 하기 위한 것이기도 했다. 부활절은 춘분 뒤 첫 만월 다음에 오는 일요일로 결정되었다(이렇듯 통합을 강제했음에도 불구하고 동방정교회는 오늘날까지도 고대 로마의 율리우스력을 따라 다른 날짜에 부활절을 쉰다).

엄마가 이 모든 일들이 한데 묶여 있음을 알았기 때문인지, 우리는 해마다 우리집 세데르로 정한 날 즈음에 부활절 달걀을 채색했다. 부활절 달걀 만들기가 기독교 전통이라는 사실은 나중에야 알았다. 달걀은 예수나 십자가나 부활이나 하느님과 아무 상관 없게 느껴져서 기독교적이라는 생각이 안 들었다. 그냥 저 밖에서 새로운 생명이 시작되고 있음을 반영한 예술활동이라고 생각했을 뿐이다. 그때는 몰랐지만 고대 이집트부터 힌두 『베다』까지 알이 등장하는 탄생신화가 매우 많다. 심지어 구석기시대 미술에서도 찾아볼 수 있다. 태곳적부터 사람들은 생명이 알을 깨고 나온다는 걸 그럴듯하게 여겼던 것 같다.

소셜미디어 친구 중에서 해마다 봄이면 달걀에 머나먼 우주의 은하를 그린 다음 사진을 찍어 올리는 이가 있다. 이 친구는 달걀에 그림을 그리는 동안 자연을 주제로 한 칵테일을 마시고 물감이 마르는 동안에는 우리 부모님이 만든 TV쇼 〈코스모스〉 한 편을 본다고 한다. 친구는 자신이 종교가 없지만 영적인 사람이며, 인간의 탐사를 통해 드러난 우주에 대한 이해와 종교적 전통을 결합했다고 말한다. 그 모습을 보면 이상하게 가슴이 벅차다. 과학과 종교가 절대 대립한 적이 없었던 사회의 유물을 목도하는 것 같다.

다른 문화를 접할 때 우리는 마음에 드는 부분, 우리 마음을 움직이는 부분을 받아들인다. 훔치거나 유용하는 일이 될 수도 있지만 경의를 표하는 것일 수도 있다. 다른 시대의 것을 새로운 무언가, 오늘날에도 의미 있는 무언가와 결합하는 것이다. 이런 식으로 흡수하지 않는다면 과거의 생각들 대부분은 영원히 사라지고 말 것이다. 어떤 주제와 상징들이 수천 년을 넘어 계속 이어진다는 것은 근사하고 감동적인 일이다.

우리가 런던에 살 때 나는 존을 처음으로 세데르에 데리고 갔다. 우리 집안의 지인 집에 초대를 받아 갔는데, 이분은 어릴 때 독일 공습에서 살아남은 분이다. 나치의 폭탄이 떨어질 때 방공호에 숨어 남동생에게 글 읽는 법을 가르쳤다고 한다. 존은 내가 무언가 새로운 것을 같이 해보자고 하면 늘 그러듯 투지만만하게 나섰지만 세데르가 어떤 것인지는 전혀 몰랐다고 한다. 가보니 정통과는 아주 거리가 먼 세데르였다. 동요 가사를 바꾸어 출애굽 이야기로 만들어 불렀다. "그녀가 산을 돌아 내려올 거야"라는 노래가사를 "그분이 산에서 내려올 거야"로 바꾸었다. "야구장에 데려가줘요"는 "이집트 밖으로 데려가줘요"가 됐다. 존은 기대한 것보다 훨씬 더 재미있었던 모양이다. 존은 다른 손님들한테 유월절 행사에는 처음 와본다고 말했다. 사람들은 빌린 야물커*를 머리에 쓴 존을 의아한 얼굴로 쳐다봤다. "이름이 조너선이고, 뉴욕 출신이고, 금융계에서 일하는데, 유대인이 아니라고요?"

"네." 존이 말했다.

"확실해요?"

"아뇨, 확실한 건 아니죠. 어떻게 알겠어요?"

그 대화가 내 마음에 쏙 들었다. 존한테 자기도 몰랐던 유대인 피가 흐를지도 모른다고 생각하니 재미있었다. 변

＊ 유대인 남자들이 의식 때 머리에 쓰는 작고 동글납작한 모자.

태 같은 근친상간적 욕망 때문이었는지 뭐였는지 합리적으로 설명하기는 불가능하지만. 어쨌거나 나는 과거 존의 조상 중 한 명이 유대인 디아스포라* 와중에 프랑스에 정착하고 정체성을 감추고 살았을지 모른다는 상상을 자꾸 했다. 실제로 그런 일들이 있었기 때문에 내가 아직도 유월절을 기념하고 내 유대인 정체성의 일부를 계속 고수하는 것이기도 하다. 존이 한 농담의 핵심에는 유대인들이 때로 유대인이 아닌 척해야 했다는 사실이 있다. 강요받았기 때문에, 혹은 위험했기 때문에, 살아남기 위해 어쩔 수 없었기 때문에 유대인 정체성을 버린 사람들이 있었다. 진짜 정체성을 깊숙이 감추고 자신의 일부를 버리면 자식들이 안전하게 살 수 있으리라고 생각했던 것이다.

존이 처음으로 유월절 세데르에 갔던 때로부터 몇 년 뒤에, 그날 밤이 어땠느냐고 존에게 물은 적이 있다. 존은 추수감사절과 부활절을 합해놓은 것 같았다고 했다. 여러 생각을 할 수 있어 좋았지만 조금 소외된 느낌, 어색한 느낌을 떨쳐버릴 수는 없었단다. 어디에서든 소수자였던 경험이 거의 없었기 때문에 낯설고 새로운 감정이 들었을 것이다.

존은 "어떻게 알겠어요?"라고 했지만, 그때는 2008년이

※ 유대인이 바빌론 유수 이후 팔레스타인 지역 밖으로 흩어져 살게 된 것.

었으니 DNA검사로 혈통을 한번에 간단히 알아볼 수 있게 되기 전이었다. 요즘에는 DNA검사가 흔한 일이라, 금발에 키가 큰 친구나 지인들이 자기에게도 유대인 혈통이 조금, 혹은 많이 섞여 있다는 사실을 알게 되고 놀랐다고 말하는 걸 종종 들었다.

존의 아버지에게 크리스마스 선물로 DNA검사 키트를 드렸는데 그때 이런 생각을 염두에 두고 있었는지는 확실히 모르겠다. 그런데 신기하게도, 타액 속 비밀 코드가 시아버지가 7퍼센트 유대인이라는 사실을 밝혀주었다. 그러니 존의 조상 중에 이주하면서 관습을 버리고 이름을 바꾸고 자기가 유대인이라는 사실을 아무도 알지 못하게 숨긴 사람이 정말 있었던 모양이다. 몸속 조직의 눈에 보이지 않는 분자가 사후 언젠가 그 정체를 폭로하리라는 사실은 꿈에도 모르고.

유대교는 모계로 이어지기 때문에 존의 유전자와 무관하게 우리 딸은 이론적으로는 유대인이라고 할 수 있다. 물론 자기 정체성은 나중에 스스로 결정할 테지만, 아이의 모계 조상들이 6000년 전부터 봄마다 해온 일의 일부는 아이와 같이하고 싶다. 부활절 달걀 꾸미기도 할 생각이다. 아이의 부계 쪽 조상이 대부분 기독교도이기도 하지만 의식과 예술이 밀접하게 연관되어 있다고 생각하기 때문이기도 하다. 음식을 만들고 노래를 부르는 것도 예술의 한 형태이고 나는 이런 것들을 무척 좋아한다. 특히 달걀 꾸미기 같은 소소한 미술활동을 하다보면 엄마와 매주 판지를 가지고 온갖 걸 만들며 놀던 때가 떠오른다. 그리고 내가 가보았던 장엄한 교회, 높이 솟은 미나레트*, 박물관에서 본 풍요의 여신 조각상 등 믿음을 표현하기 위해 만들어진 모든 예술 작품이 떠오른다. 무신론자인 나에게도 말할 수 없이 아름답게 보이는 것들이었다.

박물관에 가서 종교 작품을 보면 내가 그 종교를 안 믿더라도 감동하게 된다. 명절도 마찬가지다. 내게 믿음은 없지만 유월절에는 내가 좋아하는 요소가 너무나 많다. 얼마 전부터 존과 나는 「해방된 하가다─문화적, 세속적, 인본주의적 유대인을 위한 유월절 예식」이라는 책을 가지고 세데르를 한다. 우리 결혼식 주례를 맡아주신 세속화한 랍비가 썼는데, 사실 책이라기보다는 스테이플러로 철한 복사지 묶음이다. 제본하거나 코팅을 해야겠다고 생각만 하면서 못하고 있다. 이 책은 '하느님'은 언급하지 않고 대신 삶, 와인, 자유를 찬미한다. 유대민족의 역사를, 유대민족이 무수한 역경에도 불구하고 살아남았음을 강조하며 들려준다. 또 여러 다른 종교, 인종, 민족, 섹슈얼리티에 속한 사람들도

─────────────────────────

* 이슬람교 예배당 모스크의 뾰족탑.

마찬가지로 고통, 폭력, 편견, 파괴를 겪어오고 있음을 이야기한다. 그러니까 비종교적인 유월절 의례에서 하는 이야기는 이런 식으로 진행된다. 우리 민족은 노예였고 무척 끔찍한 일을 겪었다. 이제 다행히 자유를 찾았다. 그렇지만 실질적으로 혹은 비유적으로 노예 상태를 벗어나지 못한 사람들이 있다. 가난 때문에, 차별 때문에, 폭력 때문에. 그들을 도와야 한다. 이 현대적인 『하가다』에서는 굶주림, 문맹, 공해, 가난, 인종주의, 폭력, 전쟁 등을 인간을 괴롭히는 역병으로 열거한다.

몇 년 전부터 존과 내가 함께한 세데르는 내가 어릴 때 엄마가 차리시던 만찬처럼 우아하지는 않다. 그때는 엄마가 결혼식 때 산 도자기를 꺼내고 아버지와 외할아버지는 정장을 입으셨다. 우리의 세데르에는 다른 커플들도 왔는데 그들 대부분 '인종과 종교가 다른 이들이 만나 결혼한' 사이였다. 한쪽은 기독교 분위기에서 자랐고 한쪽은 유대교 분위기에서 자랐거나, 양쪽 다 독실한 신자는 아니지만 그래도 계절의 변화를 기리고 싶은 사람들이 주로 왔다.

당연하지만 유대교도와 기독교도만 봄을 축하하는 것은 아니다.

이슬람교가 퍼지기 전 페르시아제국 사람들은 수천 년 동안 조로아스터교를 믿었다. 조로아스터교에서는 유일신 '지혜로운 신'을 섬기는데 강력하지만 전지전능하지는 않은 신이다. '새날'이라는 뜻의 누루즈Nowruz는 춘분에 시작되는 신년 겸 봄맞이 축제다. 오늘날 이란은 엄격한 이슬람 신정국가이지만 이란의 명절에는 조로아스터교의 영향이 여전히 남아 있다. 누루즈는 이슬람교 이전의 명절이지만 사람들이 워낙 좋아하기 때문에 아야톨라*도 누루즈를 눈감아준다. 누루즈에도 달걀에 물을 들이는 풍습이 있다.

이집트의 명절 샴엘네심도 이슬람 이전부터 있던 전통이지만 오늘날 기념일로 지정되어 있다. 적어도 기원전 2700년부터 춘분에 이날을 축하했지만 이집트의 기독교시대에 부활절 다음날인 월요일로 옮겨졌고 오늘날까지도 그 날짜로 계속 이어진다. 현대에는 신들에게 음식을 바치는 대신 야외로 피크닉을 나가지만 달걀에 장식하는 풍습은 아직 남아 있다.

음력설은 지구상에서 가장 많은 사람이 축하하는 명절 중 하나다. 보통 1월 말에서 2월 초, 봄이 오기 전에 온다. 이때는 사실 겨울에 가까운 때다. 날짜도 이르고 기온도 아직 낮지만 중국에서는 '춘절春節'이라고 부르고 봄의 도래를 축하한다. 거대한 용 형상과 함께 행진하고 셀 수 없이 많은 붉은색 연등에 불을 붙이고 불꽃놀이를 하며 새해의 풍요

❋ 이란의 이슬람교 시아파 종교지도자에 대한 경칭.

와 행운을 기원한다.

그 밖에 현대적인 봄 축제도 많다. 가장 파격적인 축제로 인간의 신체 부위를 주제로 삼는 축제가 있다. 오늘날 일본에서는 4월 첫번째 일요일, 벚꽃이 만개할 때 도쿄 외곽 가와사키에서 '가나마라 마쓰리かなまら祭り'라는 축제를 연다. 가나마라 마쓰리는 강철 남근의 축제다. 수만 명이 모여 거대한 남근 모형을 이끌고 퍼레이드를 하고 플라스틱으로 만든 페니스 모양 코를 달고 알록달록한 색의 페니스 모양 막대사탕을 먹는다. HIV 연구기금 모금도 한다. 현대적이고 진보적이고 성을 긍정하는 축제다. 이 축제의 중심 장소인 가나야마 신사는 17세기에서 19세기 사이에 성매매 여성들이 성병에 걸리지 않게 해달라고 빌던 곳이었다. 이 축제의 근원 설화가 있다. 옛날에 소유욕이 강한 악귀가 여자의 질 안에 숨어 있다가 여자가 섹스를 하면 질투심에 불타 남자의 성기를 물어뜯어버렸다는 전설이다. 대장장이가 강철 남근을 만들어주어 이 악귀를 물리칠 수 있었고 그래서 해마다 4월에 이를 기리게 되었다.

리베랄리아Liberalia는 고대 로마의 풍요제다. 가나마라 마쓰리처럼 리베랄리아에도 거대한 남근이 등장해 거리 행진을 했다. 리베랄리아는 3월 17일인데 이날이 되면 젊은 남자들이 아이 옷을 벗어던지고 남성성을 상징하는 '성인 남자용 토가'를 처음으로 입었다. 로마 문화의 많은 부분이 그렇지만 리베랄리아도 그리스 문화에 영향을 받았다. 고대 그리스에서는 와인의 신 디오니소스 축제를 다양하게 벌이 곤 했는데, 그중 안테스테리아Anthesteria는 '꽃의 축제'로 와 인 시음회와 여자들의 신성한 비밀의식으로 봄의 시작을 알렸다.

어릴 때 나한테는 『돌레르 부부의 그리스신화』라는 책이 있었다. 커다란 노란색 책으로 표지에 무표정한 신이 백마 네 마리가 끄는 전차를 타고 있고 신의 머리에서 사방으로 빛살이 뻗는 그림이 그려 있었다. 이 신의 이름은 헬리오스 이고 태양신이었다. 기원전 800년에서 기원전 146년 사이 그리스섬에 살았던 사람들에 따르면 헬리오스는 날마다 전 차를 타고 하늘을 가로질러 어둠을 몰아내고 지구인들에게 아침을 가져다주었다고 한다(사실은 태양이 움직이는 게 아 니라 그 반대이기 때문에 헬리오스는 태양이 아니라 지구의 자 전을 의인화한 것이다).

나는 그 책을 엄청나게 좋아해서 내가 아직 글을 못 읽을 때 날이면 날마다 부모님께 읽어달라고 졸랐다. 나중에 글 을 배운 다음에는 읽고 또 읽으면서 신들의 계보, 못된 짓 들, 특별한 능력 따위를 외웠다. 이 책 삽화에는 신들이 대 부분 금발에 파란 눈으로 그려졌으니 지금 생각해보면 제 우스의 집안보다는 북유럽의 신 오딘의 집안에 어울리는 외모 묘사였다. 나는 고대 그리스 사람들이 이런저런 걱정을 하고 앞날을 궁금해하면서 하루하루 살아가는 모습을 상상했다. 그 사람들이 한때 **실제로** 이 세상에 살았던 **진짜** 사람이라는 점을 생각하면서 상상해보려고 했다. 그렇지만 그때와 지금은 세상이 완전히 달라졌다. 그리스신화에 이렇게 푹 빠지면서 그리스 역사와 지리도 조금 배웠을 테지만, 그보다는 종교가 생겨날 수도 있고 사라질 수도 있다는 사실을 배운 것이 나에게는 더욱 중요한 일이었다. 나는 신화 이야기에 담긴 정교한 아름다움에 감탄했고 이 강력한 신들이 이제 추종자들을 잃었다는 사실에 슬픔을 느꼈다. 그래도 완전히 잊힌 것은 아니고 운동화 상표나 우주 탐사 계획의 이름으로 남아 있긴 하다.

이 신들의 모습에 신을 믿은 사람들의 '믿음'이 반영되었다는 생각에는 정말 일리가 있다. 오늘날 중학교 역사 선생님이 농경을 다스리는 티탄족 아버지가 자식들을 다 잡아먹어서 제우스가 크레타섬에서 몰래 태어났다는 게 실제로 일어난 일이라고 가르치지는 않는다. 그러니까 신들의 이야기가 펠로폰네소스전쟁이 언제 어디에서 일어났다는 것과 마찬가지의 사실로 취급되지는 않는다는 말이다. 제우스 이야기는 '고대 그리스 사람들은 그렇게 **믿었다**'라는 의미로 배우게 된다. 그 말은 고대 그리스 사람들이 실제 세계가 어떻게 돌아가는지 잘못 알고 있었다는 뜻이기도 하다.

우리는 곡물이 그리스인들에게 중요했기 때문에 데메테

르라는 곡물의 여신이 있었다고 배운다. 데메테르가 곡물을 돌보기 때문에 곡물이 그리스 사람들에게 중요했다고 배우는 것이 아니다. 고대 이집트인들과 마야인들은 태양신을 숭배했는데 그 더운 지역에서는 우리의 별인 태양이 생명을 주지만 동시에 치명적일 수도 있는 양면적 존재이기 때문이다. 북유럽신화에 나오는 날씨의 신 프레이르, 로마의 전쟁신 마르스, 아즈텍의 토나카시와틀이나 줄루족의 음바바 음와나 와레사 같은 다산의 여신도 마찬가지 이유로 중요했다. 우기雨期, 작물, 침략자, 자녀―이런 것들이 불확실한 세상에서 우리의 미래를 결정한다. 이런 것들 때문에 우리는 근심하고 그래서 신들을 만들어낸다.

이 신들이 고대인들이 소망과 불안을 헤쳐나가기 위해 만들어낸 것이라고 말하더라도 불경하다고 생각할 사람은 없을 것 같다.

나는 그리스신화를 역사가 아니라 문학으로 읽었다. 내가 『하가다』를 대하는 방식도 이와 크게 다르지 않다. 이건 우리 조상들이 믿었던 것이라고. 여기에 지혜, 통찰, 시가 담겨 있지만, 이걸 진짜라고 믿지는 않는다.

『돌레르 부부의 그리스신화』에서 특히 나에게 강렬했던 건 페르세포네 이야기였다. 페르세포네는 제우스와 데메테르의 딸이다. 데메테르는 곡물만 관장하는 게 아니라 농경과 재생산 등도 다스린다. 그런데 사랑하는 딸 페르세포네가 망자와 저승의 신, 고대 그리스의 악마격인 하데스에게 납치를 당하자 데메테르는 제정신을 잃었다. 올림포스산에서 내려와 지상으로 가서 비천한 노파의 모습을 하고 한없이 딸을 찾아 헤매다니느라 곡물을 관장하는 신의 역할은 내팽개쳤다. 그래서 식량이 부족해졌다. 사람들이 굶주렸다. 다른 신들이 걱정하기 시작했다. 마침내 신들이 힘을 모아 페르세포네를 구해오자고 합의했다. 페르세포네가 무사히 어머니의 품으로 돌아오자 세상에는 꽃이 피고 먹을 것도 풍부해지고 사람들은 목숨을 부지할 수 있게 되었다. 그런데 지하 세계에 있는 동안에 페르세포네가 석류알을 몇 개 먹었기 때문에 지하 세계와의 연을 영원히 끊을 수가 없게 되었고 그래서 페르세포네는 해마다 다시 지하 세계로 돌아가야 했다. 그리하여 지상 세계에서 아무것도 자라지 않는 겨울과 다시 생명이 돋는 봄의 순환이 끝없이 계속되는 것이다. 그리스인들에게는 이것이 계절의 기원이었다.

봄과 관련된 전설들은 하나같이 수난의 시간이 끝나고 가슴 벅찬 기쁨이 찾아오는 이야기다. 모든 게 사라진 듯 보일 때 비밀, 감춰진 기적, 희망을 다시 찾는 이야기가 담겨 있다. 봄이란 그런 것이다. 재생, 재탄생, 부활, 죽음으로부터의 구원이라는 주제에서는 종교적 이상이 자연과 충돌하지 않는다. 오히려 동식물의 생태로부터 영감을 받아 종교 의식이 생겨났다고 할 수 있다.

내가 어렸을 때 우리집에는 유월절 말고 또다른 신성한 봄의 의식이 있었다. 엄마가 나를 위해서 만든 '첫 열매 축제'인데 '꽃 피는 날'이라는 이름을 붙였다. 업스테이트 뉴욕의 기나긴 겨울이 마침내 물러가면 나는 날마다 우리집 식당 창문 밖에 있는 산딸나무 가지를 살폈다. 가끔은 눈이 착시를 일으킬 때도 있었다. **저기 뭐 보이지 않아? 아주아주 작은 꽃봉오리가? 아냐…… 내일 다시 보자.** 나는 하루하루 꼽으며 기다렸고 그러다보면 마침내 어느 날엔가는 누구도 부인할 수 없는 꽃송이가 보였다. 그러면 엄마와 같이 밖으로 나가 산딸나무 꽃을 감탄하며 구경했다. 그리고 그날에 다과회 같은 것을 열었다. 보통은 엄마와 나 둘이서 했는데 가끔은 가까이에 사는 엄마 친구가 오기도 했다. 작은 선물을 주고받기도 했지만 가장 큰 선물은 우리 스스로 축하할 거리를 만들어내고 우리에게 의미 있는 것을 기념할 수 있다는 것, 그리고 마침내 봄이 왔다는 사실이었다. '꽃 피는 날'은 모든 관습을 다 벗겨내고 새로이 만든 날이었다. 언젠가 봄날에 엄마와 나는 내 딸과 함께 그 창문 앞에 서서, 죽은 것처럼 보였던 나무가 사실 죽지 않았다는 경이로운 신비에 감탄할 것이다. 새로운 생명이 자라고 있다는 것. 날씨가 곧 따뜻해지리라는 것. 낮이 길어지고 햇빛이 내리쬐리라는 것. 여전히 신비스럽게 느껴진다. 어쩌면 기적 같기도 하다.

4장 —————————— 매일의 의식

태어나기 전의 일을 모른다면 늘 어린아이로 남아 있는 것과
다를 바 없다.

—키케로

천체, 지구, 나일강, 강물, 진흙과 점액, 사람, 동물, 식물, 파
충류, 곤충, 모든 자연의 힘, 생물과 무생물은 신성하며 신의
영광을 함께한다……

—앤 일라이자 스미스(J. 그레고리 스미스 부인),
『일출부터 일몰까지: 인류의 역사적 철학적 종교적 사고에 대한 검토』

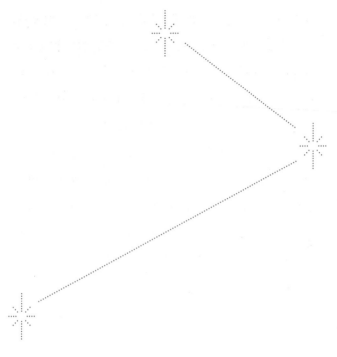

존과 내가 날마다 하는 작은 의식이 몇 가지 있다. 매일 아침 존이 나보다 먼저 일어나 커피를 만들어서 침대에 누워 있는 나에게 한잔을 가져다준다. 그러면 나는 존에게 고맙다고 하고 내가 존을 얼마나 대단하게 생각하는지 이야기한다. 이 작은 사랑의 행위가 우리가 보낼 하루 그리고 우리가 함께하는 삶의 분위기를 만들어준다. 저녁때 존은 퇴근하면서 "출발!!!"이라고 나한테 문자 메시지를 보낸다. 이 문자를 받으면 여전히 가슴이 살짝 떨린다. 좋아하는 사람을 곧 만나게 되리라는 설렘이다. 이것도 작은 의식이다. 사실 우리에게 의미가 있는 특별한 행동은 그게 무엇이든 어떤 면에서는 일종의 의식이다. 다른 식으로 할 수도 있는데 그렇게 하지 않고 굳이 이 방식을 거듭할 때 사소한 행동들이 의식이 된다. 존이 아무 예고 없이 그냥 집에 올 수도 있지만, 문자로 알려주는 덕에 나는 기분 좋게 들뜬 마음이 된다.

누구에게나 이런저런 일상적 의식이 있다. 출근할 때 어떤 길을 택해서 가는지, 혹은 아이들 저녁을 어떻게 준비하는지도 의식이 될 수 있다. 날마다 하는 일과 함께 습관적으로 떠올리는 이야기 토막도 여기에 넣을 수 있다. 나는 자기 전에 얼굴에 보습 크림을 바르면서, 젊어지는 샘물 전설을 떠올린다. 주름개선 크림 광고에 자주 나오는 이야기다. 이런 작은 의식들이 우리 마음을 편하게 해주고 일종의 리듬이나 패턴을 만들어주고 안정감을 만들어주는 것 같다. 스킨케어 습관을 통해 시간의 흐름을 늦출 수 있다면 물론 그것은 엄밀히 말해 전설 때문이 아니라 과학 때문일 것이다. 이렇게 둘을 칼같이 나누어놓으면 재미가 사라지는 건 사실이지만.

딸하고 콧물이 줄줄 흐르는 아이들이 모여 노는 놀이터 같은 데서 놀다가 집으로 돌아갈 때가 되면 나는 아이에게 병에 걸리지 않게 해주는 마법약을 손에 바르자고 말한다. 옛날이야기에는 손 소독제가 안 나오지만 나와도 썩 잘 어울릴 법하다. 투명한 액체가 든 작은 병을 가지고 다니면서 그 액체를 손에 문지르면 위험을 피할 수 있다고 진심으로 믿는 집단을 만났다고 상상해보자. 이 사람들이 마법을 믿는다고 생각할 수도 있다. 그런데 그러면 안 되나? 어떤 방식으로 작동하는지 원리를 안다고 해서 마법처럼 생각하면 안 되는 건 아니지 않나? 입증할 수 있다고 해서 아무 재미도 없는 것이 되어야 할 필요는 없다. 존이 아침마다 갖다주는 커피도 어쩌면 마법 같다. 땅에서 자라난 무언가를 수확해 볶고 갈고 걸러서 만든 음료. 그 음료를 마시고 나는 이상한 나라의 앨리스처럼 변신한다. 몸이 깨어난다. 힘이 솟고 기운이 난다. 진짜 초능력이 맞다. 하루를 끝낼 무렵에 마시는 와인 한잔도 일종의 마법약이다. 땅에서 자란 또다른 식물을 기술과 시간을 들여 가공해 만든, 마셨을 때 긴장을 풀어주고 느긋하게 스트레스를 내려놓게 해주는 힘을 지닌 음료다. 그러니 우리가 일상적으로 치르는 의식들은 생물학, 기술 등의 과학적 과정으로 이루어지는 마법이나 마찬가지다. 삶의 아주 사소한 신비들까지도 다 찬미하면서 살 수 있다면 우리 일상은 얼마나 많이 달라질까?

우리가 얼마나 많은 의식을 치르며 살든 간에, 날마다 느끼는 불확실성에서 벗어날 수는 없다. 어쩌면 시시각각 불확실성을 느끼며 살 수도 있다. **어떻게 해야 하지? 이게 정말일까? 어떻게 될까?** 우리는 앞날을 예측할 수 없으므로 고통을 느낀다. 언제라도 엄청나게 충격적인 일이 일어날 수 있을 테다. 그러면 얼마나 큰 타격을 입을까. 이런 불확실성에 맞서기 위해, 세상을 조금이라도 통제해보려고 만들어낸 작은 도구들은 헤아릴 수 없이 많다.

존의 아버지한테 들은 이야기인데. 존과 동생들이 어릴 때 아버지가 이런 미신적 생각을 하셨다고 한다. 아이들한테 한 번 입맞출 때마다 아이의 수명이 하루 더 늘어날 거라고. 그래서 아이들이 므두셀라*처럼 오래 살 정도로 뽀뽀를 많이 해주었단다. 정말 진심으로 그렇게 믿어서라기보다는 그렇게 하다보면 아이들에게 무언가 나쁜 일이 일어날지 모른다는 마음 깊은 곳에 있는 두려움을 달랠 수 있었기 때문이었을 것이다.

우리 마음속 깊은 곳의 두려움이 우리가 하는 행동에도 많은 영향을 미친다. 어릴 때 나는 예민하고 생각이 많은 아이였다. 박물관에 있는 디오라마 생각을 많이 했고 돌아가신 할아버지 할머니는 어디에 있을까 궁금해했다. 나 자신을 포함해 내가 아는 사람들이 모두 언젠가는 죽을 거라는 사실을 알자 나는 일종의 존재론적 위기 같은 것에 빠졌다. 곧 회복되기는 했지만 죽음에 관한 생각을 떨쳐버릴 수는 없었고 그건 지금도 마찬가지다. 특히 죽음을 피할 수 없고

---

* 구약에 나오는 969세까지 살았다는 인물로 장수의 상징으로 간주된다.

예측할 수도 없다는 불확실성이 아직도 나를 사로잡는다. 어릴 때 나는 그 불확실성 때문에 불안해져서 나 혼자만의 미신 같은 걸 생각해냈다. 매일 저녁 잠자리에 들 때마다 부모님께 이렇게 말했다. "잊지 마! 죽지 마!" 그러면 밤마다 엄마는 이렇게 말했다. "약속할게!" 아버지는 정확성을 무엇보다 중요시하는 사람이라 이렇게 말했다. "최선을 다할게!" 아버지가 그때 이미 오십대였고 여러 가지 건강 문제가 있었기 때문에 그렇게 말했는지, 아니면 자기가 어떻게 할 수 없는 일 때문에 약속을 깨고 싶지 않아서 그랬는지는 모르겠다. 어쨌든 이게 우리가 매일 밤 치르는 의식이었다. 한동안은 그렇게 하면 안전하고 확실하며 죽음을 통제하는 듯한 환상을 가질 수 있었다.

평소에 이런 생각은 잘 안 하지만 사실 하루가 끝나는 것도 천문학적 사건이다. 밤낮이 어떻게 생기는지 알기 전에는 해가 떠올라 하늘을 가로질러서 어둠 너머로 사라지기 때문에 이런 일이 일어난다고 생각했다. 사실은 해가 아니라 지구가 움직이지만, 그래도 해가 뜨고 해가 진다고 말한다. 정확한 표현은 아닐지라도 이 패턴이 우리 삶에 지대한 영향을 미친다. 하루는 24시간으로 되어 있는데, 지구가 자전축을 중심으로 한 바퀴 도는 데 걸리는 시간이 24시간이기 때문이다. 우리의 생명활동과 신체주기는 우주와 연결되어 있다. 인류가 생겨난 이래 대부분은 시계도 달력도 없이 살았지만 그래도 밤과 낮은 있었다. 이 순환을 인지하면서 하는 일은 그게 무엇이든 중대한 의미가 있다. 그래서 세계 곳곳에 그런 의식이 있다.

하와이 원주민은 중요한 날에 〈에 알라 에E Ala É〉라는 찬가를 부른다. 동이 틀 무렵 동쪽을 바라보며 해에게 어서 떠오르라면서 부르는 노래다. 인도, 네팔 등지에서는 성직자가 동틀 녘과 해질녘에 불에 우유를 뿌리는 작은 의식을 수천 년 전부터 해왔다.

무수히 많은 일상적 종교의식의 바탕에는 우리에게 생명을 주는 위대하고 강력한 힘에 감사하는 마음이 있다. 이 힘을 물리학이나 생물학적인 힘으로 생각하더라도 위대하고 강력한 힘임은 여전한 사실이다. 요가나 명상은 원래 종교에서 기원했지만 지금은 세속화되어 이어지고 있다.

사람마다 온갖 다양한 방법으로 하루가 시작되거나 끝날 때 조용한 순간을 갖는 의식을 치른다. 종교가 있는 사람에게 기도는 생각을 정리하고 믿음의 대상이나 소망과 교감하고 삶의 불확실성을 마주하는 데 꼭 필요한 기본 행위다. 내가 어릴 때 내 곁에는 이런 종교적인 사람이 있었다.

내가 태어나고 6주 되었을 때 마루하 파르헤가 우리와 같이 살게 되었다. 나의 유모로 와서 우리 식구가 되었다. 내 삶에 지대한 영향을 끼친 분이다. 마루하는 독실한 가톨릭교도, 진정한 신자였다.

마루하는 페루 시골 지역에서 자랐는데 십대 때 어머니가 남동생을 낳다가 사망하고 말았다. 동생도 곧 어머니를 따라 세상을 떴다. 그때가 1930년대 후반이었으니 남자 혼자 아이를 키우는 일이 극히 드물 때였다. 레이철 할머니의 아버지가 그랬던 것처럼 마루하의 아버지도 마루하의 여동생들을 이모네 집으로 보냈다. 이모는 첫째 딸인 마루하를 안데스 산지에 있는 수도원으로 가게 했다. 그곳에서 마루하는 속세와 격리되어 은둔생활을 하는 수녀가 되었다. 거의 20년 동안 수도원 안에서만 생활했고 마을 사람들이 닭이나 퀴노아 씨앗 한 봉지 같은 선물을 헌금 삼아 놓고 가는 작은 회전문만이 바깥세상과의 유일한 접촉 통로였다.

어느 날 마루하가 헌물을 거두러 갔다. 그런데 마루하가 회전문 칸막이를 돌리자 갓난아기가 나왔다. 그로부터 수십 년이 지난 뒤에 우리 엄마가 마루하한테 이 이야기를 들었는데, 마루하가 말하기를 갓난아기를 품에 안는 순간 가슴이 마구 뛰더란다. 아기는 수녀원장이 데려갔고 마루하는 아기가 어떻게 되었는지는 모른다. 그렇지만 그 순간의 경험이 마루하의 가슴에 작은 씨앗을 남겨 마루하는 문득 바깥세상에 대한 갈망을 느꼈다. 하지만 교회에 충직했기 때문에 수녀가 되면서 일생을 헌신하겠다고 한 서원을 깨뜨리고 싶지는 않았다. 그래서 그뒤로 몇 년 동안 계속 새 삶을 시작할 수 있게 허락해달라는 편지를 바티칸에 보냈다. 마침내 산에서 내려가 속세에 가도 좋다는 허락과 교황의 축복을 받았다.

그때 마루하 나이가 삼십대였는데 마루하 말에 따르면 '노처녀'라 결혼하기에는 적당한 나이가 아니었다고 한다. 그래서 마루하는 유모가 되어(내 개인적 의견으로는 역사상 최고의 유모다) 세계 곳곳에서 열 명도 넘는 아이들을 키웠다. 그중 한 명이 업스테이트 뉴욕에 있는 세속적이고 과학적이며 유대교적인 우리집에 사는 나였다.

마루하가 우리와 같이 살았던 8년 동안, 그리고 그뒤에 우리를 만나러 와서 여름을 같이 보낼 때마다, 마루하는 자기 신앙과 믿음에 대해 거리낌없이 이야기했다. 나는 마루하가 무얼 믿는지 정확히 알았고 그게 우리 부모님이 믿는 것과 다르다는 것도 알았다. 부모님은 다른 믿음에 노출되는 것이 나한테 해로울까봐 걱정하지는 않았다. 오히려 다른 사람들이 어떻게 생각하는지 많이 알수록 도움이 된다고 했다. 어릴 때 죽음이라는 것에 집착하던 시기에 내가 부모님에게 이렇게 물은 적이 있다.

"마루하는 죽으면 천국에 가고 천국에는 하느님이 있고 천사들이 하프를 연주한대. 그런데 엄마 아빠는 죽음이 영원히 꿈꾸지 않고 자는 것하고 비슷하다고 했잖아. 누구 말이 맞아?"

부모님은 입을 맞춘 듯이 바로 한목소리로 대답했다. "그건 아무도 몰라!"

그냥 그렇게 말하기만 한 것이 아니다. 마치 그게 정말 좋은 일이라는 듯이 활짝 웃으며 열띤 목소리로 즐겁게 말했다.

이 대화가 나에게는 정말 큰 깨달음을 주었다. 죽음이라는 미스터리에 대해 더 잘 알게 되지는 않았지만 삶의 본질을 엿보는 창을 얻은 것 같았다. 모르는 것이 부끄러운 일이 아니라는 걸 알게 되었다. 불확실성은 실제로 존재한다. 얼버무리거나 덮어버릴 필요가 없다. 최대한 많이 알려고 애쓰는 도중이라도 불확실성이 있음을 얼마든지 받아들일 수 있다.

소크라테스 이전에 존재했던 소피스트 철학자 중에 아브데라의 프로타고라스라는 사람이 있었다. 프로타고라스는 이런 글을 썼다. "신들에 대해서라면 신들이 존재하는지 아닌지, 어떻게 생겼는지 알 방법이 없다. (대상이) 너무 모호한데다 인간의 생애가 너무 짧다는 한계 때문에 알 수가 없다." 내 생각도 비슷하다(프로타고라스가 이 글을 쓰고 난 직후 아테네 사람들은 이런 사상을 이단으로 규정했다. 프로타고라스의 생각이 위협적이라고 느꼈기 때문일 것이다).

1950년대에 철학자 버트런드 러셀은 입증의 책임은 신의 존재를 의심하는 사람이 아니라 신의 존재를 믿는 사람에게 있다고 했다. 러셀은 이 말을 설명하기 위해 가장 강력한 망원경으로도 볼 수 없을 정도로 작은 찻주전자 하나가 우주에 있다고 주장해보겠다고 했다. 만약 고대로부터 내려오는 문서에 찻주전자가 있다고 적혀 있다면, 그 책에 아무 증거도 없더라도 진리로 취급될 것이다. 아무도 우주에 찻주전자가 없다는 것을 확실히 입증할 수 없으므로 이 주장을 반증할 수는 없다. 그러나 그렇다고 해서 찻주전자의 존재를 믿을 이유도 없다.

신학 말고 다른 것에도 이런 접근법을 취할 수 있다. 우리 아버지는 인터뷰에서나 팬들에게서 외계인의 존재를 '믿느냐'는 질문을 숱하게 들었다. "모르겠습니다, 증거가 부족해요"라고 아버지는 대답하곤 했다. 그러면 사람들이 실망해서 아버지에게 직감이라든가 느낌으로 말한다면 어떨 것 같으냐고 묻곤 했다. 아버지는 외계인이 있는지 정말 알고 싶었고 만약 있다면 외계인에 대해 최대한 많이 알고 싶은 마음이 간절했지만 아무리 원한다고 해도 그것 때문에 섣부른 판단을 할 수는 없었다. 아버지는 독실한 과학자였으니까.

아버지의 책 『창백한 푸른 점』에 이런 문장이 나온다. "과학은 모호함을 허용해야 한다. 우리가 모르는 것에 대해서는 믿음을 유보해야 한다. 불확실성 때문에 짜증이 날 수도 있겠지만 그 덕분에 우리는 더 많은 데이터를 축적하게 된다."

내가 누구 딸인지 새로 알게 된 사람이 나한테 종종 이렇게 묻는다. "그러면 당신도 과학자인가요?"

오늘날 아버지가 하던 과업을 같은 분야에서 이어가는 딸이 얼마나 되는지는 모르겠지만, 아무튼 나는 그러지 않았다. 하지만 이상하게도 나는 마음속에서 **그렇다**라고 대답하고 싶은 충동을 느낀다. 나는 극문학을 전공했고 그 이상 객관적인 학문 분야에 몸담은 적은 없지만 부모님이 나에게 과학을 세계관, 철학, 세상을 바라보는 렌즈처럼 주입했기 때문이다. 가톨릭교도가 전부 성직자는 아니듯이 과학적 방법론을 신봉하는 사람이 모두 과학자는 아니다.

부모님은 낮에 일하는 도중에 대두된 논쟁을 저녁식사 때까지도 이어가곤 했는데 이런 일들이 내 사고를 풍부하게 해주었다. 부모님은 아주 복잡한 개념까지도 나에게 설명해주려고 애썼고 그것도 절대로 무시하는 태도 없이 지적이고 다정한 존중심을 보여주며 그렇게 했다. 나를 마치 작은 아이의 몸안에 갇힌 교수처럼 대했다. 부모님이 이런 태도로 다큐멘터리를 만들었기 때문에 과학자가 아닌 많은 보통 사람들에게 쉽게 다가갈 수 있었던 게 아닐까 생각한다.

저녁 먹으면서 토론을 할 때 내가 부모님이 답을 모르는 질문을 하면 부모님은 그걸 정말 대단한 일로 생각했다. 호기심을 지닌 지성이 새로운 지식으로 이어질 수 있는 새로운 신비를 찾아 헤맨다는 신호로 받아들였으니까. "그건 원래 그런 거야"라든가 "내가 그렇다면 그런 거야"라는 식으로 대답한 적은 단 한 번도 없었다. 대신 아버지는 웃으면서, 유리로 만들고 형광색을 칠한, 약간 조악한 입체 은하수 모형 위에 죽 꽂혀 있는 갈색과 녹색 장정의 『브리태니커 백과사전』 중에서 한 권을 꺼냈다. 우리는 같이 책에서 답을 찾아보고 새로 알게 된 사실에 신이 나서 들썩였다.

가끔 다른 참고 도서를 동원하기도 했다. 아버지가 지리학적인 의문을 해결해주려고 의자를 딛고 올라서서 책꽂이 높은 칸에 꽂힌 거대한 지도책을 꺼내는 모습이 지금도 생생히 떠오른다. 그때 두 살이 채 안 되었던 샘은 아버지를 보면서 감탄하는 표정으로 이렇게 외쳤다. "큰 책!"

많은 사람이 경전을 읽으면서 깨달음을 얻고 머릿속에 떠오르는 수많은 의문에 대한 답을 구한다. 우리에게는 백과사전, 지도책, 사전이 그런 역할을 했다. 경전에서 새로운 구절을 찾아내거나 원래 알던 구절을 새로운 눈으로 볼 때와 마찬가지로, 책에서 지식을 찾는 경험이 나를 지적으로뿐 아니라 정서적으로도 자라게 했다. 나는 날마다 세상과 우주의 작용에 대해 조금씩 더 잘 알게 되었다. 날마다 서서히 알아가는 느낌을 받을 수 있었다. 배움을 통해 연관 관계를 찾으면서 짜릿한 기쁨을 느꼈다. 그러다보니 세상이 덜 버겁게 느껴졌다. 자신감과 용기가 자랐다. 역사에 대해 잘 알수록 지리도 더 훤히 알게 되었다. 어원을 더 많이 알수록 라틴어가 눈에 더 잘 들어왔다. 백과사전 항목 하나를 읽을 때마다 퍼즐 조각 하나를 제자리에 끼워넣는 기분이었다. 곧 퍼즐 전체를 완성할 수 있을 것 같은 생각이 들었다.

그렇지만 자라면서 이 퍼즐에는 가장자리도 테두리도 없다는 사실을 깨달았다. 사방으로 끝도 없이 계속 뻗어나가기만 했다. 새 조각을 얻을 때마다 부족한 조각이 얼마나 많은지를 알게 될 따름이었다. 전체 그림을 완성하는 날은 오지 않으리라는 걸 알았다.

그러니 비유도 달라져야 했다. 호기심을 품고 세상을 탐구하는 일은 퍼즐을 완성하는 것보다는 조개껍데기나 우표처럼 작고 예쁜 물건들을 모으는 수집가가 되는 것과 비슷했다. 이런 물건은 지구상에 무한하게 있으니 전부를 다 모을 수는 없다. 하지만 지식의 알갱이 하나하나가 반짝이는 보석 같았다. 무언가 새로운 사실을 알게 되면 그걸 다른 보물들과 함께 특별한 상자에 넣고 서로 어떻게 어울리는지 아니면 상충하는지 보는 상상을 했다. 배움이 중독이 되고 강박이 되었다. 머릿속을 맴도는 질문의 답을 찾으려는 충동에 압도되었다. 답을 찾으면 다음 질문이 또 떠올랐다. 지엽적인 질문도 있고 우주적인 질문도 있었다. 지엽적인 질문은 보통 '잡다한 정보'라고 별것 아니라 치부되기 일쑤이지만 아주 작은 지식이 다른 것의 실마리가 되고 우리가 우

주에서 어떻게 존재하느냐를 슬쩍 엿볼 수 있는 틈이 되기
도 한다.

그 어떤 것이라도 세상을 탐구하는 의식$_{ritual}$의 실마리가
될 수 있었다. 나는 어딘가 새로운 곳에 가면 이런 생각을
했다. 지금 내가 있는 장소의 이름이 뭐지? 거리 이름은? 동
네 이름은? 도시는? 나라는? 이런 고유명사가 붙여진 데는
무언가 이유가 있을 텐데 사람 이름을 딴 것일까? 아니면
이곳을 탐험한 사람이 고향을 그리워하며 붙였나? 원주민
들이 부르는 이름을 우스꽝스럽게 영어로 옮겨 적은 것인
가? 시간이 흐르면서 이름이 압축되어 이렇게 되었나? 뉴
욕$_{New York}$이 영국 요크$_{York}$ 지방에서 따온 이름이라면 뉴질
랜드의 '질랜드'는 어디에 있지? '아메리카'라는 이름은 어
디에서 왔을까?

나는 곧 모든 것에는 또다른 층위가 있다는 사실을 알게
되었다. 때로는 세 겹, 네 겹, 다섯 겹의 층위가 있기도 했다.
숨은 뜻과 또다른 숨은 뜻, 미묘한 암시 속의 또다른 암시.
뛰어난 문학, 영화, 미술 작품일수록 그런 것 같았다. 숨은
의미를 찾아내는 일이 마치 탐정 노릇 같기도 했다.

마루하가 생각하는 사후 세계에 대해 듣고 부모님에게
질문했을 때가 다섯 살쯤이었을 것이다. 그때 나는 끝없이
"왜요? 왜요? 왜요?" 하고 묻는 단계였고 무언가 머릿속에
서 바뀌어가고 있었다. 지식에 목말랐다. 신경세포 연결이

발달하고 시냅스가 나에게 필요한 것보다 더 기록적인 속
도로 형성되어갔을 것이다. 불필요한 것들은 성장하면서
'가지치기' 과정을 통해 사라진다. 발달심리학에서는 이 시
기를 '직관적 사고기'라고 부르기도 한다. 가톨릭 교회법에
서는 '분별 연령the age of reason'이라고 부른다. 뭐라고 부르건
간에 네 살에서 일곱 살 사이의 작은 인간이 단순한 논리적
사고를 하기 시작하는 때다. 이 시기를 기념하는 의식은 아
동기의 시작과 끝인 출생이나 사춘기를 축하하는 의식처
럼 흔하지는 않지만 그래도 몇 가지 찾아볼 수 있다. 가톨릭
교도는 이때 첫영성체를 한다. 일본에서는 '시치고산七五三'
이라는 명절에 세 살, 다섯 살, 일곱 살이 된 여자아이와 세
살, 다섯 살 남자아이가 전통의상을 입고 신사에 가서 무사
히 성장하고 발달했음을 축하한다. 고대 스파르타에서는
남자아이가 일곱 살이 되면 군에 입대했다. 오늘날, 지구상
거의 어디에서나 아이들은 세 살에서 여섯 살 사이에 통과
의례를 거친다. 새 옷을 입고, 특별한 가방을 메고, 사진을
찍고, 입맞춤을 받은 다음 보통 노란색인 커다란 차를 타고
집 근처에 있는 교육시설로 간다. 학교에 입학하는 날은 생
체 변화를 축하하는 날이기도 하다. 아이들이 세상에 나갈
만큼, 새로운 정보를 받아들이고 자기 길을 걸어가기 시작
할 만큼 몸과 지능이 자랐다는 뜻이다.

그뒤로 개인차가 있긴 하지만 10년에서 20년쯤 되는 동

안 '학교'라는 매일의 배움의식이 계속된다. 학교에서 우리는 이해하고 외우고 의문시할 수 있는 새로운 것을 이런저런 경로로 제공받는다. 학교 수업이 때로는 무지막지하게 지루할 수도 있고 때로는 부정확할 수도 있고 아주 가끔만 자극이 될 수도 있겠지만, 새로운 깨달음의 기회라는 것도 사실이다. 운좋게도 좋은 선생님을 만나게 되면 학교가 새로운 생각을 탐구하는 만족스러운 일과가 될 것이다. 그러다가 언젠가는 학교를 졸업하거나 그만두게 될 것이고 이후에 학습계획서나 시험 없이도 세상에서 어떻게 계속 배움을 이어나갈지를 결정해야 한다.

학교에서는 모든 게 나뉘어 있다. 윤리, 세계사, 문학, 미술, 외국어, 수학, 과학 등이 서로 다른 과목으로 구별되어 있다. 수업 끝나는 종이 울리면 '수업 끝! 다음에는 다른 교실에서 다른 사람이 이것과 아무 상관 없는 다른 걸 가르칠 거야!'라는 뜻이다. 그렇지만 이런 구분은 인위적이다. 사실은 전부 인간이 어떻게 자기 자신과 세상을 이해하느냐 하는 하나의 주제, 하나의 이야기인데. 그 사이의 연관을 찾으면 찾을수록 나는 그 모두에 대해 더 많이 알고 싶어졌다.

가끔 사람들이 "아이들은 타고난 과학자다"라고 하는 말을 듣는다. 어린아이들이 끝없이 질문하는 것을 보고 하는 말이다. 그런데 사실 아이와 과학자 사이에는 중대한 차이가 있다. 아이가 정말로 타고난 과학자라면 과학적 방법론을 더 잘 이용할 것이다. 네 살짜리 아이가 무언가 이상한 것을 관찰해, 가설을 세우고 대조 실험을 고안하고 결과를 관찰하고 데이터를 분석하고 기존 입장을 수정한다고 상상해보자. 엄청 대단하고 귀여우면서 어리둥절할 일이기도 하다.

아이들은 사실 출처를 따지지 않는다는 점에서 과학적인 것하고 거리가 멀 때가 많다. 아이는 보통 권위가 있는 사람의 말을 그대로 받아들인다. 어른이 잘못 알거나 편견을 가졌거나 숨은 의도를 감추었을 것이라는 생각을 못한다. 그래서 아이들은 잘 속고 혼동도 잘 일으키고 생각을 주입당하기도 잘한다. 사실 권위 있는 말도 의심할 필요가 있다는 사실이 무엇보다도 배우기 어려운 것이기도 하다. 나한테는 어려웠다. 우리의 경전 『브리태니커 백과사전』에 조차도 시대에 뒤떨어진 정보와 편견이 들어 있다. 이 사전은 남자, 이성애자, 백인, 유럽 중심주의적 세계를 20세기 말의 관점에서 서술했다. 제목부터가 '영국의'라는 뜻이 있는 '브리태니커'이니, 『지구 백과사전』도 아니고 아버지가 『코스모스』에서 소망한다고 말했던 『은하 백과사전』은 더더욱 아니니까.

딸아이가 우리가 모르는 질문을 할 정도로 자랐을 때는 답을 찾을 수 있는 곳이 훨씬 더 많아질 것이다. 『브리태니커 백과사전』보다 더 믿을 만한 곳도 있고 더 편리한 곳도 있을 것이다. 딸에게, 그리고 21세기의 모든 아이에게는 접근할 수 있는 정보의 광대한 바다를 헤쳐나가는 일이 새로운 도전이 될 수 있다. 어떤 정보가 정확한지 판별하고 누구에게 숨은 의도가 있는지 누가 잘못된 정보를 가졌는지 알아내는 일은 쉽지 않을 테지만 그래도 어떤 대답도 구할 수 없는 것보다는 훨씬 나은 일이다.

어릴 적에 아버지한테는 백과사전이 없었다. 동네 원로들이 아는 것 이상을 알 수 있다는 사실을 알게 된 일이 아버지에게는 일생일대의 결정적 순간이었다고 한다. 『코스모스』에 이 일화가 나온다. 아버지는 브루클린 벤슨허스트 지역 밖으로는 거의 나가본 적이 없어 이곳이 아버지의 세계 전체였다. 아버지는 별이란 어떤 것일까 궁금했는데 주변 누구도 만족스러운 답을 주지 않았다. 아버지의 부모님인 레이첼과 샘은 가난하고 교육을 받지 못한 분들이었다. 그래서 답은 몰랐다. 하지만 어디에 가면 답을 찾을 수 있는지는 알았다. 할머니는 아버지를 공립도서관에 데려갔다. 나는 어린 아버지를 상상한다. 사서의 책상 위가 안 보일 정도로 조그만 꼬마가 별에 관한 책을 보여달라고 말하는 모습. 사서는 할리우드 스타들에 관한 책을 가져다주었다고 한다. 아버지가 원하는 책이 아니었다. 하지만 아버지가 다시 설명하자 사서가 적당한 책을 가져다주었고, 그 순간 평생 아버지를 사로잡은 호기심의 길이 갑자기 눈앞에 펼쳐졌다.

아버지는 1996년에 돌아가셨다. 아버지는 휴대전화를 쓴 적이 없다. 이메일 주소도 없었다. 가끔 아버지한테 스마트폰을 보여주는 상상을 한다. 이 작은 직사각형 기계 안에 『브리태니커 백과사전』 스물 몇 권, 셰익스피어 전집, 세계지도가 통째로 들어갈 수 있다고 말하는 장면을 상상한다. 이걸로 듣고 싶은 노래 전부 들을 수 있고 읽고 싶은 책 전부 읽을 수 있다고. 이 기계가 날씨도 알려주고, 뉴스 속보도 알려주고, 알바니아어나 우르두어로 대화할 수 있게 해준다고. 몇 번 두들기기만 하면 세계 곳곳에 있는 사람들의 의견을 듣거나 휴가 사진을 구경할 수도 있다고. 아버지는 틀림없이 좋아하셨을 것이다.

나는 딸아이가 좀 자란 뒤에 세계의 역사와 예술과 그 안의 존재들과 그들 삶의 방식, 우주에 관한 탐구를 노란 버스를 타고 집에 돌아오는 순간에 끝내지 않았으면 하는 소망을 품는다. 방과후에, 주말에, 여름방학 때도 아이가 내가 그랬던 것처럼 무언가를 알아내는 일을 집에서 날마다 수행하는 성스러운 의식으로 여길 수 있었으면 좋겠다. 그러면 이렇게 수많은 답을 알지만 그럼에도 여전히 우리가 아는 것은 너무나 적다는 사실을 아이가 편안하게 받아들이게끔 되지 않을까. 결국은 우리의 취약함이 우리가 무언가더 깊은 것에 다가갈 수 있게 해준다. 사랑도 그렇고. 오류를 기꺼이 인정한다면, 예측이나 선입견을 과감히 놓아버릴 수 있다면, 상상했던 것보다 더 많은 것에 다가갈 수 있다.

영영 답을 얻을 수 없는 비밀도 있다. 우리는 아마 살아생전 빅뱅 이전에 무엇이 있었는지 알 수 없을 것이다. 인류가 결국 어떻게 될지도 알 수 없을 것이다. 그렇지만 얻을 수 있는 답도 있다. 지금, 아버지와 마주하는 내가 옛날에 했던 질문에 대한 답을 안다. 우리 모두 언젠가는 알게 될 것이다. 하지만 그때가 올 때까지는, 해가 뜰 때부터 질 때까지 하루 안에도 배우고 축하할 것이 너무나 많다.

5장 ——————— 고백과 속죄

사람은 잘못을 인정하기를 부끄러워해서는 안 된다. 잘못을 인정한다는 것은 오늘은 어제보다 더 현명해졌다고 말하는 것과 마찬가지이기 때문이다.

—알렉산더 포프

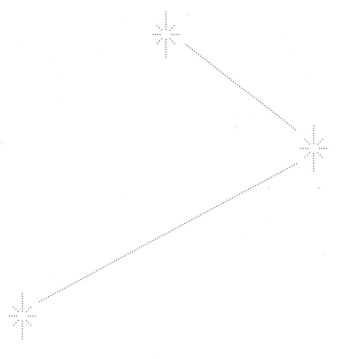

내가 어릴 때 가끔, 특히 우리가 여행중일 때 일요일이 되면 마루하가 나를 성당에 데려가곤 했다. 나는 성당 가는 것을 좋아했다. 전혀 그럴 분위기가 아니었는데도 나는 신도석 통로에서 춤을 췄다. 그래도 못마땅해하는 사람은 없어 보였다. 미사에서 하는 말을 다 알아들을 수는 없었지만 그곳에 있는 느낌이 좋았다. 마루하를 따라 가본 성당은 보통 천장이 높고 장엄해 보였고 가장 좋은 옷을 차려입고 온 사람들이 친절하게 대해줘서 특히 좋았다. 지금도 마찬가지로 좋아한다.

나는 성당에 작은 방이 하나 있고 예배가 끝난 다음에 사람들이 한 명씩 그리로 들어가는 것을 보았다. 재미있어 보였다. 저기에서 무얼 하는 걸까? 마루하는 나에게 스페인어로(우리는 항상 스페인어로 이야기했다) 사람들이 저 안에서 신부님에게 죄를 고백한다고, 자기도 가끔 죄를 고백하러 들어간다고 말했다.

나는 모르는 사람에게 내가 지은 죄를, 예를 들면 슈퍼마켓에서 떼를 썼다는 사실을 털어놓는 일만은 피하고 싶다는 생각이 먼저 들었다. 그건 지금도 같은 입장이다. 그러나 신부님에게만 고백할 수 있는 것은 아니다. 실수했음을 깨닫고 인정하고 수습을 하거나 아니면 최소한 같은 실수를 다시 저지르지 않으려고 노력하는 것이 성장으로 나아가는 길이다. 의식화된 절차를 거치건 아니건 다르지 않다. 자신을 개선하기 위해 애쓰는 것은 추상적으로만 좋은 일이 아니고 진화상 막대한 이득이 있는 행위다. 이 식물에 독이 있다든가 이 강 아래쪽에는 급류가 흐른다 따위를 학습하지 못하면 죽을 수 있다. 같은 공동체에 속한 다른 사람들과의 차이를 이해하지 못한다면 그 또한 위험을 불러올 수 있다. 사람은 항상 자기 방식의 오류를 알아내고 더 나아지려고 애써야 한다. 이것이, 다르게 쓰이는 **더 나아지다**라는 말의 본질이다.

여러 종교에서 정신과 신체를 정화하는 의식을 흔히 볼

수 있다. 이런 의식의 뿌리에는 인간의 몸은 현실적인 기능을 수행하므로 더럽고 완전무결하지 못하다는 생각이 있는데, 여기에는 동의하기가 어렵다. 피를 흘리고 오르가슴을 느끼고 먹고 싸고 땀을 흘리는 우리 신체도 신성하다고 생각한다. 이 모든 게 생명을 유지하는 놀랍고 복잡한 장치의 일부이기 때문이다.

우리에게 무언가 문제가 있으며 그걸 극복하려고 노력해야 한다는 기본 전제에는 물론 당연히 동의한다. 외국인 혐오, 권위주의, 폭력 등이 그런 문제다. 과거에 수십 명 정도가 무리를 짓고 살 때는 이런 끔찍한 성향에도 어떤 쓸모가 있었을지도 모르겠다. 그렇지만 지금은 70억 인구가 함께, 이전 어느 때보다 더 가까이 함께 산다. 과학과 기술을 통해 서로의 삶을 보고 서로의 언어를 말하고 서로의 관습을 배울 수 있게 되었다. 광대한 우주 속 우리 세계가 얼마나 작은지도 볼 수 있게 되었다. 그러니 당연히 다정함을 키워야 한다. 아버지가 이렇게 말한 적이 있다. "어떤 사람이 당신과 의견이 다르다고 하더라도 내버려두라. 수천억 개의 은하 가운데서도 또다른 사람 하나를 찾을 수가 없을 테니까." 나는 우리의 원죄는 성性이나 지식욕이 아니라 서로에 대한 잔인함이라고 생각한다. 우리가 진정으로 속죄해야 하는 건 그것이다. 큰 잔인함뿐 아니라 작은 것이더라도.

몇 년 전 뉴욕에서 디너파티에 참석했을 때 내가 좋아

하고 존경하는 어떤 사람이 타로카드와 크리스털 이야기를 하는 것을 들었다. 과학적이지는 않지만, 사람들이 좋아하는 것들이다. 나한테 말한 것도 아닌데 내가 끼어들었다. "아 왜 그래요, 진짜 믿는 거 아니죠?" 나는 테이블 건너편에서 큰소리로 이렇게 말하고 그 여자분이 한 말에서 틀린 점을 신나게 지적했다. 나는 재미있는 지적 도전이고 장난기 있는 도발이라고 생각했는데, 어느 순간 상대방은 재미있어 하지 않는다는 사실을 번뜩 깨달았다. 그 사람을 욕보이고 있었다. 그 자리에 있던 다른 사람들도 내가 엄청나게 재수없게 군다고 생각하는 것 같았다.

아마도 그날 내가 무언가 다른 일 때문에 자신감을 잃었기 때문이었던 듯하다. 나는 사람이 다른 사람에게 못되게 구는 까닭은 자신에 대한 부정적인 생각을 다른 사람에게 투사거나 아니면 자신감 부족을 보상하려는 마음 때문이라고 생각한다. 나는 그날 정말로 못되게 굴었다. 바로 그 자리에서 사과해야 했겠지만 용기가 없었다. 다음날 우리 둘 다 아는 사람에게 문자를 보냈다. "어젯밤에 내가 그분한테 너무 심했던 것 같아." 곧 사탕발림 없는 또렷한 확인 문자가 도착했다. 정말 그랬다고. 나는 무언가 다른 데 책임을 돌리거나 핑계를 대고 싶었다. 그 사람이 너무 '예민하다'라든가 내가 한 말이 실제로 맞는 말이기 때문에 나는 잘못한 것이 없다는 식으로. 그렇지만 나도 내가 한 말이 문제가 아니라 그 말을 한 방식이 문제였음을 알았다. 상대를 존중하면서 예의 바르게 대하지 않았던 것이다. 나는 어떻게 해야 할지 몰라 몇 시간 동안 혼자 괴로워했다. 다른 사람에게 상처를 주었다는 생각이 신체적 고통처럼 아프게 느껴졌다. 사람은 모여 살게끔 진화한 존재다. 수렵 채집을 함께하고 같이 망을 보고 아기를 함께 돌보았다. 같이 지내는 게 즐거워서만은 아니고 생존에 절대적으로 필요했기 때문이다. 나는 적당한 사과 방법이 무엇일지 한참 고민하다 편지를 써서 사과하고 점심을 사겠다고 했다. 그분이 점심 초대를 받아들여 우리는 몇 주 뒤에 웨스트빌리지에서 만났다. 처음에는 조금 서먹했지만 곧 마음이 풀어져 즐거운 식사가 되었다.

그 경험을 통해 나도 좀 성장했기를 바란다. 아마 그랬을 것이다. 또 잘못했음을 인정하는 일이 실제로는 상상할 때만큼 끔찍하지는 않다는 것도 알게 되었다. 사과할 때 쓸 수 있는 형식적 틀이 존재한다면 좋을 것 같다는 생각도 들었다. 여러 종교에서 자신의 한계와 약점을 보상하는 방법을 제공한다.

'고해성사'라고도 부르는 가톨릭의 고해도 있지만 기독교에는 신도와 신 사이의 직통 라인인 기도가 있다. 신도들은 기도를 통해 잘못을 고백하고 용서를 구한다.

유대교에는 '욤 키푸르'라는 속죄일이 있다. 주먹으로 가슴을 치면서 '강압 때문에 혹은 자발적으로' 저지른 죄와 실수를 열거한다. 또 욤 키푸르에는 돌아다니면서 자기가 잘못을 한 사람들에게 사과하는 풍습도 있다. 유대력 신년과 비슷한 시기에 오는 욤 키푸르에는 하느님과의 관계와 공동체와의 관계를 새로이 한다는 의미가 있다. 내 동생 샘이 어릴 때 말썽을 부리고 나면 곧 잘못했다고 하면서 이렇게 말했던 것하고 비슷하다. "새날! 이제부터 새날을 시작하면 안 돼요?"

힌두교에는 프라야시타Prāyaścitta가 있다. 속죄, 참회, 보상을 뜻하는 단어다. 어떤 죄가 누구에 의해 저질러졌느냐에 따라 공개적으로 해결하기도 하고 개인적으로 해결하기도 한다. 사면을 받으려면 구걸을 하거나 금욕을 하거나 자선기금을 내거나 금식을 하거나 성지순례를 떠나기도 한다.

이슬람교에서는 이스티파르Istighfar라고 하고 매일 새벽과 목요일 밤에 이 의식을 시작한다. 아스타피룰라 astaghfirullah, "알라의 용서를 간구하나이다"라는 말을 반복해서 읊는다. 어떤 불교 신자들은 6세기에 살았던 지의대사의 가르침에 따라 특별한 명상법을 수행해 업보를 벗어난 해탈의 경지에 도달하려고 한다.

스웨덴 인류학자 오케 훌트크란츠는 평생을 아메리카대륙 원주민을 연구하는 데 바친 사람인데, 훌트크란츠에 따르면 이누이트족, 애서배스칸*, 게Ge족과 투피족 브라질 원

주민 등은 사회규범을 따르지 않으면 신체에 병이 생긴다
고 믿는다. '환자가 금기시되는 잘못을 치료사에게 '고백'
하면 종종 질병이 사라진다'고 한다. 죄책감이 사람을 좀먹
는 것을 다른 말로 표현한 것일 수도 있겠다.

중남미 사람들은 가톨릭교도 정복자들이 오기 전에도 고
해를 의식으로 치르고 있었다. 홀트크란츠에 따르면 "마야
인과 잉카인들에게는 고해가 전통적으로 내려오는 관습이
었다. (…) 가톨릭과 마야의 신앙이 유사했기 때문에 마야
사람들은 사도 도마의 복음서가 마야인들을 대상으로 한
것이라고 생각하게 되었다." 만약 스페인 사람들도 자신이
정복하려는 이들이 자신과 얼마나 닮았는지를 보았다면 그
렇게 많은 목숨이 스러지는 일은 없지 않았을까.

어떤 개인이 저지르거나 저지르지 않은 일만 의식화된
속죄의 대상이 되는 것은 아니다. 종교사가 캐런 암스트롱
은 주나라(3000년 전에 중국 동쪽에 생겨난 왕조) 왕들은 계
절의 변화, 자연재해, 날씨에 대한 책임이 있었다고 한다.
왕은 정치적으로 강력한 힘을 지녔지만 세상일이 잘 돌아
가도록 엄격한 의식을 엄수해야 했다. 왕궁이 한 해의 순환
을 다스리는 통제소 같은 것이 되어 왕궁에서 왕이 자연의

✺ 애서배스카어족 언어를 쓰는 북아메리카 서부 원주민.

변화를 조종하려 했다. 봄이 찾아오게 하려면 왕이 북동쪽 모퉁이에 녹색 옷을 입고 서서 신 음식을 먹었다. 여름이 오게 하려면 붉은 옷을 입었다. 가을은 흰옷, 겨울은 검은 옷을 입고 맞았다. 계절이 제때 돌아오게 하는 것이 왕이 맡은 신성한 임무였다. 계절이 제때 오지 않거나 비가 내리지 않거나 지진이 일어나거나 백성들이 굶주리면 왕은 자신이 지도자로서 부덕해서 이상기후가 나타났다는 공식 사과문을 발표했다. 그런 다음에 '지단地壇'에서 제물을 바치고 제를 지냈다. 하늘의 기미를 살피며 불안해했을 왕의 심정을 상상해보라.

주요 종교나 제국 말고도 고백을 의례화하는 곳이 있다. 알코올의존증 치료 모임 알코홀릭스 어나니머스Alcoholics Anonymous는 보는 사람에 따라 종교라고 할 수도 있고 아니라고도 할 수 있을 것 같다(교리, 관습, 의식, 의례적 문구, 문화, 한 권의 권위 있는 책 등을 갖춘 종교적 체제인 것은 분명하다). 알코올의존증에서 회복하려는 사람은 중독을 앓는 동안에 저지른 잘못을 열거하게 되어 있다. 12단계의 회복과정 중 다섯번째 단계에서 자기가 한 잘못의 목록을 다른 사람이 지켜보는 가운데 읽어서 신에게 고한다. 9단계에서는 이전에 한 잘못에 대한 책임을 인지하고 보상해야 한다. 다른 말로 하면 속죄를 한다는 말이다.

심리치료도 비슷하다. 종교는 아니지만 심리치료에도 관

습과 의식이 있다. 우리가 왜 이런 모습이 되었는지에 대한 이해로 나아가는 길이라고 간주하는 방식들이다. 심리치료도 종파나 교파처럼 기본적인 부분은 같지만 자세히 들어가면 차이가 있는 여러 방법으로 나뉜다. 또 심리치료가 이루어지려면 고해신부처럼 절대 비밀을 누설하지 않겠다고 맹세한 사람에게 고백을 해야 한다.

만약 어떤 범죄를 저질렀고 그것을 시인했다면, 국가가 고백을 의식으로 치르게 한다. 법정에서 죄를 시인하게 한다거나, 혹은 자백서를 쓰고 서명을 하게 한다. 어느 쪽이든 국가가 규정한 형식의 고백이 된다. 형을 치르는 것을 속죄 행위라고 할 수도 있다.

우리 아버지가 돌아가신 뒤에 아버지에 대한 전기, 일대기, 다큐멘터리 등이 많이 나왔다. 정확하고 공정하게 아버지의 본모습을 잘 포착했다 싶은 것도 있었고, 오류가 있거나 아버지를 오해한 사람들이 쓴 글도 있었다. 아버지를 잃고 슬픔에 잠긴 시기에 엄마가 나를 보면서 반농담으로 이렇게 말한 적이 있었다. "전기를 쓰는 게 불법이었으면 좋겠어. 자서전이라면 믿을 수 있지. 사람들은 늘 자기도 모르게 본모습을 드러내니까." 앞부분은 농담이었지만, 그다음에 한 말이 이상하게 내 마음에 오래 남았다.

작가 타네히시 코츠는 어릴 때 자기가 학교에서 문제를 일으키면 어머니가 무슨 일을 했는지를 글로 적으라고 시켰다는 이야기를 책에 썼다. 여러 질문에 글로 답하다보면 자기 행동을 돌아보고 이 상황에 대해 드는 감정과 생각을 정리할 수 있었다. 『세상과 나 사이』는 아들에게 보내는 공개편지 형식으로 쓴 책인데, 이 책에서 코츠는 "이 작업이 최초의 심문처럼 나의 의식을 일깨웠다"라고 했다. 어떻게 살아야 할지를 일러주는 한 권의 성스러운 책이 없는 우리 같은 사람들에게는 이런 자기점검이 필요하다. 우리의 양심과 경험으로부터 스스로 각자의 경전을 만들어내야 한다.

마야인, 잉카인, 기독교인, 이슬람교도, 알코올의존증 환자, 작가 등등 모든 사람 중에서도 특히 잘못에 대한 사죄를 정기적 의식으로 치르는 데 가장 적극적인 사람은 과학을 자기 철학의 뿌리로 삼는 사람일 것이다.

오류 수정이야말로 과학의 핵심이기 때문이다. 과학자들은 틀리지 않는 사람들이 아니다. 오히려 그 반대다. 역사상 가장 위대한 지성이라고 하는 사람들도 많은 오류를 범했다. 과학과 종교의 결정적 차이는, 나보다 앞에 왔던 사람들, 내가 그 어깨를 디디고 서는 선각자들, 내가 아는 모든 것을 가르쳐준 사람(교사, 영웅, 멘토)의 생각이 옳지 않음을 입증하면 좋은 과학자가 된다는 점이다. 그러면 과학자는 자기 할 일을 한 것이다. 그러나 좋은 목사, 랍비, 성직자, 수도사는 반대로 전통을 고수하는 이다.

아버지는 이런 글을 쓴 적이 있다. "과학자는 종종 '그거 아주 좋은 논증입니다. 내 생각이 틀렸습니다'라고 말하고 자기 생각을 수정하고 다시는 이전 생각을 되풀이하지 않는다. 과학에서는 이런 일이 실제로 일어난다. 사실 이런 일이 지금보다 더 많아야 한다. 하지만 과학자도 인간이라 변화를 겪어내기가 고통스러울 때가 있다."

맞는 말이다. **내가 틀렸어. 내가 실수했어. 내가 잘못했어. 이기적이었어. 치사했어. 어리석었어. 생각이 없었어. 미안해.** 이런 말을 하기가 왜 그리 어려울까? 사람은 누구나 다 잘못을 저지르는 존재인데도?

어느 날 저녁, 딸을 낳고 얼마 안 되었을 무렵 내가 솔선수범해야겠다는 생각이 들었다. 그래서 컴퓨터를 덮고 위층으로 올라가 존에게 사과했다. 전날 밤 직장 이야기를 할 때 잠들어버려서 미안하다고 했다. 우리가 합의한 것보다 더 큰돈을 써버린 것에 대해서도 사과했다. 내가 소중하게 잘 보관하고 싶어했던 종이를 존이 접어버렸다고 뭐라고 한 것에 대해서도 미안하다고 말했다. 사실은 종이가 접혀서가 아니라 내 신경이 날카로워져 있었기 때문에 화를 냈다고. 그랬더니 존이 이렇게 말했다. "괜찮아. 종이 접어서 미안해." 그러고 우리는 키스를 했다.

이것도 일종의 고해성사다. 사소하고 즉흥적인 행동이었지만 그래도 일종의 의식이다. 덕분에 왜 우리에게 이런 것이 필요한지도 더 잘 알 수 있었다.

20세기 초에 독일 – 네덜란드계 프랑스 인류학자 아르놀드 방주네프는 **의식**을 정의하려고 했다. 방주네프의 작업은 당연히 오늘날에는 시대에 뒤떨어진 것으로 여겨진다. 유럽이 가장 위대한 대륙이고 유럽에 사는 그와 비슷하게 생긴 사람이 본질적으로 우월한 존재라고 생각하며 자란 사람의 언어로 쓰였기 때문이다. 방주네프가 오늘날 살아 있었다면 아마 어떤 식으로든 속죄를 좀 해야 했을 것이다. 어쨌든 방주네프는 **통과의례**라는 널리 쓰이고 중요한 용어를 만들어낸 업적이 있다. 『통과의례』라는 제목의 책에서 방주네프는 다양한 의식을 살펴보고 공통점을 강조했다. 방주네프는 의례를 분리 단계에서 통합 단계로 나아가는 세 단계로 나누어보았다. 이런 식이다. 처음에는 서로 분리, 격리되어 있다. 그러다가 변신, 전이, 변화가 일어난다. 마지막으로 모든 것이 함께 통합되거나 재결합된 완전한 상태가 된다. 속죄와 관련된 의례도 같은 식으로 진행된다. 죄나 결함 때문에 신앙이나 공동체의 기대, 자신의 잠재성, 어떤 순수 상태로부터 유리되게 된다. 고백하고, 회개하고, 사죄하고, 잘못에 보상한다. 그렇게 해서 신, 신성, 공동체와 화해하고 밤에 다리 뻗고 잘 수 있게 된다. 인류학에서는 의식을 주로 이런 관점에서 본다.

중간 단계를 때로 '문턱 단계liminal phase'라고 부르기도 하고, 따라서 그전 단계를 문턱 이전pre-liminal, 문턱 이후postliminal 단계라고도 한다. 'liminal'이라는 단어는 문턱을 뜻하는 라틴어 'limen'에서 왔다. 그러니까 의식은 다른 세계로 가는 입구라고 할 수 있다. 일 년에 한 번 일어나는 의식(크리스마스트리 장식이라든가)이나 평생 한 번 일어나는 의식(장례식) 같은 것도 마찬가지다.

그렇지만 속죄의 시간이 되었다는 천문학적 계절적 신호 같은 것은 없다. 어쩌면 그냥 자주, 누군가에게 잘못을 저질렀다는 불편한 마음이 들 때마다 해야 할지도 모르겠다. 그렇지만 역시 특별한 시간을 정해놓으면 더 잘하게 된다. 어떤 일을 할 시간을 미리 떼어놓으면 그 일을 생략하지 않고 하게 될 가능성이 더 커진다.

엄마와 나는 이런 일을 할 날로 3월 4일이 적당하다고 생각했다. 3월 4일이 영어로는 'March fourth'인데 소리내어 발음하면 '앞으로 나아가라(March forth)'라는 담대한 명령처럼 들린다. 더 나아져라, '진화하라'고 지시하는 외침 같다.

『창백한 푸른 점』의 각주에 기원전 1953년 3월 4일에 있었던 천문학적 사건이 나온다. 천체 일곱 개가 완벽히 일직선을 이룬 것을 맨눈으로 볼 수 있었던 일이다. 아버지는 이렇게 표현했다. "행성들이 목걸이에 꿴 보석처럼 줄줄이, 페가수스자리의 거대한 사각형 가까이에 늘어섰다." 이 현상을 중국에서 관측할 수 있었고 그래서 이 일이 "고대 중국 천문학자들에게는 행성주기의 시작점이 되었다." 그 이전 중국 천문학자들은 우주와 우리가 사는 곳에 대해 전혀 다른 관점을 지녔으나, 새로운 증거를 맞닥뜨렸기 때문에 더는 말이 되지 않는 가설은 버리고 새로운 관점을 채택했다는 것이다.

나는 '3월'이라고 하면 행진하다march라는 동사가 생각나고 4일이라고 하면 앞으로forth라는 부사가 떠오른다. 사실 우연의 일치일 뿐이고 어느 날짜를 택하든 상관없다. 어쨌든 3월 4일은 회개하기에 다른 어떤 날 못지않게 좋은 날이다. 회개의 날이 인간적인 결함을 자책하는 날일 필요는 없고, 옳지 않은 것을 떨쳐버리고 개인적·철학적 미지의 영역으로 **과감하게 나아가는 날**이면 좋을 것이다.

엄마는 아버지가 실수를 시인하는 일에 관해 글을 쓴 적이 있다는 이야기를 자주 했었다. 아버지가 그 글에서 자기가 오류를 범했던 때를 죽 열거하셨다고 했다. 〈심슨 가족〉을 제대로 보지도 않았으면서 비판적으로 언급했던 일 같은 것. 나중에야 〈심슨 가족〉이 바보스러운 행동을 미화하는 만화가 아니고 체제비판적인 만화라는 것을 알았다고 한다. 또 1991년 샘이 막 태어났을 때 피곤한 상태로 텔레비전에 출연했을 때의 실수도 있었다. 아버지는 그때 쿠웨이트 유전 화재가 지구 대기에 즉각적이고 지대한 영향을 미칠 것이라고 말했다. 그런데 그렇지는 않았다. 엄마가 이 글에 대해서 하도 확실하게 구체적으로 이야기해서 나도 마치 읽은 것처럼 착각하게 되었다. 심지어 다른 사람들한테도 그 글 이야기를 했는데 내가 실제로 읽은 적은 없다는 사실은 말하지 않았다. 누락성 거짓말인 셈이다. 그러다가 나중에 그 글을 찾아보려고 했는데 구글을 아무리 뒤져도 나오지 않았다. 엄마한테 물어보았는데 엄마도 찾지 못하겠다고 했다. 알고 보니 그런 글은 발표된 적이 없었다. 편집자가 아버지 평판에 해가 될 것 같아 출간하지 말자고 했다고 한다. 엄마는 착각했음을 깨닫고 "정말 미안해"라는 문자 메시지에 분홍색 빨간색 하트를 같이 찍어 보냈다. 내가 상상할 수 있는 가장 간결하면서도 완벽한 고해성사 행위였다.

나는 그 글의 흔적이라도, 개요를 적어놓은 문장 몇 개라도 찾아내고 싶었다. 그래서 의회도서관 소장자료를 뒤져보아야겠다는 생각이 들었다. 세상에 나오지 못한 아이디어 일부를 아버지가 끼적여놓은 메모지라도 찾을 수 있지 않을까. 사서에게 부탁하니 친절하게도 1982년에서 1996년 사이의 잡다한 자료를 모아놓은 상자를 살펴봐주었다. 신기하게도 내가 아버지와 같이 살았던 때, 내가 태어난 해부터 아버지가 돌아가신 해까지의 시기와 정확히 일치하는 기간이었다. 그렇지만 상자 안에 그 글이 있었다는 증거가 없었다. 원고가 사라졌을 수도 있고, 아니면 실제로 쓴 게 아니라 대화로만, 공기 중의 음파로만 존재했었을 수도 있다. 아마 나는 영영 알 수 없을 것이다. 그렇지만 그 글이 들어 있지 않던 상자 생각이 머리를 떠나지 않았다. 내가 자라난 집에 있던 낡고 먼지 덮인 물건들을 사서가 살펴보는 모습을 상상했다. 아버지가 손에 쥐고 있던 것들. 어쩌면 내가 일하는 아버지 관심을 끌려고 서재에 들어갔을 때 나도 그것들을 보았을 수도 있다. 책 사이에 꽂혀 있던 익숙한 노란색 리걸 패드와 갈색 아코디언 폴더들이 떠올랐다. 아버지가 늘 사용하던 '극세' 플레어펜으로 적힌, 거의 알아볼 수 없는 필기체나 반듯하게 쓴 인쇄체 글자들이 생각났다. 그때는 너무나 평범하게 보였던 것이 이제는 성스러울 정도로 소중하게 느껴졌다. 아버지와 같이한 모든 시간, 사소한 일들, 대화, 우리끼리만 아는 농담, 조용한 순간들을 더 귀하게 여기지 않은 게 얼마나 후회가 되던지. 그러나 죽음이라는 게 그런 것이다. 죽음을 통해 우리는 삶의 소중함을 알게 된다. 무언가의 부재를 겪지 않고는 그것의 진짜 가치를 알 수가 없다. 우리가 헛발질했다는 사실을 시인하고 속죄하지 않고는 더 나은 존재가 될 수 없듯이.

6장 ——————— 성년

관습상으로는 색이 존재하고 달콤함이 존재하고 씁쓸함이 존재하지만, 실제로는 원자들과 공간만 있을 뿐이다.

—데모크리토스

어렸을 때 오랜만에 만난 친척이 왜 이렇게 많이 컸느냐고 놀라는 모습을 숱하게 봤을 것이다. 그럴 때 내가 이런 생각을 했던 게 아직도 선명하다. **그게 왜 놀랄 일이에요. 지금 난 열 살인데. 지난번에 나를 봤을 때 세 살이었다니 그게 7년 전인데 그럼 크지 안 크겠어요?** 그런데 알 걸 다 아는 분들이 단순한 산수를 못하고 이렇게 깜짝 놀라곤 하는 게 나는 이상했다.

내가 이걸 이해하게 되기까지는 여러 해가 걸렸다. 나도 나이들고 친구들이 아이를 낳자 알 수 있었다. 가끔 친구네

아이를 보면 내가 못 보는 사이에 아기가 어린이가 되어 있고 청소년이 되어 있곤 했다. 그래서 지금은 나도 어린아이를 어른으로 만드는 시간의 힘에 놀라고 감탄할 수밖에 없다. 마치 어떤 마법, 초자연적인 현상이 일어난 것처럼 느껴지기 때문이다.

엄마는 늘 **초자연적**이라는 말이 못마땅하다고 하셨다. 초자연이란 '자연을 넘어선 힘'이라는 뜻인데, 보통 초자연적이라고 분류하는 것들(예를 들면 마녀, 괴물, 유령 등)은 자연만큼 확실하지 않거나 아니면 자연 자체의 확장 혹은 은유 같은 것일 때가 많다. 어떤 마법이나 설명할 수 없는 현상 등 오싹한 느낌을 주는 것을 초자연적이라고 일컫는다. 알 수 없는 것이기 때문에 어떤 힘이 있는 듯 느껴진다. 그렇지만 나는 우리가 알고 있는 것들이 지닌 힘을 생각할 때 오히려 더 오싹한 느낌이다.

늑대인간 전설을 예로 들어보자. 배우 마이클 J. 폭스가 학교 점퍼를 입고 달을 보고 울부짖는 영화*가 나오기 한참 전부터 사람이 늑대가 된다는 이야기가 중앙아시아 유목제국부터 기독교 이전 서유럽까지 다양한 곳에서 나타났다. 어떤 학자들은 늑대인간 이야기가 처음 기록된 문헌이

---

* 〈틴 울프Teen Wolf〉(1985).

무려 기원전 2100년경의 『길가메시 서사시』라고 한다. 1세기 무렵 로마인들에게는 이미 익숙한 이야기였다. 네로 황제의 신하이기도 했던 페트로니우스의 소설 『사티리콘』에 부상당한 군인이 상처를 치료받는 이야기가 나온다. 그 모습을 본 어떤 사람이 이렇게 말한다. "그 순간 그가 늑대인간이라는 걸 알았어요. 그뒤로는 절대로 그 사람과 같이 식사를 하지 않았어요."

늑대인간은 남자 마법사와 비슷한 존재로 등장하기도 하고 때로는 저주를 받아 자기 의지와 달리 무언가에 사로잡힌 희생자로 나오기도 한다. 어느 쪽이든 모습을 바꾸어가며 수십 세기에 걸쳐 계속 나타났다. 왜일까? 무엇 때문에 늑대인간 이야기가 이렇게 질긴 생명력을 지니며 2000년이나 이어졌을까?

이 전설과 관련이 있는 아주 희귀한 병이 두 가지 있다. 하나는 다모증hypertrichosis인데 늑대인간증후군이라는 이름으로도 불린다. 보통 털이 자라지 않는 곳을 포함해 신체 온갖 부위에 털이 나는 병이다. 다른 하나는 자신이 **호모사피엔스**가 아니라 다른 동물이라고 생각하는 심리적 증상이다. 반드시 늑대일 필요는 없고 호랑이나 오리일 수도 있지만 이 증상을 가리키는 임상 리칸트로피lycanthropy, 동물화망상는 '늑대인간'을 뜻하는 라틴어이다. 물론 다모증과 임상 리칸트로피는 극도로 드문 질환이니 고대로부터 전설이 계속 이어져오게 할 만큼 우리 삶과 밀접하지는 않다.

그렇다면 늑대인간 이야기는 대체 무슨 이야기일까? 어떤 점이 시대를 넘어 사람들에게 호소하는 걸까?

상상해보라. 그저 평범히 일상을 살다가 갑자기 무언가에 사로잡힌다. 내 의지와 무관하게 신체적 심리적 변화를 겪는다. 굶주리고 광폭하며 신비스럽고 위험한 충동으로 가득한 존재로 바뀐다. 이상한 위치에 털이 돋아난다. 밤이 되면 통제력을 잃는다. 마치 악몽을 묘사한 것 같지만 사춘기가 바로 이런 것이고, 사춘기야말로 무엇보다도 자연스러운 현상이다. 늑대인간 신화의 뿌리에 있는 것은 바로 이런 실제 경험이 아닐까. 그렇다면 느닷없이 다른 존재로 변하는 인간의 이야기는 초자연적인 것이 아니라 자연의 일부다.

그리고 인간 종의 존속을 위해 반드시 필요한 것이기도 하다. 아이였다가 아이를 만들 수 있는 존재로 바뀌는 변화는 너무나 중요하기 때문에 이 일을 기념하기 위해 지구상에서 가장 복잡하고 창의적인 의식들이 만들어졌다.

아미시Amish파는 행동 규범이 엄격하기로 유명한 기독교 분파인데 럼스프링가rumspringa라고 하는 성인식 기간에는 규범을 깨고 젊은이들이 외부 세계에 나가서 살 수 있다. 아파치 부족은 성년이 된 여자아이들을 꽃가루로 축복하고 매일 새벽 춤을 추는 의식을 나흘 동안 치른다. 마사이족 소년은 댄스파티와 할례를 통해 성인이 된다. 인도네시아 발리에는 치아를 손보는 의례가 있다. 욕정 따위처럼 어른들의 죄를 상징하는 송곳니를 줄로 살짝 가는 의식이다. 에티오피아에서는 소를 뛰어넘는 의식을 한다. 아마존 지역에 사는 사테레마우에Sateré-Mawé의 젊은이는 성난 독개미를 잔뜩 집어넣은 장갑을 손에 낀다. 개미한테 물리면서도 꿋꿋하게 춤을 추며 남성성을 입증한다. 고대 그리스에는 남자아이들이 짐승을 제물로 바치고 머리를 깎는 의식이 있었다. 유교 전통에서는 남자가 스무 살이 되면 머리 모양을 바꾸고 새로운 이름을 받는다. 12세기 무렵 일본 젊은이들은 겐푸쿠元服라는 단장 의식을 치렀다. 남자들은 처음으로 칼과 갑옷을 차려입고 여자들은 치아를 검게 물들이고 화장을 하고 눈썹을 밀었다. 고대 그리스와 중국에서처럼 머리 모양도 바꾸었다. 현대에는 겐푸쿠 대신 성인의 날에 세이진시키成人式라는 행사를 한다. 지난 한 해 동안 성년이 된 사람들을 축하하는 날로 공휴일로 지정되어 있다.

모르몬교도는 선교활동으로 성인식을 치른다. 고등학교를 마친 예수그리스도후기성도교회 신자들은 집에서 나와 2년 동안 전도활동을 하게 되어 있다. 얼마 전까지는 남자들만 했는데 지금은 여자들도 한다. 존의 누나가 사는 솔트레이크시티에 가끔 가보면 양복을 입고 이름표를 단 남자들뿐 아니라 무릎 아래로 내려오는 스커트를 입은 여자들도 둥지를 떠날 준비를 하는 모습이 눈에 들어온다.

바하이교는 현대 유일신 종교의 신들과 예언자들은 모두 같은 존재의 발현이라고 믿는, 19세기에 생겨난 종교다. 바하이교에서는 부모가 신도라고 해서 아이들도 자동으로 신도가 되지는 않는다. 아이가 열다섯 살이 되면 믿음을 받아들일지 말지 결정을 내린다. 바하이교 성인식은 다른 종교에서처럼 거창하고 멋들어지게 치러지지는 않고 그저 등록 신청서 양식에 기재해 보내는 것으로 끝이지만 아무리 절차가 단순하더라도 통과의례는 통과의례다.

유대교 남자아이는 바르 미츠바, 여자아이는 바트 미츠바라는 성인식을 치르는데 대개 오전에는 회중 앞에서 고대 경전을 읽고 저녁에는 친구들과 요즘 노래에 맞춰 춤을 추는 식으로 이루어진다.

성인의 삶으로 들어가는 관문에 해당하는 성인식은 사회와 문화에 따라 다른 형태로 나타나지만, 사실 성인식으로 기념하는 변화의 공통적 본질은 뇌하수체에서 생식샘 자극 호르몬이 분비되고 에스트로겐과 테스토스테론 수치가 높아지고 섹스, 임신, 출산, 책무 등의 가능성이 새로 열렸다는 것이다. 킨세아녜라, 바르 미츠바, 가톨릭 견진성사, 사교계 데뷔 무도회, 스위트 식스틴 파티 등으로 축하하는 까닭이 바로 그것이다. 이런 파티는 생명활동, 성적 성숙, 종의 보존과 관련이 있으며 그들이 죽은 뒤에도 DNA가 계속 이어지기를 바라는 공동체의 소망을 표현한다.

존의 가족은 대대로 여러 기독교 분파에 속해왔다고 한다. 아버지는 가톨릭 학교에 다녔지만 지금은 냉담자다. 어머니도 지금은 종교가 없지만 윗대에는 청교도부터 유니테리언까지 온갖 다양한 개신교도들이 있었다. 존이 어릴 때 어머니가 제일회중교회First Congregational Church 목사와 재혼해서 10년 동안 같이 살았다. 존한테 들었는데 당시 새아버지는 성경을 일종의 은유로 보는 설교를 하셨다고 한다. 광적인 신앙을 가지려 하지 말고 다른 사람에게 친절하고 사려깊은 사람이 되라고 설교하셨다. 눈이 많이 내린 어느 날 존이 앞마당 눈 위에 '안녕 엄마'라고 크게 쓴 적이 있는데 새아버지가 설교 시간에 그 일을 예로 들어 연인 사이뿐 아니라 사랑하는 누구나와의 사이에서도 즉흥적인 사랑의 표현이 가능하다고 하기도 했단다.

하지만 존의 주일학교 선생님은 교조주의에 더 가까웠다. 존은 학교에서는 모범적인 중학생이었지만 주일학교에서는 자꾸 말썽을 일으켰다. 성경이라는 오래된 책이 왜 다른 책보다 훨씬 더 중요하다는 건지 이해할 수가 없었다. 존의 어머니는 열세 살이 되어 견진성사를 받을 때가 되면 교회에 계속 갈지 말지를 결정하라고 했다. 대신 결정한 바를 진술서로 적어서 주일학교 다른 구성원들 앞에서 읽어야 한다고 했다. 이게 존의 성인식이었던 셈이다. 존은 그 의식을 치렀고 그후로 일요일은 그냥 자기 시간으로 보냈다.

존은 어릴 때는 신을 '산타 옷을 안 입은 산타클로스' 모습으로 떠올렸다고 한다. 크면서 신이 구체적인 모습으로 떠오르지 않게 되었고 서서히 아인슈타인이 말하는 스피노자의 신처럼 우주의 작동원리를 가리키는 말로 여기게 되었다. 대학에 가서는 그것을 물리학이라고 지칭했다. 어떤 깨달음의 순간이나 반항의 시기나 신앙의 위기를 겪어서 이렇게 된 것은 아니었다. 그저 더 많이 알게 되면서 신앙심이 약해졌다. 존에게는, 아이들 앞에서 연설한 것이 아니라 무얼 믿을지를 스스로 결정한 일이 진정으로 성인이 되는 의식적 변화였다.

통과의례의 의미가 더 확연한 성인식도 있다. 오스트레일리아 동쪽 해안에서 수천 마일 떨어진 태평양 위의 섬 바누아투에서는 성인이 된 남자가 십층 높이로 쌓은 나무 탑 위에 올라가 친구들과 이웃들에게 인사를 하고 경치를 내다보고 노래를 부르고 발목에 나무덩굴 두 줄기를 묶은 다음 뛰어내린다. 덩굴이 번지점프용 로프 같은 역할을 하므로 젊은이는 대체로 무사히 살아남는다. 사실 바누아투 남자들은 살면서 주기적으로 탑에서 뛰어내린다. 폭력적인 결혼에서 도망치려던 여인에 관한 오래된 신화를 재연하는 의미가 있는 행위이다. 그래도 첫번째 점프는 특별하다. 첫번째 점프를 마치면 사람들이 주위에 모여들어 축하해주고 어머니는 뛰어내린 젊은이가 가장 아꼈던 어린이용 물건을 부순다. 사춘기를 이보다 더 완벽하게 구현한 의식이 있을까?

물론 사춘기를 맞는 사람마다 다르다. 남자에게는 성인이 되었다는 징표가 될 만한 단일한 신체적 지표가 없다. 아홉 살 때 코밑이 거뭇해지기 시작했지만 변성기는 열다섯 살이 되어 찾아올 수도 있다. 남자가 되었다는 것은 어떤 의미일까? 알래스카 남서부에 사는 유피크Yupik 원주민 청년은 사냥을 나가 처음 짐승을 잡으면 엘람 잉가ellam iinga, 곧 '지각의 눈'이라고 불리는 형상을 문신으로 새긴다. 사냥을 하지 않는 여자는 초경을 하면 문신을 새긴다.

나는 열두 살 때 초경을 했다. 중학교 다닐 때인데 학교 끝나고 집에 돌아왔을 때 무언가 이상하다는 생각이 들었다. 화장실로 달려갔다. 바로 그것이었다. 학교에서 보건 시간에 배워서 당황하지는 않고 순리대로 일이 진행된다는 사실에 안도감을 느꼈다. 하지만 예상하지 못했던 것은(지금도 잘 이해가 안 가는 일이다) 내가 화장실에서 나왔을 때 엄마가 나를 딱 보더니 이렇게 말한 것이었다. "너 생리 시작했구나." 어떻게 알았을까? 아마 내 표정을 보고 알았을 것이다. 어쨌거나 나는 엄마 말에 어안이 벙벙했다. (다른 적당한 표현이 없으니) 초자연적인 느낌이 들었다. 마치 엄마한테 초인적 능력이 있는 것 같았다. 그런데 그게 맞는 말이다. 이제 나도 그 힘을 가지게 되었다. 엄마처럼 나도 사람을 만들어낼 수 있게 된 것이다(그 힘을 그뒤로 22년 동안 행사하지 않으려고 꽁꽁 억눌렀지만). 엄마는 내가 대견하다고 했고 여자가 되었다며 기뻐하셨다. 그게 무척 성가시고 아픈 일이기는 해도 굉장한 일이라고, 아주 운좋은 일이 일어났다는 듯이 축하해주었다. 나를 끌어안으며 기쁜 일이 일어났다고 느끼게 해주었다. 비록 30여 년 전, 엄마가 열세 살 생일날 초경을 했을 때는 뺨을 맞았음에도 불구하고. 엄마는 당신 어머니한테 정말로 뺨을 맞았단다. 안타까운 일이지만 그렇게 하는 게 유대인 관습이다. 많은 유대교 관습이 그렇듯 뺨을 때리는 **이유**에도 여러 비유가 뒤죽박죽 섞여 있다. 정신 차려라, 아동기의 꿈에서 깨어나라는 뜻이기도 하고 또 남자아이들이 좋아하도록 뺨을 발그레하게 만들라는 뜻이기도 하단다. 엄마가 자기한테는 이런 일이 있었다고 말했을 때 나는 외할머니가 왜 그랬느냐고, 왜 그런 무서운 관습이 있느냐고 물었다. 그랬더니 엄마는 종종 그랬듯 숨은 뜻부터 말했다. "여자이기 때문에 벌을 받아야 한다는 뜻인 거지."

지금 생각해보면 내가 진짜로 '성인'이 된 것은 그로부터 몇 년 뒤의 일이었던 것 같다. 십대 후반일 때 당시 남자친구와 같이 다른 나라에 사는 친구의 집에 놀러 갔는데 거기에서 환각버섯을 먹었다. 세계 여러 나라의 성인식에서 환각물질을 이용하지만 당연히도 전통에 따라 신중히 계획해서 시행한다. 우리의 경우는 매우 충동적으로 이루어졌다.

처음에는 아주 좋았다. 내 남자친구(그를 밀턴이라고 부르자. 당연히 본명은 아니다)와 남자친구의 친구들과 나는 오후 시간을 야외에서 즐겁게 뛰어놀면서 보냈다. 아직 환각이 시작되지는 않았지만 내가 입은 파란색 트레이닝 바지가 세상에서 가장 멋진 바지라는 생각이 또렷이 들었던 게 기억난다. 행복했다.

나중에, 해가 질 무렵에 나 혼자 발코니에서 담배를 피우고 있는데, 갑자기 파국이 다가오고 있다는 생각이 강력하게 나를 덮쳤다. 멀리에서 붉은 번개가 치는 것이 생생하게 보였다. 첫번째 환상이었다.

그다음부터는 바로 내리막길이었다. 내가 우주로 가서 지구를 바라보는 느낌이 들었다. 지구는 아주 작고 외롭고 무의미하고 사소해 보였다. 존재의 위기를 극대화된 상태로 고통스럽게 겪기 시작했다. 내가 알고 있었으나 감정에 영향을 미치지 않도록 분리해놓았던 생각이 느닷없이 절절한 현실로 닥쳐왔다. 어떤 것도 영원할 수 없다는 생각들이었다. 다시는 아버지를 만날 수 없을 것이다. 내가 사랑하는 모든 사람은 다 죽을 것이다. 나도 죽을 것이다. 나는 이 거대한 우주 속에서 아주 작은 존재다. 수십억 년 뒤에는 해도 다 타버릴 것이다. 내가 무얼 어떻게 하든 위대한 우주의 섭리 속에서는 아무 의미도 없는 일이다.

이미 다 알던 사실이었다. 다만 전까지는 이런 생각이 강렬하고 압도적인 슬픔이나 공포감을 불러일으키지 않도록 머릿속에서 잘 밀어내고 있었다. 그런데 환각물질이 몸안에 들어오자 통제력을 잃어 억눌렀던 감정이 모두 한꺼번에 몰려들었다. 이내 왜 사람들이 스스로 목숨을 끊지 않는지 모르겠다는 생각마저 들었다. 살아가야 할 이유를 단 하나도 찾을 수가 없었다. 그때 내가 할 수 있는 일은 딱 한 가지, 엄마에게 전화를 하는 것뿐이었다.

"취한 상태에서 엄마한테 전화하는 건 안 하면 안 될까? 그건 아닌 것 같은데." 밀턴이 사정했다.

"엄마도 이런 기분인 적 있었을까?" 내가 물었다.

밀턴은 엄마가 1960년대에 유행에 앞서 나가던 사람이었으니 틀림없이 환각 상태를 경험한 적이 있었을 거라고 했다.

전화는 걸지 않았다. 대신 나는 생각을 묻으려고 애를 썼다. 하지만 잘될 턱이 없었다. 유한성에 대한 끔찍한 생각에서 벗어날 수가 없었다. 밤새 처참한 종말을 생각하며 울었고 마침내 약효가 떨어져 새벽녘에 겨우 잠이 들 수 있었다.

집으로 돌아올 때는 맨정신이었지만 그래도 여전히 침울했다. 나 말고 다른 십대들도 비슷한 생각을 할 테지만, 그때 나도 **대체 무슨 의미가 있지?** 하는 생각을 떨쳐버릴 수가 없었다. 무척 우울했다. 한동안 그런 상태였다. 삶의 기쁨을 잃었고 다시는 찾을 수 없을 것 같았다. 앞으로는 무언가 좋은 일이 일어나더라도 항상 마음 한구석에서 이런 소리가 들릴 것 같았다. '그래, A 받아서 좋긴 한데, 어쨌건 태양이 폭발할 거고, 그러니……' 내가 영원한 우울을 풀어놓았고 다시는 병 안에 도로 가둘 수 없을 것이며 앞으로는 영영 기쁨을 느낄 수 없으리란 생각이 들었다.

집에 돌아오고 나서 몇 주, 어쩌면 몇 달이 지나자 무기력감이 조금씩 사라지고 다른 생각이 조금씩 자라나기 시작했다. 새로운 것은 아니고 아주 오래전에 부모님이 나에게 주입한 생각이었다. 살아 있다는 그 자체가 경이롭고 아름답다는 사실을 나는 **알았지만**, 그전에는 정말 절실히 **느껴본** 적은 없는 것 같다. 나는 내일 무슨 일이 일어나든 간에 지구상에서의 작은 순간 하나하나가 의미 있다는 생각을 나 자신에게 계속 각인했다. 그리고 만약 삶이 영원히 이어진다면 삶이 더는 소중하지 않을 것이라고. 내가 언젠가는 틀림없이 죽을 테지만 지금은 살아 있고 그게 매우 운좋은 일임을 되새겼다. 서서히 이런 생각들이 가슴 떨리는 기쁨을 가져다주기 시작했다. 그렇게 되기까지 시간은 걸렸지만 결국은 여행을 떠나기 전보다 더 행복한 상태가 되었다. 게다가 삶이 유한함에도 불구하고 행복한 게 아니라, 삶이 유한하기 때문에 행복하다고 느낄 수가 있었다. 이게 나에게는 어른이 되었다는 징표 같았다. 나는 모르는 게 약이라고는 절대 생각하지 않는다. 아는 것이 축복이며, 기쁨을 얻으려면 때로 공포를 직접 마주해야 할 때도 있다고 생각한다. 우리가 얼마나 작은 존재인지, 우리의 시간은 얼마나 짧은지를 진심으로 인정하고도 삶을 사랑할 수 있게 되자, 진짜 어른이 된 느낌이었다.

성장의 정의에 '두려움을 마주한다'는 의미가 들어가기도 한다. 무언가 힘든 일을 하고, 자신을 해방하고, 내 운명을 스스로 받아들이는 일이 성인이 되는 관문이다. 운전면허를 따는 것처럼 심상한 일이라도 그렇다.

지금 나의 딸은 날마다 알아볼 수 없을 정도로 조금씩 아기에서 아이로 변화하고 있다. 언젠가는 또 한 차례 변화를 겪어 아이에서 어른으로 자랄 것이다. 아주 작은 단계들로 이루어진 긴 과정일 테다. 아이가 원하면 축하파티를 열어줄 생각이다. 아이가 원하는 의식이나 파티를 준비할 수 있게 도와줄 것이다. 그렇지만 아이가 진정 변화를 느끼는 순간, 아이에서 어른이 되는 문턱을 넘어가는 순간은 다른 사람들 앞에서가 아니라 아이의 마음속에서 일어날 것이다. 그 순간이 얼마나 중요한 것이었는지는 나중에야 깨닫게 될 수도 있지만.

좋은 일인지 나쁜 일인지는 몰라도, 내가 존재의 본질에 대한 마음속 깊은 곳의 두려움을 더 은폐하지 않게 된 계기는 결국 충동적으로 영계靈界와 교류하는 의식 같은 것을 벌인 일이었다. 그 경험을 통해 내가 아는 것과 내가 느끼는 것 사이의 인지부조화에서 벗어나게 되었다. 어떤 정보 때문에 마음이 불편하다고 해서 그 정보를 계속 머리에서 밀어내지 않게 되었다. 아니 적어도 덜 밀어내게 되었다. 그게 나에게는 성장을 향한 큰 걸음이었다. 그러려면 환상을 버려야 했고 그래서 고통스러웠다. 한편으로는 그 덕에 더 깊은 현실감을 얻었으니 잘된 일이다. 사람은 살아남으려면 반드시 나름의 방법으로 높은 곳에서 뛰어내리고, 애착담요를 버리고, 세상의 무시무시한 경이를 향해 나아가야 하기 때문이다.

7장 ———————— 여름

햇살 한줄기만으로도 많은 그림자를 몰아내기에 충분하다.

—아시시의 성 프란치스코

지구는 죽고 말 것이다
해가 입맞추기를 그만둔다면.

—하피즈

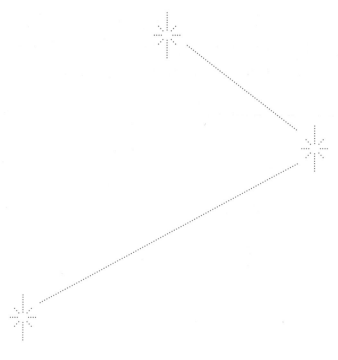

내가 어릴 적, 마루하가 크리스마스 무렵에 동생들을 만나러 고향 리마로 갔다. 마루하가 돌아와서는, 페루는 지금 여름이라 페루에 있는 동안에 바닷가에 놀러갔었다고 말했다. 그 말이 나에게는 도무지 믿기지 않는 일이었다. **말도 안 된다**고 생각했다. 속임수이거나 농담이거나 수수께끼 같은 것으로 생각했다. 그러다 아버지가 지구의 자전축이 기울어져 있다는 것과 적도와 반구에 관해 설명해주었다. 우리가 사는 이서커에서 밤이 가장 긴 날인 동지가 리마에서는 밤이 가장 짧은 날, 하지라는 것이었다. 나는 계속 질문을 쏟아부었는데 참 다행스럽게도 아버지는 귀찮아하지 않고 자세하게 대답해주었다. 아버지가 그 말을 입증할 증거들도 보여주었기 때문에 서서히 나도 그게 사실임을 받아들이게 되었다. 여전히 사실처럼 **느껴지지는** 않았지만. 나는 내리는 눈을 보면서 남반구에 사는 사람들이 뜨거운 햇볕을 쬐는 모습을 상상하려고 애써보았다. 추운 날에는 햇빛이 너무나 멀리 있는 것처럼 느껴졌기 때문이다.

햇빛을 받으면 기분이 좋아지는데 여기에는 이유가 있다. 해에서 나오는 자외선을 쬐면 뇌에서 엔도르핀이 배출되는 실제 화학반응이 일어난다. 우리 신체와, 우리에게서 가장 가까운 별 사이에 과학적 연관이 있는 것이다. 이얼마나 아름다운 일인가. 지구로부터 1억 5000만 킬로미터 떨어진 곳에 있고 46억 년 전에 생겨난 수소와 헬륨 덩어리에서 나오는 빛을 쬐면 행복해진다는 사실이.

얼마 전까지만 해도 생명에는 햇빛이 반드시 있어야 한다고 생각했다. 그런데 반드시 그런 것은 아니다. 빛이 전혀들지 않는 깊은 바다 밑에 사는 생물도 있기 때문이다. 이곳 말고 다른 세상에 사는 생명체가 무엇에서 에너지를 얻을지는 더더군다나 알 수 없는 일이다. 그렇지만 여하튼 지구에 사는 대부분 생명체는 햇빛에 의존한다. 예를 들어 포유류는 풀을 먹거나 풀을 먹는 다른 동물을 먹는다. 해가 없으면 광합성이 일어나지 않고 식물이 없으면 이 땅은 그냥 황

무지가 된다.

해 덕분에 우리는 살아갈 수가 있는 것이다.

숭배 행위가 축복과 풍요를 내려주는 대상에 고개를 조아리고 감사드리는 것이라면, 숭배의 대상으로 밝고 뜨거운 우리 이웃 별처럼 적당한 것은 없을 듯싶다. 그래서 매우 다양한 믿음 체계에 태양신이 등장한다.

내가 갖고 있던 그리스신화 책 표지의 헬리오스를 예로 들어보자. 헬리오스는 오늘날에도 'heliocentric(태양 중심의)' 같은 단어에 남아 '해'라는 뜻으로 쓰인다. 몇 세기가 지난 뒤에 헬리오스는 고대 로마신화에 '솔Sol'이라는 이름으로 다시 등장해 solstice(하지 혹은 동지), solar(해의) 같은 단어의 어원이 되었다.

내가 학교에서 배운 또다른 태양신은 매의 머리를 한 고대 이집트 태양신 '라Ra'였다. 고대 이집트인은 매일 동이 트는 것을 신의 재림처럼 여기며 태양을 숭배했다. 어떤 도시에서는 태양 숭배가 어찌나 강력했던지 고대 그리스인들이 가보고는 헬리오폴리스, '태양의 도시'라고 불렀을 정도다. 이집트에는 라 말고 다른 태양신도 많다. 일출의 신, 일몰의 신, 타는 듯한 여름 열기의 신, '해가 밤에 가는 곳'의 신도 있다.

오늘날 이라크 지역에 살았던 고대 바빌로니아인은 우투Utu라는 태양신을 섬겼다. 우투는 해가 지고 밤이 되면 지하

세계의 신으로 바뀌었다. 천년 전 수메르인들도 그를 샤마시Shamash라고 부르면서 숭배했다.

일본 전통종교 신토神道에서 가미神라고 부르는 신적 존재에는 조상이나 자연의 힘(나무나 천둥), 심지어 성장 같은 추상적 개념도 포함된다. 그중에서도 가장 강력한 존재는 태양의 여신 아마테라스 오미카미天照大御神다. 신토 신앙에 따르면 오늘날 일본의 천황가는 이 여신의 후예라고 한다. 아마테라스 오미카미의 삼종신기三種の神器 가운데 하나는 여신의 빛을 반사하는 거울이다.

하버드 신학대학원 교수 제이컵 K. 올루포나에 따르면 에티오피아 고원지대에 사는 카파, 세카, 보사 세 민족은 자기들의 왕을 일종의 태양신으로 본다. 그래서 왕은 낮 동안에는 음식을 먹을 수가 없다. 두 개의 해가 동시에 빛나지 않게 하기 위해서다.

이누이트는 고위도 지역에 살기 때문에 해를 보지 못하는 기간이 긴데, 해의 여신 말리나가 남동생인 달의 신에게 계속 쫓기기 때문이라고 설명한다. 달의 신은 말리나에게 너무 집착한 나머지 먹지도 않아 점점 야위고 그래서 달이 이지러진다. 마침내 무얼 먹으면 초승달이 되어 돌아온다. 일식은 달이 마침내 해를 따라잡은 날이다. 아메리카대륙에서는 캐나다의 알공킨족부터 칠레의 아라우칸인까지 널리 이 노란 별을 신성시했다. 잉카제국 전성기에는 인티Inti

를 해의 화신으로 숭배했다. 인티는 달의 여신 마마 키야의 오라비이자 남편이다.

해의 신은 수도 없이 많아 여기에서 든 예는 극히 일부일 뿐이다. 지구 곳곳의 역사 기록에 남은 해의 신만 해도 수도 없이 많지만 아마 기록에 남지 않아 잊힌 신은 그보다 더 많을 것이다. 예수도 자신을 '빛'이라고 불렀다.

빛은 거의 어디에서나 보편적으로 성스럽게 여겨지는 듯하다(나는 무엇에든 **보편적**universal이라는 말을 쓰기가 좀 꺼려진다. 아버지가 우리가 알 수 있는 것은 지구뿐이니 우리의 지식은 우주universe 전체에는 한참 못 미치는 것이라고 가르쳤기 때문이다). 빛이 희망이나 기억의 은유로 쓰이는 경우는 얼마나 많은가? 인간이 만들어낸 작고도 금세 사라지는 해라고 할 수 있는 촛불을 이용한 의식은 또 얼마나 많은지? 생일 케이크 초, 메노라*, 중국 새해의 연등, 불꽃놀이, 크리스마스 전등, 올림픽 성화도 해에 대한 경의의 표시가 아닐까?

과거로부터 현재까지 인간은 우리의 별인 해를 바라보면서 많은 시간을 보냈다. 쉽게 접근할 수 있는 볼거리가 얼마든지 많은 오늘날에도 해가 화려한 빛으로 하늘을 물들이며 지는 모습만큼 마음을 끄는 볼거리는 드물다. 예부터

＊ 유대교 전통의식에 쓰이는 여러 갈래로 나뉜 큰 촛대.

사람들은 지구에서 해를 관찰할 방법을 만들어내려고 엄청난 시간과 에너지와 자원을 투자해왔다. 하지와 동지에 해를 관찰하는 의식을 치르기 위해 지은 특별한 구조물이 세계 곳곳에서 발견된다. 낮과 밤 길이가 극단에 이르는 시점에 그 현상을 고찰하기 위해 만들어진 것이다.

그중 영국제도에 살았던 고대인들이 만든 스톤헨지, 캄보디아의 앙코르와트, 잉카인들이 만든 마추픽추 태양의 신전 등이 유명하다. 좀 덜 알려졌지만 뉴멕시코 차코 캐니언에 있는 푸에블로 보니토, 천여 년 전 아메리카 원주민 아나사지족이 만든 소용돌이 모양의 파하다 뷰트 태양의 단검 같은 것도 있고, 2005년 브라질 카우소에니에서 발굴된 거석 천문대나 쿠스코의 거대한 잉카 달력 등도 있다. 잉카 달력은 얼마나 대단했던지 16세기 스페인 침략자들이 반드시 파괴해서 토착 주민이 언제 '이교도' 축제를 치를지 알 수 없게 해야 한다고 생각했을 정도다. 스페인 침략자들은 토대는 부수지 않고 그 위에 성당을 지었다. 크리스마스와 부활절도 기독교 이전에 있었던 동지와 춘분 축제를 토대로 만들어진 것이라는 아이러니는 까맣게 몰랐을 것이다.

이런 태양경배소에서 어떤 의식과 축제가 이루어졌는지 지금은 알 수 없다. 무대의 일부는 남아 있지만, 절차, 의상, 그것을 행하던 사람들의 얼굴은 잊혔다. 그 하지 축제를 다시 볼 수 있다면 얼마나 좋을까. 마추픽추와 쿠스코에서는 그 행사가 우리가 쓰는 달력으로 12월에 치러졌을 것이다. 남반구에서는 그때가 여름이기 때문이다. 침략자들이 만든 세상에 사는 나에게는 좀 헷갈리는 개념이다. 아마 이 책에서도 나의 이런 한계가 드러날 듯싶다. 북반구 중심의 편견을 벗어나서 책을 쓰고 싶었지만 솔직히 하지를 생각할 때 6월을 떠올리지 않기는 힘들었다. 비록 세계 인구의 90퍼센트가 북반구에 살지만 그렇지 않은 사람들도 있다. 잉카인이 자기들에게 이베리아반도를 정복할 천부권이 있다고 믿으며 이베리아반도 해안에 상륙했다면, 스페인 사람들이 여름에 잉카의 동지 축제인 킬루리티를 축하하게 되었을지도 모르는 일이다.

우리가 이렇듯 태양을 숭배하지만, 태양마저도 언젠가는 소멸한다. 별의 수명은 수십억 년에 달한다고 하지만 별도 언젠가는 우리 인간들처럼 끝을 맞이한다. 그렇지만 별이 사라졌다고 해도 우리가 그 소식을 바로 알 수는 없다. 우리가 보는 별빛은 조금 오래된 것이다. 빛이 이동하는 데 시간이 걸리기 때문이다. 매우 빠르게 움직이지만 그래도 시간이 걸린다. 『코스모스』에 이런 말이 나온다. "방 저쪽, 3미터 떨어진 곳에 있는 친구를 볼 때 우리는 '지금' 친구의 모습을 보는 게 아니라 1억 분의 1초 '전'의 친구를 보는 것이다." 별이 멀리 있을수록 그 빛이 우리에게 도달하는 데 걸리는 시간은 더 길다. 그래서 우리가 밤에 보는 별 가운데는 이미 죽은 별도 있다. 그러니까 별빛은 일종의 시간여행이다. 우리는 과거의 모습을 보는 것이다.

어릴 때 나는 아빠와 시간여행 이야기를 엄청 많이 했다. 〈백 투 더 퓨처〉 3부작을 보고 또 보고 분석하기도 많이 했다. 나는 다른 시대에 산다는 것은 어떨까 하는 생각에 푹 빠져 있었다.

"사실 우리도 시간여행을 하는 거야." 아빠는 말하곤 했다. "일 초씩 미래로!"

그것도 사실이지만 내가 말한 것은 그런 게 아니었다. 나는 다른 세기를 탐구하고 싶었다. 그래서 디즈니월드에 놀러 갔다가 스페이스십 어스라는 놀이기구에 완전히 사로잡혔다. 에프콧 테마파크의 상징이기도 한 거대한 골프공 모양 건물 안에 설치된 기차 놀이기구인데, 나는 부모님을 조르고 또 조르고 빌어서 그걸 타고 앵커 월터 크롱카이트의 내레이션이 흐르는 '통신의 역사'라는 볼거리를 관람하고 또 했다. 동굴 벽화, 두루마리를 사고파는 페니키아인들이나 로마가 불타오르는 냄새가 나는 와중에 소식을 전하러 뛰어가는 전령 애니매트로닉 등을 구경하는 건 아무리 여러 번 봐도 싫증이 안 났다. 콜로니얼 윌리엄스버그*에 놀

---

* 미국 버지니아주의 식민지시대 모습을 복원해놓은 마을.

러 갔던 날하고 스페이스십 어스를 탔던 게 나에게는 시간 여행에 가장 가까운 경험이었다. 나는 그것으로 만족할 수 없었기 때문에 상상력을 동원해 또다른 방법을 만들어냈다.

가끔, 특히 바닷가에 있을 때 하는 간단한 놀이가 있다. 오래된 숲이나 산기슭에서도 할 수 있지만 나는 특히 바닷가에서 하는 것을 좋아한다. 여름날 바다를 바라보면서 두 손으로 작은 창 모양을 만들어 백년 전, 아니 천년 전에도 똑같았을 풍경을 그 안에 담고는 기나긴 세월 동안 이 광경을 바라보았을 다른 사람들의 삶을 상상한다. 그들이 무슨 생각을 하고 어떤 감정이었을지를 상상해보려고 한다. 그들의 마음속으로 시간여행을 해본다. 그 사람들이 어떤 사람이었고 언제 살았건, 햇빛이 내리쬘 때 특별히 느끼는 어떤 기분이 있었을 것이다. 하지라고 부르는 날에는 **오늘은 정말 낮이 길구나!**라든가 **오늘 하루가 엄청나게 길었어**라는 생각이 우리 머릿속을 스치는 것처럼 그 사람들의 머릿속에도 스쳤으리라.

나는 아직도 그 놀이를 하는데 다만 지금은 시간여행을 해서 1934년 11월과 1996년 12월 사이의 언제로 가고 싶은 마음이 가장 크다. 아버지가 살아 계셨을 때로.

그럴 방법이 몇 가지 있다. 내가 지닌 기억을 이용해 시간여행을 하며, 머릿속에서 아버지를 만날 수 있다. 기억은 정확하지 않다는 문제가 있지만. 시간이 흐를수록 세부적인 기억은 점점 불분명해지고 아버지에 대한 내 기억이 정확한지 점점 확신이 없어진다. 다행스럽게도 다른 방법도 있다. 아버지는 어머니와 협업하면서 스무 권 남짓한 저서와 수많은 에세이를 남겼다. 그래서 이런 글을 아직까지 읽을 수 있다.

책이란 얼마나 놀라운 물건인가. 나무로 만든 납작하고 잘 휘어지는 물건인데 그 안에 검은색 선이 꼬물꼬물 우스운 모양으로 찍혀 있다. 그런데 그 물건을 한번 들여다보면 어느새 다른 사람의 마음속에 들어가게 된다. 그 사람은 수천 년 전에 죽은 사람일 수도 있다. 저자가 수천 년의 세월을 넘어 조용하면서도 또렷한 목소리로 당신의 머릿속에서 말을 건다. 글은 인류의 가장 위대한 발명일 것이다. 서로를 모르는 사람들, 멀리 떨어진 시대에 사는 사람들을 하나로 이어준다. 책은 시간의 굴레를 벗어난다. 책은 인간이 마법을 부릴 수 있다는 증거다.

아버지가 세상에 안 계신 지금 이 단어들이 바로 그 마법을 부린다. 나는 아버지를 알기 때문에 이 단어들이 머릿속에서 아버지 목소리로 들린다. 죽은 별의 빛을 쪼이는 것과 비슷하다.

인간의 역사 대부분 시간에, 사랑하는 사람이 죽으면 그 사람의 목소리를 듣는 방법은 단 한 가지, 머릿속의 기억뿐이었다. 운이 좋으면 비슷한 목소리를 가진 가족이 있어서 그 사람을 통해 들을 수도 있겠지만. 하지만 최근에 우리 인간은 소리를 기록하는 방법을 알아냈다. 그래서 지금은 아주 쉽게 원할 때면 언제라도 소리를 기록할 수 있다. 내가 사는 동안에도 이 분야에 큰 변화가 있었다.

나는 이서커에서 살 때 만난 어린 시절 친구들하고 아직도 절친하게 지내는데, 그게 어쩌면 우리가 대학에 입학하고 맞은 첫여름에 친구 가운데 한 명을 잃었기 때문일 수도 있을 것 같다. 우리 친구 브렌트가 차 사고를 당했고 병원에서 몇 주 버티다가 하지가 조금 지났을 무렵에 죽고 말았다. 과학기술 발전 덕에 요즘 젊은이들은 흔히 친구들 모습이 담긴 동영상을 갖고 있지만 우리한테는 그런 게 없었다. 브렌트가 죽은 뒤에 우리는 브렌트의 휴대전화(플립형 핸드폰이었다)에 전화를 걸어 음성사서함에 녹음된 목소리를 듣곤 했다. 오직 그의 목소리를 다시 듣고 싶어서.

아버지는 브렌트보다 5년 먼저 돌아가셨지만 아버지가 특별한 일을 하신 덕에 사정은 더 낫다. 아버지는 TV에 많이 나왔다. 전에는 아버지가 진행한 열세 시간짜리 방송 〈코스모스〉의 비디오테이프를 가지고 있었는데, 지금은

DVD로 가지고 있다. 화면 속에서 아버지는 엄마와 천체물리학자 스티븐 소터와 같이 쓴 글을 들려주며 광활하고 장엄한 우주 안에서 우리의 존재를 설명한다.

그뒤에는 구글에서 검색해 전에 본 적이 없던 아버지의 동영상을 또 찾아냈다. 아버지가 〈투나잇 쇼〉의 게스트로 나왔을 때의 모습, 또 아기인 나를 안고 거리에서 인터뷰하는 모습도 있었다. 그런 게 있는 줄도 몰랐는데 인터넷 덕에 볼 수 있게 됐다. 아버지의 빛은 기술을 통해, 과학을 통해 아직도 나에게 와닿았고 아버지의 삶이라는 여름이 아버지의 죽음이라는 끝없는 겨울 동안에도 나를 따스하게 비춘다.

영상을 보고 책을 읽다보면 나의 앞날에도 아버지가 계속 있으리라는 생각이 들었다. 계속 발굴해나갈 수 있는 영상이 있다면 아버지는 과거에만 존재하는 게 아닌 것이다. 그렇게 생각하니 위안이 되었다. 부모님을 잃었는데 다시볼 방법이 전혀 없다면 얼마나 힘들까 생각해보면 나는 매우 운이 좋은 사람이다.

영문학자이자 종교학자인 캐런 암스트롱의 『축의 시대』에 기원전 7세기 무렵 조상 숭배가 중국 문화의 중심이었을 때 "아들은 아버지를 미래의 조상으로서 추앙했다"라는 이야기가 나온다. 가부장이 죽으면 아들이 아버지를 따라 일종의 가짜 죽음 같은 상태에 들어갔다. 아버지가 조상들의 세상으로 들어가는 기간이라고 믿는 시간 동안, 아들은 가족과 따로 떨어져서 집밖 한데에서 마치 시체처럼 잤고 자기 건강이 망가지도록 내버려두었다. 죽은 아버지가 무사히 망자의 세계로 갔다고 보고 장례 기간을 끝내는 의식을 치를 때는, 죽은 사람의 손자, 그러니까 아들의 아들이 할아버지의 습관, 목소리, 웃음처럼 할아버지가 죽으면서 사라진 것을 흉내내어 되살린다. 그러면 아버지가 아들에게, 마치 돌아가신 아버지에게 하듯 절을 한다. 때로는 정말 죽은 사람이 살아난 것처럼 느껴졌을 것이다. 때로는 어설프기만 했을 것이다. 그렇지만 사진이나 녹음 기술이 없었던 세상에서는 이것이 아버지를 볼 수 있는 마지막 기회였다.

내가 아버지한테로 시간여행을 하는 방법이 한 가지 더 있다. 어릴 때 아버지가 대기 중의 공기 입자는 아주 오래전부터 변함없이 그대로이기 때문에 우리는 수천 년 전에 살았던 사람들과 같은 공기로 호흡한다고 말한 적이 있다. 요새도 가끔 그 생각을 한다. 깊은숨을 들이마시고 이 공기 입자 중 일부가 아버지가 들이마시고 내쉬었던 공기일 수도 있다고 생각한다. 사랑하는 사람의 공기를 들이마신다니 얼마나 친밀한 행위인가.

작가 샘 킨은 『카이사르의 마지막 숨결』이라는 책에서 이렇게 말했다. "지구상의 모든 도로와 운하와 하늘길을 다

합해도 매초 우리 허파를 통과하는 교통량만큼 많지는 않다. 그렇게 보면 카이사르의 마지막 숨은 헤아릴 수 없이 많은 분자로 이루어졌고 우리가 들이마실 숨에서 그중 몇이라도 들이마시게 되는 것은 피할 수 없다."

반대로 생각해도 마찬가지다. 지금 이 순간 내가 자동으로, 불수의운동으로 숨쉬는 공기가 예수나 무함마드나 클레오파트라가 숨쉬었던 옛 공기일 뿐 아니라, 새로운 미래 세대가 마실 공기인 것이다. 비단 사람에게만 해당하는 것도 아니다. 사람이 지구를 완전히 망가뜨리지 않는다면 지금 우리가 마시는 공기가 아직 진화하지 않아 생기지 않은 생명체의 숨이 될 수도 있다. 우리는 상상도 할 수 없는 새로운 존재의 숨이 되는 것이다. 우리는 누군가의 먼 미래이자 누군가의 오래된 과거이니까.

언젠가 딸아이가 크면 우리는 한여름에, 어쩌면 하짓날에 집밖으로 나가 어딘가 오래전부터 있었던 아름다운 곳으로 갈 것이다. 아니면 그냥 고개를 들어 밤하늘을 올려다볼 수도 있다. 그다음에 현대적이고 새로운 것이 시야에 들어오지 않도록 가릴 방법을 찾아내는 거다. 손을 터널 모양으로 만들어 그 틈으로 보면서 이 광경을 처음으로 바라본 최초의 인간은 어떤 심경이었을까 상상해볼 것이다. 우리가 지금 보는 빛이 아주 먼 옛날에 멀리에 있는 별을 떠났을 때는 이 세상이 어떠했을까를 상상해본다. 그때 여기에 생명이 있었을까? 다른 별자리를 바라보는 누군가가 있었을까? 우리는 같이 시간여행을 하면서 그 사람들의 허파에 들어갔을지 모르는 공기 분자를 들이마셨다가 다시 그것을 세상에 내어놓을 것이다.

8장 —————————————— 독립기념일

나는 미국을 지구상 어느 나라보다 더 사랑합니다. 바로 그렇기 때문에 미국을 그치지 않고 비판할 권리를 주장합니다.

—제임스 볼드윈

식민주의자가 가장 마지막으로 떠나는 자리는 당신의 마음속이다.

—하리 콘다볼루

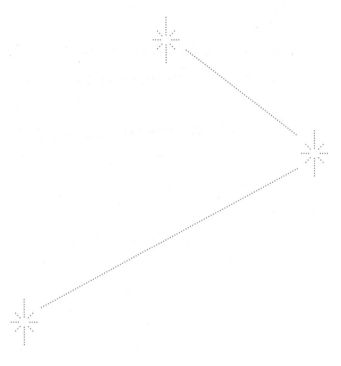

전에 정말 시간여행자 같은 사람을 만난 적이 있다. 내가 뉴욕에서 '위기의' 십대들을 위한 센터에서 자원봉사를 하면서 아이들 공부(주로 사회과목)를 도와줄 때 일이다. 센터에 오는 아이 중에는 집이 없는 아이도 있었고, 게이나 트랜스젠더 같은 과거의 이분법적 젠더 규범에 맞지 않는 성정체성을 가졌다는 이유로 학교에서 괴롭힘을 당하는 아이, 또 최근 미국으로 온 이민자 아이도 있었다. 나는 역사 수업을 보통 이 질문으로 시작했는데 그러면 아이들은 함정 질문인 줄 알고 얼른 대답을 안 하고 쭈뼛쭈뼛했다.

"우리가 쓰는 언어가 뭐지?"

아이들이 자신 없이 이렇게 대답하기도 했다. "영어요?"

사실 함정 질문이 아니었기 때문에 나는 이렇게 말했다. "맞아!"

그러면 아이들도 내가 엉뚱한 소리로 뒤통수를 치는 사람이 아니라는 걸 알고 안심했다. 나는 이어 이렇게 물었다.

"그런데 왜일까? 여기는 영국이 아니잖아. 그런데 왜 영어를 쓰지?"

프랑스어를 쓰는 아프리카 나라에서 온 아이들은 질문의 답을 정확히 알았다. 아프리카에서 프랑스 식민지였던 나라들은 대부분 1950년대 말에서 1960년대 초에 독립을 얻었다. 코트디부아르, 말리, 니제르 같은 나라에는 독립 투쟁의 역사가 아직 생생한 기억으로 남아 있는 것이다. 이 아이들은 정치혁명에 참여했던 옛 투사들을 알기에 왜 저희들이 프랑스어를 쓰는지 모를 수가 없다. 따라서 미국에서 영어를 쓰는 까닭도 쉽게 추론할 수 있다.

어느 날, 고등학생이나 아니면 어려 보이는 대학생쯤으로 보이는 청년이 찾아왔다. 처음에는 얼핏 학생이 아니라 새로 온 선생님인 줄 알았는데, 나이들어 보여서가 아니라 검은 바지에 흰 셔츠를 입고 야물커를 쓰고 구레나룻을 기르고 치치트*를 둘러 정통 유대인 복식을 하고 있었기 때문이다. 내 조상의 옷차림을 한 사람을 보고 **저 사람은 나와**

비슷한 사람이니까 도움이 필요해서 온 사람은 아닐 거야, 라고 자동으로 결론을 내렸다. 나한테 있는 줄도 몰랐던 오래된 민족우월주의가 발동했던 것이었다. 그가 입을 여는 순간 나의 편견은 바로 깨졌다.

"선생님이 필요해요!" 그는 이디시어 억양으로 비상사태를 선언하듯 다급하게 말했다.

"그래요. 무슨 과목이요?" 내가 물었다.

"모든 과목이요!" 그가 말했다.

나는 무슨 상황인지 얼른 이해가 안 갔다.

"나는 역사를 가르쳐줄 수 있어요."

"네, 좋아요."

"어떤 시대를 공부하고 싶어요?"

"처음부터요. 제가 다니는 학교에서는 아무것도 안 가르쳐줘요."

나는 그 학생이 열다섯 살이 된 지금까지 극히 폐쇄적인 정통 유대교 공동체에서 살았다는 사실을 알게 되었다. 브루클린에 살면서도 그 지역 다른 사람들과는 전혀 다른 우주 안에 살았다. 그는 유대교 학교에 다니는데 동급생들은 영어조차도 거의 모른다고 했다. 학교에서는 자기네 믿음

❋ 유대인들이 기도용 숄이나 셔츠에 다는 긴 끈이나 술.

체계 안에 있는 것만 가르쳤다. 그런데 언젠가부터 자기가 배운 것이 전부 반드시 사실은 아닐지 모른다는 생각을 하게 되었다. 타고난 회의주의적 성향 혹은 지적 독립심 같은 것이 있었던 것이다.

우리는 기본 지식을 채우는 데 가장 도움이 될 법한 역사책을 구해 공부를 시작했다.

선사시대, 지금의 인류가 생겨나기 전부터 시작했다. 이 부분이 충격이 아닐까 걱정했는데 그는 진화라는 개념을 상당히 잘 받아들였고 밝은 말투로 질문도 했다.

세계 역사를 축약해서 몇 분 더 설명을 이어가는데 선사시대 동굴 벽화 부분이 나왔다. 그는 이 그림이 그려진 게 6000년 전이냐고 물었다. 나는 조심스럽게 3만 5000년에서 4만 년 전 사이로 추정한다고 말했다.

"우리 공동체에서는 세계가 생겨난 지 6000년이 되었다고 해요." 그가 말했다.

"알아요." 잠시 뒤에 이렇게 물었다. "이 교과서가 틀렸다고 생각하나요?"

"아뇨. 전 교과서를 믿어요." 그는 자기가 배우며 자란 믿음의 뿌리에는 거대한 역사적 오해 같은 게 있는 게 아닐까 생각한다고 말했다.

계속 공부를 하면서 내가 **기원전**BC이라는 용어를 설명 없이 썼다. 대여섯 번 듣고 난 다음에 그가 말을 끊었다.

"**기원전**이 뭐예요? 햇수를 '세기 전_{before counting}'?"

나는 올해가 유대력으로는 5700 몇 년이지만, 일반 사회에서는 기독교 신앙 체계에 기반한 역법을 쓴다고 어렵사리 설명했다.

그는 이 사실도 받아들였고 우리는 세계 역사를 죽 훑어나갔다. 시간이 없었기 때문에 천년이라는 기간을 한 문장으로 정리하기도 하고 거대한 문명을 얼버무려 넘어가기도 하면서 현대까지 빠른 속도로 나아갔다. 오후가 이른 저녁이 되었다. 참으로 많은 제국, 참으로 많은 혁명이 있었다. 그한테는 거의 전부 처음 들어보는 이야기였다.

나도 훨씬 온건한 쪽이긴 해도 유대교 전통에 속해 있다고 그에게 은근히 암시했지만, 그는 내가 당연히 비유대인 Gentile라고 생각하는 것 같았다. 그래서 책에 19세기와 20세기의 이민 물결을 설명하는 대목이 나왔을 때 나는 우리 가족도 동유럽에서 박해를 탈출해 미국으로 왔다고 말했다.

"선생님도 유대인이에요?"

"네." 내가 말했다.

그는 반가워했다. 잠시 뒤에 내가 유대교를 믿지는 않는다는 점을 밝혀야겠다는 생각이 들었다.

"저도 사실 안 믿어요. 그래서 여기 온 거예요. 우리 어머니는 아주 독실하세요. 아버지는 무신론자인 것 같은데 절대 그렇다는 말을 안 하고요."

그에게 물어보고 싶은 게 엄청나게 많았지만, 더 캐묻는 건 온당한 일이 아닐 것 같았다.

여러 반란과 봉기를 살펴보던 중에 그가 이 시대들에 태어났다면 아주 훌륭한 혁명가가 되었겠다는 생각이 들었다. 자기가 배운 세계의 역사에 감히 의문을 제기하고 세속의 역사를 배우겠다고 지금 여기에 와 있었으니. 권위를 지닌 사람들이 틀렸을 수도 있다고 생각하고 스스로 문제를 해결하겠다고 마음먹은 것이었다. 이런 개인들의 이야기가 역사를 만들어가는 이야기이고 세계 여러 곳의 독립기념일의 핵심에 있는 이야기이기도 하다.

독립의 날은 탄생이나 죽음 같은 생물학적 개념이 아니다. 춘분이나 하지 같은 천문학적 개념도 아니다. 그러나 뿌리는 과학적 발견을 추동하는 인간의 충동과 같은 데 있다. 정치적 혁명이나 과학적 혁신이나 모두 권위를 맹목적으로 받아들이기를 거부함으로써 이루어지며 **사물의 본질은 무엇인가?**라는 질문에서 태어난다. 독립의 날은 (비유적인 의미에서) 우리의 진화하는 능력을 찬미하는 날이다.

우리가 소중히 여기는 다른 추상적 가치들도 모두 마찬가지이지만 독립도 그저 생각만 할 것이 아니라 신념을 따라 행동을 해야 이룰 수 있는 것이다.

민주주의 국가에 사는 사람들이 반드시 치르는 의식이 있다. 그것을 얻기 위해 수없이 많은 사람이 싸우고 피를 흘리고 죽기도 했다. 바로 투표권 행사다. 세계 곳곳에서 정해진 날에 사람들은 스티커나 잉크가 묻은 손가락으로 자기네 제도에 대한 믿음을 보여준다. 대의제 정부를 종교에 비유한다면 전국 선거일은 크리스마스 같은 중요하고 상징적인 명절이라고 할 수 있다. 지방 중간선거*는 그보다는 좀 덜 중요한 성목요일 ~~Maundy Thursday~~** 정도로 특히 독실하고 나이 많은 분들이 주로 엄수하는 명절에 비할 수 있겠다. 그러나 모든 사상이나 철학이 그렇듯이 날마다 일상적으로 지키고 실천해야 할 필요가 있다.

나는 어릴 때 미국 주류 사회 안에서 자랐지만 학교에서 배운 모든 것을 의심하는 습관이 있었다. 나의 유대인 제자처럼 회의주의를 타고났기 때문이라기보다는 부모님이 그렇게 하라고 가르치셨기 때문이다. 내가 다닌 초등학교는 특정 종교 교리를 가르치지 않는 좋은 학교였다. 우리가 살던 동네는 진보적인 분위기이긴 했지만 그래도 자민족중심주의와 맹목적 애국주의에서 완전히 벗어나지는 못했다. 날마다 신과 '모두를 위한 자유와 정의'가 있는 국가에 대한 충성을 맹세했다. '신'이 존재하는지 아닌지는 확실히 알 수

---

* 미국에서 대선도 중간선거도 없는 홀수 해에 치르는 일부 지방자치단체 선거를 말한다.

** 예수 수난일인 성금요일 전날.

없지만 어느 쪽으로든 단정할 수는 없다. 한편 '모두를 위한 자유와 정의'라는 부분은 의심할 여지 없이 명백한 거짓말이다. 그런데도 전국 수백만 명의 학생들이 매일 아침 이 맹세문을 읊는다.

미국의 신화와 열망과 약속을, 미국이라는 국가의 범죄와 동시에 머리에 담기가 나에게는 어려운 일이다. 우리는 정치와 문화의 복잡한 문제들을 지나치게 단순화하는 성향이 있다. **우리나라가 부당한 행위를 했다고 비판하다니 우리 군을 정말 싫어하나 보네요! 혹은 어떻게 저 후보를 지지할 수 있죠? 그 사람이 완벽하지 않다는 게 분명한데?** 하는 식이다. 복잡한 뉘앙스를 기피하고 아버지가 말하는 '모호함을 허용'하지 못하는 것이 우리 최대의 결함일 때가 많다.

두 가지를 어떻게 함께 받아들일 수 있을까? 미국 안에 한데 묶여 있는 서로 충돌하는 개념을 어떻게 화해시킬 수 있을까?

우리 부모님은 서로 열렬히 사랑하셨다. 내가 방에 들어 갔다가 신혼도 아닌 두 분이 열렬히 부둥키고 있는 걸 본 적이 한두 번이 아니다. 당시에는 끔찍했지만 지금 생각해 보면 정말 멋있는 일이다. 아무튼 우리 부모님이 말다툼하는 걸 본 적은 거의 없는데 딱 한 번 토머스 제퍼슨에 대해서 의견이 갈렸다. 토머스 제퍼슨이 노예를 부렸기 때문에 경멸받아 마땅하다는 점에서는 두 분의 의견이 일치했다.

그리고 그가 국가를 건설하는 데 몇몇 중요한 개념들을 제시했다는 데도 의견이 일치했다.

그런데 토머스 제퍼슨이 나쁜지 아닌지가 아니라 그 복잡한 유산을 어떻게 받아들여야 하는지에 대해서 의견 차이를 좁히지 못했다. 좋은 점과 나쁜 점 둘 다를 지닌 국가나 사람들에 대해 우리는 어떤 관점을 취해야 할까?

내가 아홉 살 때 독립기념일에 부모님이 나를 데리고 몬티셀로에 있는 제퍼슨 생가에 갔다. 역사적 기념지가 된 이곳에서 해마다 귀화 행사가 열리는데 아버지가 행사에서 연설을 하게 되었기 때문이다.

세계 곳곳에서 온 쉰 명 남짓의 사람들이 새로 미국인이 되어 시민 서약을 하는 모습을 보면서 나는 엉뚱하게도 내가 읽는 옛날이야기 책에서 주문을 거는 장면을 떠올렸다.

정해진 때가 되면 큰 소리로 이렇게 말해야 한다.

나는 외국의 군주, 지배자, 국가, 주권 등에 대해 시민 혹은 신민으로서의 충성 및 충절을 절대적, 전적으로 포기하며, 미합중국의 헌법과 법률을 국내외의 모든 적으로부터 지지하고 지킬 것이며, 미합중국에 대한 진실한 믿음과 충성을 지니며, 법이 요구할 때는 미합중국을 위하여 무기를 들 것이며, 법이 요구할 때는 미국 군대에서 비전투 임무를 기꺼이 수행할 것이며, 법이 요구할 때는 민간의 지시에 따라 국가적으로 중대한 임무를 수행할 것이며, 이런 의무를 어떤 주저함도 회피할 의도도 없이 자유의지로 받아들임을 서약하는 바이니, 신이여 나를 도우소서.

그러고 나면 **펑!** 하고 미국인이 된다! 물론 이 의식이 있기까지 다른 단계와 검증 절차가 있다. 일단 공부를 해야 하는데 이것 자체도 의식이다. 상원과 하원의 차이, 건국 시조들의 이름, 우리가 이런 거였으면 하고 바라는 대로의 미국 역사를 알아야 한다. 그다음에 서류를 전부 제출하고 시민권 시험을 통과한 다음에, 마치 건국의 시조들처럼, 주권국가처럼 이제 자기가 어떤 상태가 되었는지를 선언한다. 그러면 자 이제 보라, 다른 존재로 변모한 것이다.

매우 전통적인 형태의 의식이다. 아르놀드 방주네프가 통과의례라는 명칭을 붙인 바로 그런 종류의 의식이다. 무리에게서 떨어진 상태에서 시작한다. 이 경우에는 미국이 그 무리이다. 그런 다음에 문턱 단계인 귀화 행사에 참여해, 마법의 단어들을 읊는다. 그러면 건너편 사람들과 결합하게 된다.

아버지는 서약 전에 한 연설에서 새로 미국인이 될 사람들에게 미국인의 임무는 모든 것에, 특히 권위에 의문을 제기하고 독립적으로 사고하는 것이라고 말했다. 이것이 민주주의의 본질이라고. 우리 부모님이 쓴 「진정한 애국자는 질문한다」라는 글을 보면 맹목적인 복종이 애국이 아니라 체제를 더 낫게 만들 방법을 찾는 것이 애국이라는 말이 나온다. 그래서 아버지는 충성 서약을 이렇게 고쳤으면 좋겠다고 했다.

> 나는 시민의 임무는 고분고분 순응하지 않고 의심하는 것이라고 생각합니다. 여러분이 곧 하게 될 시민 서약에 이런 내용이 들어 있었으면 좋겠습니다. "나는 지도자들이 하는 말 전부를 의심하겠다고 약속합니다." 그게 진정으로 제퍼슨의 정신을 계승하는 일이 될 것입니다. "나는 비판적 사고 능력을 사용하겠다고 약속합니다. 독립적 사고를 기르겠다고 약속합니다. 독립적 판단을 할 수 있게 스스로 공부하겠다고 약속합니다." 이런 진술이 맹세문에 들어 있지 않다고 하더라도 여러분 스스로 약속할 수 있습니다. 이런 약속이 이 나라에 여러분이 줄 수 있는 선물이라고 나는 생각합니다.

면밀히 검토했을 때 버티지 못하고 흔들리는 생각이라면 폐기하는 게 마땅하다. 그게 과학적 발견으로 나아가는 길이다. 더 완벽한 통합을 위한 길이기도 하다. 국가적으로 봉기를 기념하는 이유도 그렇기 때문이다. 예를 들어 프랑스에는 7월 14일 바스티유감옥 습격 기념일이 있고 미국에는 미국 남부 노예해방을 기념하는 날인 준틴스Juneteenth가 있다. 준틴스 날짜인 6월 19일은 텍사스에서 노예제가 폐지된 날이지만 오늘날에는 이날이 속박에서 벗어난 모든 아프리카계 미국인을 기리는 날이 되었다. 6월은 또 게이 프라이드의 달이기도 하다. 뉴욕시 웨스트빌리지에 있는 게이바 스톤월인Stonewall Inn에서 경찰의 탄압에 저항하는 항쟁이 일어난 달이기 때문이다. 이 일이 동성애자 인권운동과 혼인평등marriage equality으로 나아가는 길이 되었다. 진보해야 할 필요를 인정하고 실천하는 행동이 나라를 사랑하지 않는다는 뜻일 수는 없다.

작가 세라 보웰이 아주 적절하게 표현했다. 보웰은 이 거대하고 끔찍한 땅을 직접 여행한 경험을 담아 미국 역사에 대한 글을 쓴다. 그 가운데 언니와 같이 '눈물의 길'을 따라 여행한 일을 들려주는 글이 있다. 자매의 혈통에 체로키 인디언의 피가 섞여 있었으니 두 사람은 조상이 두 세기 전에 강제로 고향에서 쫓겨나 걸어야 했던 길을 따라간 셈이다. 두 사람은 차를 몰고 가면서 미국 로큰롤 음악을 들었다. "미국과 나의 관계를 생각하면, 매 맞는 아내 같은 심정이 된다. 그래, 그이가 나를 많이 패긴 하지만, 아무튼 춤은 끝내주게 추거든."

마루하는 자신을 잉카의 후손이라고 생각했다. 마루하

는 잉카 언어로 말할 수도 있었고 자기 조상들 제국의 찬란함에 대해 나에게 종종 이야기해주었다. 마루하는 민족에 대한 자긍심과 자기가 그렇게 소중히 여기는 가톨릭 신앙을 가져온 사람들이 잉카를 멸망시켰다는 사실을 어떻게 화해시켰을까? 마루하가 곁에 있을 때 물어봤더라면 좋았을 텐데.

새로운 종교도 기존 신앙 체계를 바탕으로 자랄 수밖에 없는 것과 마찬가지로, 성공한 혁명이라고 해도 시간을 되돌릴 수는 없다. 최초의 배가 도착하기 이전, 최초의 조약이 깨어지기 이전, 처음 마을이 습격당하기 이전으로 돌아갈 수는 없다. 문화, 사상, 종교, 언어, 유전자의 혼합을 무를 수도 없다. 시간여행은 가능하지만 뒤로 가는 것은 불가능하다. 일 초씩 앞으로 나아갈 뿐이다. 아버지가 한 말 중에서 유명한 말로 "사과파이를 맨 첫 단계부터 시작해서 만들고 싶다면, 일단 우주를 만들어야 한다"라는 게 있다. 나라나 종교나 철학이나 문화에도 적용될 수 있는 말이다.

나도 나 자신의 철학을 만들어보려고 했지만, 이 책이 입증하듯이 내 생각에서 많은 부분은 우리 부모님의 철학을 받아들인 것이다. 부모님이 쓴 책을 읽은 사람은 이 책에서 유사한 개념과 주제를 종종 발견할 것이다. 그게 나의 신념이긴 하지만, 내가 만들어낸 것은 아니다. 그래서 나는 그 정통 유대인 공동체에서 온 아이에게 존경심을 느꼈다. 그 아이는 내가 평생 해보지 않은 것을 한 것이다. 반항.

"나는 뭐든 엄마를 그대로 따라 하는 것 같아요." 얼마 전에 내가 엄마한테 한 말이다.

"아니면 이렇게 볼 수도 있지. 네가 네 부모를 존경하는 거라고."

당연히 내 생각과 부모님 생각에 다른 점이 있고 세상을 보는 시각에 차이도 분명히 있고 십대 때 반항을 한 적도 있었다. 그러나 부모님의 마음 가장 깊은 곳에 있는 신념에 대해 거부감을 느낀 적은 없었다. 머릿속에서 수도 없이 검증해보았다. **내가 틀렸다면? 만약 신이 있다면 어쩌지? 믿지 않아서 벌을 받게 되면 어떡하지?** 하지만 부모님의 무신론에 대해 설득력 있는 반론을 생각해낼 수는 없었다. 그런 면에서 보면 내가 독립이나 저항에 대한 글을 쓸 만한 입장이 아닌 것 같기도 하다. 그렇지만 내가 자식으로서 강요를 당했기 때문에 부모님의 생각을 그대로 받아들이게 된 것은 아니다. 우리 부모님은 언제나 열린 태도로 토론을 하려고 했고 샘과 나는 여러 해 동안 이어진 깊이 있는 토론을 거쳐 부모님에게 배운 기본 원칙을 받아들이게 되었다.

무언가에 의문을 제기하고 탐구하고 검토하고 개선할 방법을 찾는 것도 무언가를 사랑하는 방법이다. 바비큐와 불꽃놀이도 독립을 축하하기에 좋은 방법이지만, 나는 진정한 독립기념일 의식은 우리 자신과 우리 아이들에게 기존

관념에 의문을 제기하라고 가르치는 것이 되어야 한다고 생각한다. 아이들에게 왜 현실이 이러한가 물어보라. 스스로에게도 물어보라. 일이 다르게 풀릴 수도 있었을까? 독립혁명이 실패했다고 상상해보라. 그러면 학교에 영국 국기 유니언잭을 걸어놓고 조지 워싱턴, 벤저민 프랭클린, 토머스 제퍼슨, 토머스 페인을 반역자라고 배웠을까? 아니면 누군가 다른 혁명가들이 실패한 과업을 이어받아 혁명을 이루어냈을까? 혁명이 실패했다면 노예제가 더 빨리 폐지되지는 않았을까? 이런 식의 질문, 소크라테스식 산파술(혹은 반대를 위한 반대라고 할 수도 있겠다)은 일상의 일부가 되어야 한다. 하지만 (감사를 드리고, 여자친구에게 꽃을 선물하는 것 등의 일과 마찬가지로) 사회가 특정한 날을 지정해놓지 않으면 그냥 잊고 질문하지 않게 되기가 쉽다. 그래서 독립기념일을 바로 그런 질문을 하는 날로 정해야 한다. '지금 이대로 상태'라는 절대왕정의 굴레로부터 우리의 생각을 해방하는 순간으로 삼는 것이다.

이서커는 좁고 긴 호수들로 이루어진 호소湖沼 핑거 레이크스 중 가장 긴 호수 끄트머리에 있다. 하늘에서 내려다보면 손가락이 열한 개인 신이 업스테이트 뉴욕을 손으로 할퀴어 깊고 푸른 흔적을 남겨놓은 것처럼 보인다. 이서커 사람들이 사랑하는 그 호수의 이름은 카유가Cayuga호수인데, 호데노소니Haudenosaunee 연방에 속한 카유가족의 이름을 딴 것이다. '긴 집의 사람들'이라는 뜻인 호데노소니보다는 프랑스 정복자들이 붙인 이로쿼이Iroquois라는 이름이 요새는 더 흔히 쓰인다. 존이나 내가 어릴 적에 살던 집에서 멀지 않은 곳에 코리오고널Coreorgonel이라는 곳이 있는데, 카유가족 말로 '평화의 피리를 보관하는 곳'이라는 뜻이다. 그곳에 가면 독립전쟁 때 존 설리번 장군과 부하들이 조지 워싱턴의 명령에 따라 마을 전체를 학살한 일을 기억하기 위해 세운 동판이 있다. 호데노소니 사람들은 조지 워싱턴을 '마을 파괴자'라고 불렀다. 존과 나는 7월 4일 독립기념일에 카유가호수에서 수영하고 웃고 술 마시고 놀면서도 단 한 번도 우리 이전에 이 호수에서 수영했던 사람들이 어떻게 되었는지는 생각해보지 않았다.

조로아스터교도에게는 알렉산드로스 대왕이 자기네 성직자들을 처형한 악마였다. 이스탄불에 가면 사방에 아타튀르크Mustafa Kemal Atatürk*를 기리는 이미지가 있지만, 아르메니아에서는 아타튀르크가 대량 살상자 취급을 받는다. 미국에는 크리스토퍼 콜럼버스를 기리는 국경일이 있지만 미국 원주민들에게는 콜럼버스가 말할 수 없는 공포와 파괴의 근원이었다. 우리 딸이 더 자라서 세계 역사의 기본 사실

✳ 1881~1938. 터키공화국의 건국자이자 초대 대통령.

을 알게 되면, 역사는 언제나 승자에 의해 쓰여왔다는 사실을 종종 일깨워주려 한다. 아이는 역사에 의문을 제기하면서 우리에게도 의문을 제기할 것이다. 우리 생각을 검증하려 할 것이다. 우리가 한 말을 따지고 들 것이다. 당연히 우리는 우리가 착각했을 수 있음을 깨달을 것이다. 그리고 성장하려고 노력할 것이다.

사람은 누구나 저마다의 의제가 있고 역사를 기록하고 전달할 때는 더더욱 그렇다. 역사 기록에서 무언가를 생략하거나 강조하는 것 하나하나가 의식적으로나 무의식적으로나 독자의 관점에 영향을 미치기 위한 선택이다. 호기심 많은 유대인 제자를 대할 때 나는 의식적으로 그렇게 했다. 교과서에 나온 것 중에서도 진화나 우리 종의 긴 역사, 인류가 아프리카에서 시작되었다는 사실 등을 강조했다. 내가 중요하다고 생각했기 때문이다. 나는 그를 내가 있는 쪽으로 끌어오고 싶었다. 그가 속한 공동체와 그 밖 브루클린, 그 밖 뉴욕시, 그 밖 미국, 그 밖의 세상을 나누어놓는 벽은 인위적일 뿐임을 알려주고 싶었다. 우리는 모두 같은 존재라는 것. 그게 내가 보내고자 했던 암호화된 메시지였다.

요새도 그 아이 생각을 자주 한다. 우리가 같이 보낼 수 있는 시간이 많아서 그 아이에게 인간의 역사를 자세히 가르쳐줄 수 있었다면 좋았을 것이다. 그렇지만 당시 나는 그 애가 다음주 같은 시간에 돌아올지 안 올지도 확실히 알 수 없었다. 그러니 중요한 전투, 이주, 혁명을 최대한 많이 다루는 게 최선이었다.

그가 다시 오기는 했지만, 그뒤로 한두 번뿐이었다. 그때 나는 그 아이가 근본주의적 공동체에서 벗어나고 싶어한다는 것을 알게 되었다. 그렇지만 바깥세상으로 나오려는 사람들을 돕는 단체에서 미성년자는 받아주지 않는다고 했다. 3년을 더 기다려야 자유를 얻고 독립의 날을 맞이할 수 있었다. 이제 그 시간은 이미 지나갔다. 나는 그 아이가 그 뒤로 어떤 전투와 이주와 혁명을 겪어냈을지 여전히 궁금한 채로 남아 있다.

9장 ━━━━━━━━━━━ 기념일과 생일

역사는 반복되지는 않지만, 라임rhyme은 있다.

—마크 트웨인(추정)

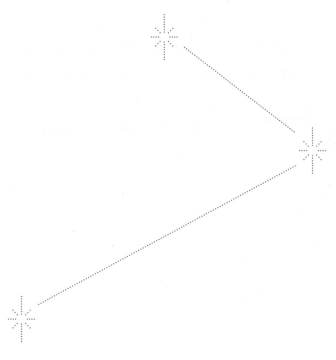

몇 해 전, 해리 외할아버지의 죽음이 임박했다는 소식을 듣고 나는 할아버지 곁에 있으려고 이서커 집으로 돌아왔다. 할아버지는 99세이셨지만 바로 얼마 전까지만 해도 초자연적으로, 거의 기이할 정도로 젊음이 넘치셨다. 어찌나 건강한지 다들 앞으로 족히 몇 년은 더 사실 거라 생각했다. 할아버지의 어머니가 거의 102세까지 사셨는데 그게 30년 전 일이었으니 할아버지는 103세나 104세까지는 너끈히 사실 것 같았다. 바로 몇 달 전까지만 해도 운전도 하실 정도였다. 하지만 몸안에서는 신장이 망가지고 있었는데 할아버지는 투석은 받지 않겠다고 하셨다. 평생 삶의 질을 추구하며 사신 분이라 마지막까지도 양보다는 질을 택했다. 할아버지가 돌아가시기까지 몇 주 동안 나는 점점 사위어가는 할아버지의 마지막 순간을 함께하려고 이서커 집에서 지냈다. 머지않아 상실을 맞닥뜨리게 될 일방통행로를 따라가고 있다고 생각하니 힘들었다. 감정적으로 힘든 나날이었지만 그래도 나는 할아버지를 위해 밝은 마음을 유지하려고 애썼다. 주말에는 존이 와서 위로가 되어주었다. 해리 할아버지는 총기가 점점 흐려지고 잠을 많이 주무셨고 정신이 들어왔다 나갔다 하셨다. 어느 날은 나를 보더니 대뜸 이렇게 물으셨다. "누가 아기를 낳는다고?"

"모르겠어요." 나는 웃으며 말했다.

존과 나는 여섯 달 전부터 아기를 가지려고 노력하고 있었다. 그래서 어쩌면 며칠 뒤에 임신 테스트를 하고 할아버지한테 임신했다는 소식을 전할 수 있을지도 모르겠다는 생각이 들었다. 그 일이 있은 이틀 뒤, 할아버지는 삶과 죽음의 경계에 있는 혼수상태에 빠져들었고 그날 아침 나는 생리를 시작했다. 그러고 할아버지는 돌아가셨다. 나는 비탄과 충격에 빠졌다. 증손자가 곧 태어날 거라고 할아버지한테 말씀드릴 수 있었다면 할아버지를 잃은 일이 이렇게 힘들지는 않을 것 같은 생각이 들었다. 그런데 그렇게 되지는 않았다.

우리는 아기 맞이를 준비하는 대신 10월 28일로 예정된 장례식을 준비해야 했다.

영어에는 누군가 죽은 날이 해마다 돌아오는 '기일'을 뜻하는 간단한 단어가 없다. 이디시어로는 있다. 야르제이트yahrzeit라고 한다. 유대교에서는 사랑하는 사람의 야르제이트가 되면 24시간 동안 타고 꺼지는 특별한 초에 불을 밝히는 의식을 한다. 바로 붙어서 끄는 생일 초와 역설적인 대비를 이루는 셈이다. 내가 어릴 때 엄마는 야르제이트 초에 불을 붙여서 레이철 할머니, 틸리 할머니, 벤저민 할아버지와 또 내가 사진과 이야기를 통해서만 아는 다른 조상들을 기리는 전통을 가르쳐주었다. 내가 자라면서 사랑했던 사람들을 잃게 되자 나는 스스로 야르제이트 초를 밝히게 되었다. 이 전통이 특히 내 마음에 와닿는 까닭은 촛불이 오래전에 소멸한 뒤에도 빛이 남아서 반짝이는 죽은 별처럼 느껴지기 때문이다. 사랑하는 이가 죽었을 때 충격이 너무 큰 나머지 그 사실을 쉽게 받아들이지 못할 때가 있다. 그럴 때 작은 불빛을 밝히면 마치 그들이 아직 영원히 사라진 게 아닌 듯한 느낌이 든다.

국가적으로도 비슷한 행위를 한다. 알링턴 국립묘지에 있는 케네디 대통령 무덤에는 '영원한 불꽃'이 있다. 사실 영원한 것은 있을 수 없으므로 엄밀하게 정확한 이름은 아니다. 언젠가 태양이 소멸한다면 케네디의 불도 소멸한다고 보는 게 옳다. 그렇지만 꺼지지 않는 불꽃을 통해 그의 일부가 계속된다고 말함으로써 대통령 암살 뒤에 충격을 받은 국민을 위로할 수 있었을 것이다.

생일 초에도 고대로부터 이어진 천문학과 관련된 역사가 있다. 고대 그리스에는 달의 여신이자 사냥꾼인 아르테미스가 있었다. 아르테미스는 야생동물과 여성의 재생산에 관여했다(오늘날에도 달과 연관지어지는 것들이다). 에우리피데스는 아르테미스가 출산을 '쉽게' 하도록 돕는 역할을 한다고 했다. 처음으로 평평한 케이크 위에 '작은 횃불'을 올린 이들이 아테네의 아르테미스 숭배자들이라는 말이 있다. 생일을 축하하기 위해서가 아니라 '빛을 가져오는' 아르테미스의 역할과 달빛을 표현하기 위한 것이었다. 그런데 아르테미스가 출산의 여신이기도 해서인지 이 신기하고 독특한 관습이 **탄생**의 날에 대한 의식으로 계승되었다.

해마다 같은 날짜에 초에 불을 밝히는 까닭은 무엇일까? 나는 우리 아버지, 할아버지, 할머니, 마루하를 일 년 내내 그리워한다. 또 사람은 날마다 하루씩 나이들지 생일이 된다고 갑자기 나이 한 살을 먹는 것도 아니다. 그런데도 기념일을 일 년 단위로 챙기는 게 적절하게 생각되는 까닭은 무엇일까?

사람들은 출생, 결혼, 죽음, 전투, 즉위, 개시 등 뭐든 좋거나 끔찍하거나 낭만적이거나 상서롭거나 역사적이거나 등

등의 이유로 기념할 만한 사건을 떠올리기에 가장 좋은 시점은 지구가 한 바퀴 돌아 그 일이 일어났을 때와 같은 위치에 왔을 때라고 생각한다. 그러니 천문학과 관련이 있는 관습이다. 지구가 해를 기준으로 같은 위치에 왔을 때 기념일이나 생일을 쇤다. 그렇지만 태양계 전체가 우리은하에서 2억 2500만 년 주기로 공전하기 때문에, 같은 위치에 있더라도 사실상 모든 게 다른 위치에 있기도 하다.

생일이나 기념일이 주는 느낌도 '같으면서 다르다'라는 점에서 비슷한 데가 있다. 예를 들어 어릴 적의 생일파티를 떠올려보자. 케이크, 게임, 고깔모자 등등 해마다 반복되는 관습이 있다. 그렇지만 나 자신이나 친구들은 매해 다르다.

고대에도 권력이 있는 사람들의 생일은 기념했고 보통 사람의 생일도 드물게는 챙겼지만, 해마다 생일파티를, 특히 아이들을 위해 연다는 개념은 빅토리아시대와 1950년대 사이에 귀족계급으로부터 나머지 사람들 전체로 확대되었다.

인류 역사상 대부분 기간에 사람들은 자기가 태어난 날이 언제인지, 오늘이 며칠인지도 모르고 살았으니 축하한다는 것 자체가 어려운 일이었다. 그렇지만 언제 무슨 일이 일어났는지를 기억하기 시작한 뒤로 날짜에 강박이 되다시피 했다. 한 해 중 어떤 날이든, 헤아릴 수 없이 많은 역사적 이유나 개인적 이유로 세계 곳곳에서 기억되고 기념된다. 미국에서는 마틴 루서 킹과 조지 워싱턴의 생일을 공휴일로 지정해 기념한다. 왕, 여왕, 독재자의 생일을 기념하는 나라도 많다. 모르몬교 창시자 조지프 스미스, 자이나교 창시자 마하비라의 생일이나 크리스마스 등 창시자나 개혁자의 탄생을 기리는 종교적 명절도 있다. 우상으로 여겨지는 인물의 정확한 생일이 기념일이 되는 경우는 드물지만, 여하튼 이런 식으로 존경하는 이가 죽으면 그뒤에도 그들과의 연결을 이어나간다.

우주 안에서 우리의 좌표를 파악하기 위해서 날짜를 헤아리기도 한다. 우리는 이 방대함 속에서도 인지되려 하고 어떤 자리를 차지하고 싶어한다. 이런 욕구 때문에 점성술이 대중적인 인기를 누린다.

해리 할아버지가 돌아가신 그달에 어떤 일이 일어났다. 일단은 어떤 일이 일어나지 않았다고 하는 게 맞겠다. 생리가 시작되지 않았다. 일주일을 기다렸다. 너무 기대하지 않으려고 했다. 며칠 늦어지는 것일 수도 있으니까. 그런데 아니었다. 임신이었다. 존과 입을 떡 벌리고 임신 테스트기를 보았던 그 순간을 떠올리면 지금까지도 감정이 북받쳐오른다.

할아버지의 야르제이트 날, 그러니까 마지막 생리 시작일을 기준으로 출산 예정일을 계산했더니 8월 4일이 나왔다. 믿을 수가 없었다. 그날은 존과 내가 엄청나게 존경하는 어떤 분의 생일인데다가 12년 전 무더운 뉴욕에서 우리의 우정이 마침내 사랑으로 꽃핀 날도 **바로 그날**이었다.

마치 기적처럼 느껴졌다. **이게 대체 무슨 의미일까?** 이럴 확률이 얼마나 될까? 하는 생각을 하지 않을 수가 없었다. 이런 신기한 우연이라니 매우 중요한 의미가 있을 것 같았다. 그러다보니 예정일 날짜에 특별한 애착을 느끼게 되었다. 아기가 예정일에 딱 맞춰 나오는 일이 드물다는 건 알지만 그래도 우리 아기가 8월 4일에 태어나기를 바랐다. 하루 이르게도 아니고 하루 늦게도 아니고 딱 그날에.

하지만 의사는 나한테 임신 합병증이 있어서 예정일보다 일주일 일찍 유도분만을 하자고 했다. 간호사가 7월 30일에 병원에 와서 그날 병원이 너무 바쁘지만 않으면 아기를 낳자며 안내문을 주었다.

7월 생일은 내가 상상했던 것과 너무 다른 느낌이었다. 나는 크게 실망했다. 그때 왜 그런 심정이 들었는지 지금도 잘 설명은 못하겠다. 어쩌면 계획이 바뀌면서 일이 내 마음대로 되지 않는다는 것에 좌절했기 때문일 수도 있겠다. 아니면 아이가 태어나는 날이 아이의 존재에 영향을 미친다는 비과학적인 생각이 내 무의식에 있었거나.

살면서 나는 이런 어색한 대화를 수도 없이 나눴다.

누군가: 별자리가 뭐예요?

나: 전갈자리요. 하지만 별자리는 안 믿어요.

누군가: (눈을 뒤룩거리며) 아, 전갈자리인 사람은 꼭 그렇게 말하더라고요.

때로는 어떤 사람이 별자리에 신빙성이 있다고 설득하려고 예를 들기도 한다. "하지만 나는 전형적인 황소자리예요. 그러니까 나한테는 정말 맞아요." "나랑 제일 친한 친구들은 다 쌍둥이자리예요." "지금까지 만났던 남자 중에서 최악이었던 사람은 전부 천칭자리였어요." "내 별자리 운세는 항상 맞는데요." 나는 가끔은 그런 결론은 비과학적이다, 표본 크기가 너무 작다, 일치하는 사례만 받아들이고 그러지 않은 정보는 무시했다는 등으로 반론을 제기하기도 한다. 가끔은 그냥 아무 말도 하지 않는다. 어느 쪽이든 우리는 서로 말이 통하지 않는 걸 느끼고 돌아서게 된다.

그런데 내 배가 불러오기 시작하자 거의 날마다 누군가가 예정일이 언제냐고 물었다. 대화가 이런 식으로 진행될 때가 어찌나 많은지 놀랄 수밖에 없었다.

누군가: 예정일이 언제예요?

나: 8월 4일이요!

누군가: 아! 아기 사자구나!

이런 대화는 내가 전형적인 전갈자리라는 소리를 들었을 때보다도 더 불편했다. 상대가 내 생일을 근거로 나에 대해 어떤 판단을 내리건 간에 나는 나니까. 하지만 내 뱃속에 있는 작은 존재까지? 아직 정체성이 형성되지도 않았는데 사람들은 그 아이가 어떤 사람이 될지 완벽히 확신한다는 듯이 말했다. 나는 사자자리의 성향이라고들 하는 것이 무엇인지 전혀 모른다. 아주 좋은 것일 수도 있으니 어쩌면 내가 '전형적 사자자리' 아이를 낳기를 소망해야 하는 건지도 모르겠다. 어쨌든 간에 아직 태어나지도 않은 아기의 성품을 이렇게 미리 추정하는 게 나에게는 불편하게 느껴졌다.

그 점에서는 엄마도 같은 생각이었다. "편견으로 예단하는 것이나 다를 바 없지. 어떤 사람에 대해 무언가 한 가지를 안다고 해서 그 사람이 어떤 사람인지 안다고 생각하는 거잖아." 엄마가 말했다. 엄마 말대로 이것도 일종의 고정관념이다.

별자리 때문에 피부색, 젠더, 인종, 성정체성, 종교 등에 따라 차별받듯 차별을 받지는 않겠지만, 그래도 유사한 면이 있다. "나는 당신에 대해 한 가지를 알므로 당신이 어떤 사람인지 안다"고 말하는 것에서 여러 차별주의에 내재한 게으르고 섣부른 가정을 볼 수 있다.

과거에는 천문학과 점성술이 같은 것이었다. 별과 행성을 관찰하여 그것이 무엇을 의미하느냐를 두려움이나 소망과 결부시켜 해석했다. 17세기부터 두 가지가 분리되기 시작했다. 엄밀한 검증을 통해 입증된 것은 천문학 개념에 포함되고 그렇지 않은 것은 점성술의 영역에 남았다. 하지만 우리가 천문학에 끌리는 까닭과 점성술에 끌리는 까닭은 사실 같다.

우리 부모님이 나에게, 그리고 수백만의 시청자와 독자들에게 전달하려고 공을 들였던 생각은, 우리가 정말로 실제로 우주와 연결되어 **있다**는 것이었다. 그러나 우리가 어떤 존재인지를 알기 위해서 왜, 어떻게 해서 그렇게 되었는지를 설명할 필요는 없고 우리가 태어난 순간의 천체 운행을 알 필요도 없다.

나는 점성술은 전혀 믿지 않지만 그래도 우리 아기가 언제 태어날지에는 무척 신경을 썼다. 아이가 8월 4일에 태어나면 어떤 패턴에 들어맞을 것 같은 생각이 들었다. 인간의 뇌는 패턴을 아주 잘 찾아내는데 패턴을 찾아내면 진화적으로 유리하기 때문이다. 예를 들어 갓난아기는 사람 얼굴의 패턴을 알아본다. 두 눈과 코, 입이 우리가 익히 아는 형태로 배열된 것을 알아보고 웃음을 짓는다. 이렇게 반응하면 아기가 보고 있는 얼굴의 주인과 아기 사이에 유대감이 생기고 그 얼굴의 주인이 아기를 더 잘 돌봐줄 가능성이 커진다. 이런 식으로 어른들과 강한 유대감을 맺지 못하는 아기는 돌봄을 잘 받지 못해 살아남을 가능성이 적었다. 그래서 얼굴 패턴을 알아보는 유전자가 살아남아 번성한 것이다. 이런 성향 때문에 우리는 얼굴이 없는 곳에서도 얼굴을 본다. 달에서 사람 얼굴을 본다든가. 패턴을 하도 잘 봐서 엉뚱한 곳에서도 패턴을 발견하는 지경이다.

의미에 대해서도 같은 말을 할 수 있다. 때로 무언가 놀라운 일이 일어나면 거기에 어떤 숨은 뜻이 있다는 생각을 하게 된다. 의미를 부여하고 싶은 욕구가 너무나 강해 거의 압도적으로 거기에 사로잡히곤 한다. 우리 부모님은 이런 성향을 '의미 중독'이라고 불렀다. 나도 이 점에서는 할말이 없다. 3월 4일에 '앞으로 나아가라'라는 뜻이 있다고 집착하는 것만 봐도 알 수 있다. 그리고 도무지 있을 법하지 않은 일이라 잊히지 않는 경험들도 있다. 예를 들자면 내가 웨스트빌리지에서 친구와 같이 걷다가 있었던 일이 있다. 친구는 몇 년 전에 좋아했던 남자 이야기를 하고 있었다. 친구가 촬영장 스태프로 일했을 때 그 영화에 출연한 유명한 배우를 좋아했었다. 로맨스가 이루어지지는 않았지만 친구는 오래 감정을 품고 지냈다. 그러다가 몇 년이 지났고, 바로 몇 주 전에 공원에서 그 배우가 임신한 애인과 같이 있는 것을 보았다고 했다. 친구한테 그 이야기를 듣고 나는 이렇게 말했다. "어떤 남자 생각을 더는 안 하게 되는 순간 그 남자가 짠 하고 등장하는 거 정말 신기하지 않니?" 그때, 그 말을 하자마자 그 남자와 여자친구가 갑자기 눈앞에 나타났다. 우리는 이 일이 우리에게 얼마나 큰 충격인지 설명할 수가 없어서 허둥지둥 인사말을 주워섬겼고 두 사람은 곧 가던 길을 갔다.

게다가 그 순간 인부 두 사람이 가죽을 벗긴 염소를 들고 나타나 근처에 있는 식료품점을 향해갔다.

어안이 벙벙했다. 너무 이상하고 너무 충격적인 일이라 이게 무슨 징조가 아닐까 하는 생각을 떨쳐버릴 수가 없었다.

여러 해가 지난 지금도 그 생각을 하면 소름이 돋는다. 살면서 많은 우연의 일치가 있었지만 이 일이 특히 기억에 남았다. 우리가 마치 소설 안에, 그것도 상당히 억지스러운 소설 안에 있는 것 같았다.

살다보면 수없이 많은 일, 수없이 많은 순간을 맞닥뜨리니 정말 특별한 우연처럼 느껴지는 일이 없을 수가 없을 것이다. 이런 우연들이 정말 순수한 우연이고 (타자기를 아무렇게나 두드리는 원숭이가 무한 마리 있으면 『햄릿』을 쳐내는 원숭이도 있을 수 있듯이) 통계적으로 일어날 수 있는 일이라 하더라도 여전히 짜릿하고 신기하다. 우리 뇌가 패턴을 인식하게끔 진화했다는 사실이 경탄스럽다. 우리의 가장 큰 강점 가운데 하나다. 그 능력 덕분에 지금 여러분이 보고 있는 꼬물꼬물한 검은 기호들을 통해 우리가 생각을 주고받을 수 있는 것이다. 그러므로 수학이나 물리 같은 개념을 이해할 수 있고, 무너지지 않는 건물과 하늘을 나는 비행기를 만들어낼 수 있다. 그러니까 어떻게 보면 '위대한 소설가'가 실제로 있는 셈이다. 바로 우리. 우리가 세상에서 쓸 거리를 뽑아내어 대하 서사시를 쓰고 있는 거다.

어느 날 저녁식사 자리에서, 어떤 사람이 자기와 남편이 죽은 친구가 나오는 꿈을 같은 날 밤에 꾸었다는 말을 했다. 나는 어떤 이유에서 그런 일이 일어났건 간에 남편과 비슷한 꿈을 꾸었다니 참 멋진 일이라고 말했다.

"그런 일이 정말 우연히 일어난다고 믿는 거예요?" 누군가가 눈살을 찌푸리며 나에게 물었다.

여기에서 대립하는 두 입장 사이에 존재하는 것이 바로 **믿는다**라는 단어다. 나는 그런 일들이 무언가 더 큰 힘에 의해 이루어진다고 믿지 않는다. 그렇다는 가설을 입증할 증거를 본 적이 없기 때문이다. 이런 일에는 어떤 의미도 있을 수가 없다고 내 목을 걸고 맹세하겠다는 뜻은 아니다. 의미가 있을 수도 있지만 다만 증거가 나올 때까지는 판단과 믿음을 보류하겠다는 말이다.

적어도 나는 그러려고 노력한다. 물론 내 머릿속에도 이런 생각이 스치고 지나갈 때가 있다. **이건 너무 놀라워. 정말 신기해. 이런 일이 일어날 확률이 얼마나 될까?** 나도 등골을 타오르는 전율을 느낀다. 나도 패턴이 없는 곳에서 패턴을 본다. 어떤 남자 생각을 더는 안 하게 되는 순간 그 남자가 짠 하고 등장한다고 주장한 사람이 나라는 것도 잊지 말자. 일치하는 사례만 받아들이고 그러지 않은 정보는 무시한다는 게 남 얘기가 아니다.

나는 그저 우리가 살면서 만나는 마법적인 순간들을 즐기려고 한다. 예를 들면 오랜 친구 생각을 하고 있는데 갑자기 그 친구한테 전화가 걸려온다든가. 패턴을 보고자 하는 충동은 강력한데다 거의 본능적이다. 그렇지만 나는 또 세상이 순전한 우연으로 이루어졌다는 생각에서도 기쁨을 느낀다. 신기한 사건이 인간 존재보다 더 큰 초자연적 힘으로 이루어진 것이라면, 필연적으로 그렇게 되었다는 의미다. 그렇지만 그게 순전한 우연이라면, 백만 분의 일의 확률로 나에게 일어났다는 사실 때문에 더욱 특별하게 느껴지기도 한다.

나는 부모님이 쓴 책 여럿을 여러 해 동안 읽지 않고 미루고 있었다. 아버지에 대해 더 알 것이 있다는 기대를 계속 갖고 싶었기 때문에 앞날을 위해 일부를 아껴두었다. 그런데 내가 임신했을 때 부모님이 쓴 책 여러 권이 오디오북으로 나왔다. 어렸을 때 부모님이 책을 많이 읽어주었기 때문에 나는 누가 책을 읽어주는 걸 무척 좋아한다. 내가 곧 엄마가 될 거라는 생각, 사분의 일은 아버지를 닮은 새로운 존재를 만나게 되리라는 생각을 하자 이제 아직 읽지 않은 책 속에 빠져들 때가 되었다 싶었다. 오디오북 대부분은 배우들과,

배다른 오빠인 닉과 올케언니 클리넷 등 우리 식구들이 녹음했지만, 수십 년 전에 아버지가 녹음해놓은 부분도 일부 있었다.

그래서 나는 임신 말기에 접어들었을 때 현대 기술 덕에 아버지의 따스하고 익숙한 목소리를 들을 수 있었다. 더운 초여름날 약국에 가려고 보스턴 차이나타운을 걸으면서 아버지가 이렇게 말하는 것을 들었다.

나의 외할아버지 라이프는 짐을 나르는 짐승이나 다름 없었다. 어렸을 때 라이프는 작은 고향 마을 새소에서 백 킬로미터 반경 밖으로는 나가본 적이 없었을 것이다. 그런데 1904년에 라이프는 느닷없이 마을에서 도망쳐 신세계로 왔다. […] 라이프가 바다를 건너는 과정이 어떠했는지는 모르지만 나중에 라이프의 아내 하야가 탔던 배의 승선 기록을 발견했다. 하야는 라이프가 아내를 데려올 여비를 모은 다음에야 라이프가 있는 곳으로 떠날 수 있었고 함부르크 여객선 바타비아호에서 가장 싼 객실 표를 끊어 바다를 건넜다. 승선 장부에 남은 간명한 기록에는 말할 수 없이 가슴 아픈 구석이 있다. 읽거나 쓸 줄 압니까? 아니요. 영어를 할 줄 압니까? 아니요. 수중에 돈이 얼마 있습니까? 1달러. 하야가 이 질문에 대답하면서 얼마나 두려웠을지, 얼마나 수치스러웠을지. 하야는 뉴욕항에서 내려 라이프를 다시 만났으나, 오래 살지 못하고 우리 어머니와 이모를 낳고는 산후 '합병증'으로 세상을 뜨고 말았다. 미국에 살았던 몇 해 동안에 하야는 영어식 이름인 클라라로 불리기도 했다. 사반세기가 지난 뒤에 우리 어머니는 첫아들을 낳고 기억하지 못하는 어머니의 이름을 따서 칼이라는 이름을 붙였다.

『창백한 푸른 점』의 도입부에 나오는 이야기다. 인간을 이 행성 위에서 떠돌아다니는, 그리고 어쩌면 언젠가는 그 너머로 떠돌아다닐 방랑자로 바라보고 숙고하는 책이다. 이 책은 물론 지구상의 모든 사람을 대상으로 쓴 책이겠지만, 나에게는 마치 나만을 위한 비밀 메시지처럼 느껴졌다. 내가 잔뜩 부른 배를 하고 헤드폰을 쓰고 물건을 사러 가는 길에 미친듯이 우는 모습을 보고 지나가는 사람들이 무슨 생각을 했을까.

전통적으로 아시케나지 유대인은 아이에게 살아 있는 사람의 이름은 붙이지 않는다. 죽은 사람 이름을 따서 이름을 지을 때도, 미국에 사는 개혁파 유대인들은 보통 죽은 가족 이름의 첫 글자만 따서 이름을 짓곤 한다. 주류 사회에 더 잘 동화될 수 있게 하기 위해서일 것이다. 그래서 아버지는 외할머니 하야Chaiya의 이름에서 'C'자를 따서 '칼Carl'이라는 이름을 받았다. 하야라는 이름의 남성형이고 '삶'이라는 뜻이 있는 '하임Chaim'이라는 이름을 아버지에게 붙여줄 수도 있었겠지만 그러지 않았다. 아들이 러시아인이나 유대인이 아니라 미국인이 되기를 바랐던 것이다. 나는 어릴 때부터 이 이야기를 알고 있었기 때문에 아버지가 돌아가신 이래로 죽 아이를 낳으면 아버지를 기리는 뜻으로 'C'자로 시작하는 이름을 붙여줘야겠다는 생각을 했다. 그로부터 20년 뒤 해리 할아버지가 돌아가시자 존과 나는 'H'자도 넣어 할아버지를 기리자고 했다.

몇 달 뒤에 나는 세계 최고의 병원 산부인과 병동 수술대 위 수술실 조명 아래에서 마취된 채로 덜덜 떨면서 증조할머니 하야를 생각했다. 제왕절개는 계획에 없었다. 이틀 동안 자연분만으로 아이를 낳으려고 애를 썼지만, 자궁 수축 뒤에 아기의 심장박동수가 자꾸 떨어졌다. 그래서 수술하기로 결정이 내려졌다. 수술실로 들어가기 직전에 존이 눈물이 그렁한 눈으로 나를 내려다보던 모습을 잊을 수 없다. "곧 아기를 만날 거야." 존이 말했다.

얼마 지나지 않아 아기를 처음으로 만나게 됐다. 나는 수술대 위에 누워 있어서 아기의 작고 예쁜 얼굴을 제대로 볼수 없었지만 그래도 무언가 낯익은 것이 바로 눈에 들어왔다. 아기 엄지발가락이 이상하게 생긴 내 발가락 모양을 똑 닮았던 것이다. 나는 그 발가락을 우리 아버지한테 물려받았는데 그전에 살았던 이미 오래전에 잊힌 조상으로부터 이어져내려온 발가락일 것이다. 간호사가 아기를 내 품에 안겨주었고 나는 아기가 머리카락도 많고 심장도 힘차게 뛰는 완벽한 아기라는 걸 알 수 있었다.

8월 1일이었다.

나는 피를 많이 흘렸다. 머리가 어질어질했고 목이 매우 말랐고 충격 상태였고 말할 수 없이 행복했다. 출산 경험은 무시무시했지만, 그래도 내가 살지 못할 거라는 생각은 안 했다.

우리는 아기에게 헬레나 하야라는 이름을 붙여주었다. 헬레나는 '빛'을 뜻한다. 내가 어릴 때 보던 신화 책 표지에 있던 그리스의 태양신 헬리오스와 어원이 같다. 여름에 세 상에 등장해 우리 우주에 빛을 밝혀준 아기에게 딱 어울리 는 이름이었다. 하야는 첫번째 이름보다는 가운데 이름으 로 더 적당하다는 게 우리 생각이었다. 아버지의 부모님처 럼 우리도 아이가 사는 세상에서 쓰기에 조금 더 편한 이름 을 지어주는 게 좋겠다고 생각했기 때문이다. 이름을 하야 라고 지어주었다면 사람들의 발음을 계속 고쳐주어야 했을 것이다(하야는 'Ch'로 시작하기 때문에 사람들이 '차야'로 발음 하기가 쉽다).

헬레나가 태어나고 몇 주 동안 나는 배 위에 생긴 긴 흉터가 아무는 것을 보면서 내가 처했던 것과 같은 상황에서 세상에 나오지 못하고 죽은 아이가 얼마나 많을지 생각했다. 아기를 낳다가 피를 너무 많이 흘리거나 혹은 그뒤에 감염이 되어 죽은 사람은 얼마나 많을까. 증조할머니 하야와 마루하의 어머니가 그랬듯이. 오늘날에도 높은 수준의 의료 혜택을 받을 수 없어 죽는 여자들이 얼마나 많을지 생각했다.

과학과 생존 사이에는 직접적 관계가 있다. 의학은 과학의 분과다. 의료 혜택을 받을 수 있느냐 없느냐에 따라 생과 사가 갈린다. 전쟁이나 빈곤 때문에 병원 치료를 받기 어려운 곳에서는 여전히 영아 사망률이 충격적으로 높다. 그렇지만 중세에는 가장 강력한 권력을 가진 여왕이었다고 하더라도 항생제, 인큐베이터, 위생적이고 환한 수술실 등이 없었기 때문에 아기를 살리지 못했을 수 있었을 것이다.

우리가 살아남기까지 또 어떤 힘이 작용했는지 몰라도, 헬레나와 내가 과학의 혜택을 받았다는 사실에는 의문의 여지가 없다.

생일파티는 살아남았다는 사실에 대한 기쁨을 누리는 날이다. 인류가 살아온 대부분 시간에는 생존이 지금보다 훨씬 더 힘들었다. 아이들이 쉽게 죽었고 첫 돌을 맞는 일이 당연한 일이 아니었다. 한 해 한 해가 지나고 조금씩 어른에 가까워지는 것은 당연한 일이 아니라 진정으로 축하할 일이었다. 생일의 의미는 바로 이런 것이다. 시간이 흐르지만 우리가 아직 살아 있다는 자각.

헬레나가 태어나고 몇 달 뒤, 아이의 새로운 특징, 성격, 유전적 특질이 날마다 조금씩 드러나는 것 같을 때 나는 칼 지머가 쓴 유전에 대한 책을 한 권 샀다. 『아이 웃음이 엄마 웃음을 닮았다』라는 제목이 마음에 들었다. 내가 아기 때 꼭 레이철 할머니처럼 웃었다는 이야기도 생각났다. 어릴 때 나는 키마이라를 무척 좋아했는데, 키마이라는 페가수스나 스핑크스처럼 여러 동물이 결합한 신화 속 존재다. 칼 지머의 책을 읽으면서 나는 내가 그런 존재일 수 있다는 것을 알게 되었다. 1996년에 엄마가 아기에 유전자를 물려줄 뿐 아니라 아기도 엄마 몸안에 세포를 남겨두어 그것이 엄마의 일부가 된다는 논문이 처음 발표되었다. 이런 현상을 마이크로키메리즘microchimerism이라고 부른다. 헬레나의 일부가 말 그대로 내 몸안에 있다는 말이다. 헬레나는 물론 정서적으로 나의 일부이지만 신체적으로도 나의 일부이다. 존이나 나나 우리 모든 조상이 헬레나의 일부이듯이.

헬레나가 성장하면 케이크와 파티 그 밖에 아이가 원하는 방법으로 생일을 축하해줄 것이다. 해마다 아이가 선물을 열어볼 때 나의 일부는 그 수술실 환한 불빛 아래로 돌아가 아이가 처음으로 숨을 들이마시고 조상들이 물려준 온갖 자질을 지니고 세상 속으로 등장하는 모습을 볼 것이다. 이 순간에 이르기까지, 아이 이전에 있었던 모든 사람의 존재가 필수적이었다.

내가 임신했을 때 엄마는 아이를 처음 보면 이런 생각이 들 거라고 말했다. **그래! 바로 너구나!** 늘 그러듯 엄마 말이 맞았다. 나는 사람들이 어떤 사람을 두고 "전생에 알았던 사람 같아"라면서 아무렇지도 않게 환생을 거론하는 걸 보고 놀라곤 했다. 나도 물론 처음 보는 사람하고 이상하게 마음이 잘 통해서 '나도 그래요! 나도 그래요!' 하고 외치고 싶었던 일이 분명히 있었지만 그래도 전생이라는 개념은 너무 과장되게 느껴졌다.

헬레나를 처음 보기 전까지 그랬다는 말이다. 헬레나는 삶의 첫날, **태어난 날**에 너무나 작고 빨갛고 귀여웠다. 너무나 낯익게 느껴져서 지금 처음 만났다는 게 믿기지 않을 정도였다. 평생 알았던 것 같은 기분이었다. 어떤 면에서는 그렇다고 말할 수 있었다. 아기에게서 존과 나의 모습, 부모님, 시부모님과 그분들 부모님의 모습을 볼 수 있었다. 사람들의 지평선 너머 내가 이름조차 결코 알 수 없을 사람들, 초기 인류와 그전까지 거슬러올라가는 흔적이 있었다. 수렵 채집인으로부터 헬레나가 물려받은 작은 특징은 뭘까? 얼굴이 닮았을까? 목소리가? 재능이? 버릇이? 아니면 시간이 흐르면서 흐릿해져서 이제는 알아볼 수 없을까? 모르겠다. 그렇지만 아기가 **태어나고** 몇 주 동안 존과 엄마와 내 친구들 모두 아기가 웃을 때 신기할 정도로 친숙한 모습을 발견하고는 깜짝 놀랐다. 입을 꼭 다물고 콧구멍을 벌렁거리는 것이 해리 할아버지를 쏙 빼닮은 것이었다. 얼마 뒤에는 관심을 끌고 싶을 때 할아버지하고 똑같은 한숨 소리를 냈다. 아기가 조상의 환생이라는 믿음에 근거가 될 법한 경험이다. 그러나 이런 현상을 생물학으로 설명한다고 해도 조금도 덜 놀랍거나 덜 아름답거나 덜 반가운 일은 아니다. 나에게는 오히려 훨씬 더 놀랍고 아름답게 여겨진다.

10장 ———————— 결혼

그걸 뭐라고 부르든—행복! 심장! 사랑! 신! 나는 부를 이
름이 없어! 감정이 모든 것이고 이름은 그저 소리와 연기일
뿐……

—요한 볼프강 폰 괴테, 『파우스트』

지붕보를 높이 올리시오, 목수들이여! 결혼의 신이여, 결혼의
노래를 부르시오!

—사포

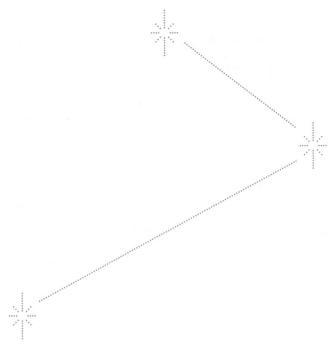

8월 4일, 내가 아직 병원에서 회복중일 때 존과 내가 처음 같이 밤을 보낸 날의 열두번째 기념일이 돌아왔다. 우리가 챙기는 여러 기념일 중 하나다. 물론 가장 중요한 날은 결혼 기념일이다. 네번째 결혼기념일이 되었을 때 헬레나는 생후 6주가 되었다. 아기를 낳고 나니 이날의 의미도 다르게 느껴졌다. 언젠가는 아이가 이날이 있었기 때문에 자기가 세상에 존재하게 되었다고 생각할지도 몰랐다. 나는 어릴 때 부모님의 웨딩 앨범 보기를 좋아했다. 이렇게 중요한 행사가 있었는데 내가 못 갔다는 게 속상했다. 시간여행을 해서 나도 그 자리에 끼고 싶었다.

부모님은 행복하고 사랑이 넘치는 결혼생활을 하셔서 나에게 결혼 제도의 좋은 점을 자주 보여주었다. 부모님은 회의주의를 가르치면서 냉소주의에 빠지지는 말라고 하셨다. 무엇보다도 사랑에 대해 냉소하지 말라고. "그냥 믿어줘." 엄마는 나나 다른 사람이 파트너와 싸우면 이렇게 말씀하시곤 했다. 가장 좋은 점을 보라고 가르치시기도 했다.

우리 부모님 덕분에 나도 언젠가 자라면 꼭 결혼하고 싶었다. 그런데 아버지가 돌아가시면서 조금 다른 마음도 들었다. 결혼하고 싶긴 했지만 결혼식을 올리는 일이 기쁘기보다는 고통스러운 일이 될 것 같다는 생각이 점점 커졌다.

존과 진지하게 사귀기 시작했을 무렵에 존이 나를 친구 결혼식에 데리고 갔다. 결혼식 전날 만찬에서 신부의 아버지가 축사를 하면서 딸을 얼마나 사랑하는지, 부녀 관계가 얼마나 특별한지 한참 이야기했다. 감동적인 이야기였지만 나는 너무 부러운 나머지 속이 상해서 화장실로 도망가서 울었다. 아버지 없는 결혼식을 견딜 수가 없을 것 같았다.

결혼식 전에 하는 의식들은 엄마와 같이 하리라고 상상할 수 있었다. 엄마가 계획 짜는 것도 도와주고 드레스 고를 때도 같이 가주리라는 걸 알았다. 일찍 어머니를 잃은 나의 몇몇 친구들은 결혼하려면 그런 일들을 엄마와 같이할 수 없어서 속상할 것이다. 나에게는 내 결혼식 날 아버지가 없으리라는 사실이 고통스러웠다. 아버지가 신랑에게 신부를 '건네주는' 관습이 우스꽝스럽고 구시대적이라는 건 안다. 다 자란 성인인 나를 누가 누구한테 넘겨줄 순 없다. 하지만 그게 아무리 여성 혐오적인 관습이라고 해도 아버지와 같이 식장에 입장할 수 없다는 건 가슴 아팠다. 왜 내가 사람들을 초대해서 내 삶의 빈자리를 보여주어야 하나?

친구 결혼식 만찬이 끝나고 돌아가는 길에 존과 함께 센트럴파크공원 벤치에 앉아 처음으로 내 슬픔을 존에게 털어놓았다. 존은 다 괜찮을 거라는 행복한 거짓말로 나를 달래지 않았다. 상황을 다르게 보라는 말도 하지 않았다. 감정을 추스르라고 하지도 않았다. 그저 나를 안아주고 내 말을 들어주면서 같이 눈물을 흘렸다. 그랬기 때문에, 그리고 그 밖에 수백만 가지의 다른 이유로, 몇 년 뒤에 존이 무릎을 꿇고 청혼했을 때 나는 한 치의 의심도 없이 승낙할 수 있었다.

존이 청혼을 하고 함께 기쁨의 눈물을 흘리고 샴페인으로 축하한 다음, 우리는 결혼식 준비라는 일을 마주하게 되었다.

몇 달 뒤 존과 나는, 웨딩플래너와 결혼식에서 연주할 밴드 가수와 같이 앉아 결혼식 절차를 의논했다.

"아버지랑 같이 춤추실 거예요?" 가수가 나에게 물었다.

나는 얼굴을 찡그렸다.

"아뇨, 저희 아버지는 돌아가셨어요." 내가 말했다.

가수가 움찔했다. 나는 어색한 분위기를 풀고 싶었지만, 괜찮다고 거짓말을 할 기회가 지나가버렸다.

가수가 다정하게 말했다. "그날 아버지가 저 위에서 지켜보고 계실 거예요."

이런 반응을 들으면 나는 더 어색한 기분이 되었다. 나는 내세를 믿는 척하고 싶지는 않았지만 그렇다고 무례하게 굴거나 철학적 토론을 시작할 일도 아니었다. 존이 내 손을 꽉 잡았다. 나는 모호하게 어정쩡한 소리를 내고 대화 주제를 다른 쪽으로 돌렸다.

존과 나는 1990년대 중반 중학교에서 만났는데 서로를 좋아한다는 걸 알게 되기까지는 그뒤로 오랜 시간이 걸렸다. 아주 오랜 시간이었다. 여러 해 동안 우리는 그냥 알고 지내는 사이였다. 같은 파티에 갔지만 서로 이야기를 나눈 일은 손에 꼽을 정도였다. 가장 기억에 뚜렷이 남은 일은 내가 엄마 차를 존의 발 위에 세웠을 때다. 막 면허를 (가까스로) 땄을 때인데 멋있는 선배가 나에게 말을 걸어 정신이 팔린 나머지 나는 차가 아주 천천히 거의 느끼지 못할 정도로 앞으로 가고 있다는 사실을 몰랐다. 나는 느끼지 못했어도 그 멋있는 선배인 존은 발로 매우 확실히 느꼈지만. 존이 그 일에 대해 어찌나 침착하고 친절하게 대처했던지 내가 그날 존의 집 주차장 진입로에서 바로 사랑에 빠졌더라도 이상한 일은 아니었을 것이다. 그런데 아직은 때가 아니었다.

우리 둘 다 대학을 졸업한 뒤에 존은 뉴욕으로 이사왔다. 나는 뉴욕대를 다녔다. 구글이 모든 의문에 답해주기 전인 그 시절에는 새 도시에 가면 누군가 아는 사람을 찾아보게 되기 마련이었다. 존이 연락을 해왔고 우리는 곧 아주 가까운 친구가 되었다. 머지않아 나는 존에게 푹 빠져 열렬한 짝사랑을 시작했다. 마침내는 존이 나에게 넘어왔다. 그뒤로 거의 일 년 동안 우리는 '잠은 같이 자지만 그냥 친구 사이'인 척했지만 주위 사람들 눈에는 우리가 사랑에 빠진 게 빤히 보였단다.

나는 아버지 손을 잡고 결혼식장에 들어가기를 간절히 바랐지만 그런 일은 있을 수가 없었다. 그래서 우리 결혼식에서 아버지의 존재를 느낄 다른 방법을 찾고 싶었다. 나는 아버지와 같이 갔었던 장소에서 식을 올려야겠다고 마음먹었다. 그곳에 아버지의 영혼이 있을 거라고 믿어서가 아니라, 그곳에 내 추억이 있을 것이기 때문이었다.

어릴 때 아버지와 같이 갔던 장소 중 결혼식장으로도 쓰이는 곳을 찾기는 쉽지 않았다. 그런데 약혼을 하고 얼마 되지 않아 이서커 집에 갔다가 허버트 F. 존슨 미술관 앞을 지나가게 되었다. 건축가 이오밍 페이가 설계한, 코넬대학교 교정에 있는 현대적인 건물이다. 어릴 때 아버지가 나를 거기 데리고 가서 자코메티나 콜더의 조각품이나 일본 족자 그림을 보여주곤 했다. 1996년에 아버지가 돌아가셨을 때는 그곳에서 추도식을 했었다. 2002년에 오빠 닉과 올케 클리넷이 결혼 피로연을 한 곳이기도 했다.

그래서 우리도 알아보려고 들어갔는데, 무언가 새로운 것이 눈에 들어왔다. 엄마가 지나가는 말로 이야기한 걸 들은 적은 있었는데 직접 보니 정말 압도적이었다. 넓은 발코니에서 몇 층 높이 위에 튀어나온 천장이 있는데 거기 불빛이 가득했다. 1만 2000개의 불빛이라고 했다. 불빛이 계속 바뀌면서 깊고 깊은 우주를 연상시키는 장엄하고 경이로운 패턴이 나타났다. 이 설치작품을 만든 리오 빌라리얼은 아버지의 작업과 '존재하는 모든 것, 존재했던 모든 것, 존재할 모든 것'에 경의를 표하는 뜻으로 이 작품에 〈코스모스〉라는 이름을 붙였다고 한다.

순간 숨이 잘 안 쉬어질 지경이었다.

이 얼마나 믿을 수 없이 큰 행운인지. 내 마음 깊은 곳의 정서적 필요를 완벽히 메워줄 거대한 설치작품이 그 자리에 있다는 게 얼마나 있을 법하지 않은 행운인가 생각하니 아찔했다. 쉽게 일어날 수 있는 일은 아니지 않나? 하지만 어떤 면에서는 모든 의식에 그런 면이 있다. 우리가 치르는 최상의 의식은 우리가 가장 원하고 필요로 하는 것을 행위로 옮기는 것이다. 너무 빤해서 예술적이라고 보기 어려운 것들도 있다. 예를 들어 예식이 끝나고 신랑 신부가 입을 맞추어 결합이 이루어졌음을 상징하는 것처럼. 때로 어떤 전통은 해석의 여지가 너무 많아서 사람마다 다르게 받아들이기도 한다. 어떤 전통은 너무나 오래전부터 널리 해오던 것이라 실제로 어떤 의미인지 모르면서도 그냥 따른다. 식이 끝난 다음 새로 커플이 된 사람들에게 쌀을 던지는 관습은 과거에는 다산을 기원하는 의식이었지만, 오늘날 교회 밖에 서서 친구들에게 쌀을 뿌리면서 그런 생각을 하는 사람이 얼마나 될까?

쌀 말고 다른 식품도 다산의 의미로 쓰였다. 달걀이 대표적이다. 이슬람교도들은 수 세기 전부터 신랑 신부에게 달걀을 선물하는 관습을 이어왔다. 헝가리에서는 신부의 머리에 밀 이삭을 같이 땋아 장식한다. 음식 외에도 비슷한 목적을 띠는 것들이 있다. 그리스에는 신랑 신부가 첫날밤을 보낼 침대에 먼저 아기를 눕히는 전통이 있다.

아기를 갖는 것만이 결혼의 목적은 아니어서, 독일에는 신랑 신부가 2인용 톱으로 거대한 통나무를 함께 자르는 전통이 있다. 평생 힘을 합쳐 살 것에 대비하기 위한 일종의 '협동 연습'인 셈이다.

결혼과 관련된 상징은 우리 삶에 아주 밀접하게 엮여 있어서 속뜻을 잘 모르고 따르는 것도 많다. 결혼을 하면 약지에 금속으로 만든 가락지를 끼는데, 고대에 그 손가락에만 심장으로 이어지는 특별한 혈관이 있다고 잘못 생각했던 것에서 유래된 관습이다. 지금은 그 손가락에 반지를 낀 사람과는 섹스하려 시도하지 말라는 뜻으로 쓰인다. 우스꽝스럽게 들리긴 하지만 어쨌든 반지를 낀다는 건 **나는 나의 진정한 사랑을 찾았어**라고 조용히 우아하게 말하는 방식이다.

다른 관습도 무수히 많다. 순결을 상징하는 하얀 드레스는 빅토리아여왕에게서 비롯한 유행이다. 신부가 오래된 물건, 새 물건, 빌린 물건, 파란 물건을 지녀야 한다는 관습도 있다. 부케를 던지거나 빗자루를 뛰어넘는 관습도 있다. 종교와 무관한 결혼식을 보더라도 우리 인간들이 전통을 만들어 이어가는 것을 얼마나 좋아하는지가 확연히 드러난다. 베일은 과거의 잔재처럼 느껴지기도 해서 나는 베일 쓰기는 생략했다. 어쩐지 정략 결혼한 상대에게 결혼식 제단에서 처음으로 얼굴을 보여주던 시대가 연상되어서다.

최대한 현대적인 결혼을 하겠다면서도 사실 내 속마음 깊은 곳에는 매우 전통적인 면이 감춰져 있었나보다. 나는 결혼식 전에는 신랑이 신부의 모습을 보지 않는다는 전통을 지키고 싶었는데, 존과 우리 주례를 맡아주신 세속화한 랍비가 예식 전에 '첫 대면'을 하고 사진도 찍자고 나를 설득했다.

랍비: 식전 칵테일 아워를 놓치고 싶진 않잖아요!

존: 식장 뒤쪽에 있는 사람들이 당신을 나보다 먼저 보게 되기도 하고!

그래도 결혼식 전날 어디에서 잘지에 대해서는 내 고집을 꺾지 않았다. 이유를 설명하기는 힘들지만, 나는 6년 동안 존과 같이 살긴 했어도 결혼식 전날 밤만은 존과 같은 침대에서 자지 않겠다고 확고하게 마음먹었다. 나는 가장 친한 친구들과 같이 엄마 집에서 잤다.

들떠 있었기 때문인지 결혼식 날 새벽 다섯시 반에 딱 눈이 떠졌다. 어찌어찌 억지로 한 시간 정도 더 눈을 붙였다. 여섯시 반에 나는 엄마 자동차 키를 슬쩍해 몰래 집에서 빠져나왔다.

돌아와보니 엄마와 친구들 전부 깨어 있었다. 아무도 내가 결혼하기 싫어져서 도망갔을까봐 걱정한 사람은 없었단다. 친구들은 내가 결혼 전날 밤 막상 존하고 따로 자려니 후회가 되어 마지막 혼전 섹스를 하러 존의 호텔방으로 달려갔을 거라고 생각했단다. 아주 말도 안 되는 추측은 아니지만 존한테 다녀온 것은 아니었다. 엄마만 내가 아버지 무덤에 갔을 거라고 정확하게 추측했다. 아버지는 아주 아름다운 묘지에 묻혀 있는데 늦은 9월의 그날 아침 날씨가 엄청나게 좋았다. 나는 아버지 묘비 앞 잔디에 앉아서 울었다.

그리고 아버지에게 말을 걸었다. 아버지 묘지에 가면 늘 그렇게 한다. 아버지나 근처에 묻힌 조부모님이 내 말을 들을 수 있을 거라 생각해서 그런 것은 아니었다. 그런 생각은 하지 않는다. 그분들 들으라고 한 말이 아니라 나를 위해 한 말이었다. 그분들은 이제 이곳에 없지만 한때는 있었고, 내가 그분들을 아직 사랑한다는 것을 되새기기 위해서였다.

그리스인들이 말하는 카타르시스 같은 것이다. 울음으로 감정을 해소하고 싶었다. 이 고통을 느껴야만 그날 이 시간 이후로 찾아올 기쁨을 느낄 수 있을 것 같았다. 사실 결혼식 날 우는 일은 매우 흔하다. 우는 이유도 다양하다. 울음이 의식의 일부인 경우도 있어서, 중국 중부에 사는 소수민족 투자족 신부는 가족들 앞에서 반드시 울어야 한다. 신부는 연기를 배우는 학생처럼 몇 주, 심지어 몇 년 동안 우는 연습을 한다. 결혼식 날이 가까워지면 여자 친척들도 같이 운다. 옛 전설에서 비롯된 관습인데, 반대되는 감정과 대비시킴으로써 결혼식의 기쁨을 강조한다. 내가 한 일과 비슷하다.

지구상 어딘가에 결혼식 날 아침 다른 사람들이 깨기 전에 조상의 무덤가에 가서 우는 관습이 있는지는 모르겠다. 혼자서 상실의 아픔을 느끼면서 조상들 앞에서 후련하게 운 다음 돌아와서 성유와 향수를 바르고 순결을 상징하는 전통적 색의 드레스를 차려입고 (얼마나 오래 동거를 했건 간에) 결혼식을 올리는 관습. 나에게는 내가 아는 여느 의식보다 더 좋은 의식이었다. 눈물을 다 쏟아내고 기분이 좋아져서 내가 잃은 것보다 내가 누릴 것에 집중할 수 있게 되었다.

우리는 미술관 옥상에서 예식을 치렀다. 그곳에서는 카유가호수와 우리 고향 마을 전체가 내려다보였다. 나는 어머니와 해리 할아버지 손을 잡고 입장했다. 존과 나는 신앙이 없지만 일신교 전통에 속하는 요소 세 가지를 도입했다. 유대교의 결혼식용 캐노피인 후파 아래에서 식을 올렸다. 여러 전통이 그렇듯 후파의 의미도 해석하기 나름이지만 우리는 그것을 결혼해서 꾸릴 집의 비유적 상징물로 생각했다. 신랑 신부가 지붕 아래 깃들고 하나로 합해진다. 또 후파는 네 벽이 트였기 때문에 부부가 그 안에 고립되지 않는다. 가족, 친구들, 공동체 그리고 그 바깥쪽 넓은 세계의 다양한 생각과 아름다움을 받아들인다. 또 우리는 20세기 기독교 전통을 따라 화촉에 불을 붙였다. 두 불꽃이 하나의 불로 합쳐진다는 의미가 있는 행위다. 예식이 끝났을 때 존은 유리로 된 물건 하나(우리는 전구를 썼다)를 천에 싸서 하객들이 "마젤 토브*!"라고 외치는 가운데 밟아서 깼다. 이 관습의 의미에 대해서는 여러 이론이 있지만 가장 낭만적인

＊ 축하한다는 뜻의 히브리어 인사.

설명은 깨진 유리를 다시 온전히 만들기가 불가능하듯이 신랑 신부를 떼어놓기도 불가능하다는 뜻이라는 것이다.

우리는 또 다신교 전통에서 좋아하는 부분도 끌어왔다. 우리를 감동하게 한 그리스신화 이야기인데, 허구적 창작물인 플라톤의 『향연』에 나온다. 실존 인물이자 『향연』의 등장인물이기도 한 아리스토파네스가 한 이야기라고 나오지만 실제로 아리스토파네스가 이런 이야기를 했다는 증거는 없다. 어쨌든 이런 이야기다.

원래 세상에는 세 종류의 인간이 있었다. 남성과 여성, 그리고 둘이 합해진 '안드로기노스'가 있었다. 당시의 사람은 둥그런 몸에 팔이 네 개, 다리가 네 개 있고 둥근 목 위에 얼굴 두 개가 앞뒤로 붙어 있었다. 이들은 야심이 커서 신들의 자리를 찬탈하려 했다. 제우스는 이들을 반으로 쪼갬으로써 복수했다. 그래서 다리 둘, 팔 둘에 얼굴 하나인 종족이 생겨났다. 새로 생긴 반쪽 인간들은 자신의 반쪽을 잃었기 때문에 몹시 불행했다. 남자와 여자가 한몸이었다가 분리된 경우도 있었고 남자와 남자가, 여자와 여자가 붙어 있다가 분리된 경우도 있었다. 어느 쪽이든 잃어버린 반쪽을 추구했다. 반쪽 인간들은 다시 연결되려고, 다시 한몸이 되려고 서로 부둥켜안았다. 한몸으로 돌아가고 싶은 욕구가 너무 강해서 사람들은 먹지도 않고 다른 아무 일도 하지 않고 그냥 그렇게 죽어갔다. 제우스는 죄책감을 느꼈다. 그래서 섹스를 통해 다시 하나의 몸으로 결합하는 만족감을 느낄 수 있게끔 사람의 육체를 재설정했다. 따라서 사랑은 본래 상태로의 회귀다. 사랑은 인간 본연의 상처를 치유한다.

이 이야기는 2400년 전에 쓰였다. 고대 그리스인들 가운데 이 이야기를 문자 그대로 믿은 사람이 얼마나 되었을지, 혹은 신이 정말로 올림포스산 위에 산다고 믿은 사람은 얼마나 되었을지는 모르겠다. 아무튼 제우스를 믿건 안 믿건 이 이야기에서 아름다움을 발견하는 데는 아무 문제가 되지 않는다. 존과 나는 진실로 느꼈다. 이야기는 문자 그대로의 진실이 아니라 어떤 교리나 신앙과도 무관한 아름다운 비유로서 진실하게 느껴졌다. 좋은 SF영화를 볼 때 그 이야기가 실제라고 생각할 사람은 없는 것과 마찬가지다. 〈E.T.〉〈2001 스페이스 오디세이〉나 〈스타트렉〉〈스타워즈〉 시리즈에 나오는 우주는 다 다르지만 저마다 현실에 대한 어떤 통찰을 담고 있지 않나. 그래서 우리는 시처럼 아름다운 아리스토파네스의 신화를 결혼식에서 인용했다.

이것 말고 우리가 만들어낸 작고 의미 있는 행동이 하나 더 있었다. 일신교와도 다신교와도 무신론과도 상관없는 그냥 우리에게 특별한 것이었다. 아버지가 나와 같이 식장에 입장할 수 없었기 때문에 아버지가 쓰시던 넥타이 하나를 내 부케에 리본처럼 묶었다. 또 화촉이 놓인 테이블 위에는 마루하가 젊었을 적 성당에 갈 때 쓰던 미사포를 올려놓

왔다. 마루하가 나에게 시너고그에 갈 때 쓰라고 선물한 것이다. 나는 시너고그에 거의 가지 않기 때문에 그냥 침대 옆테이블에 늘 보관해놓았었는데, 결혼식 날에 드디어 마루하가 바랐던 것과 비슷한 쓸모로 사용할 수 있었다. 이런 천조각이 아버지나 마루하를 다시 불러올 수는 없다. 이렇게해서 두 분이 내 결혼식에 어떤 초자연적인 방식으로 함께한다고 생각했던 것도 아니다. 그렇지만 이런 행동으로 나는 내 뇌 회백질 어딘가에 살아 있는 두 분의 기억을 가까이 떠올릴 수 있었다.

축배와 축사 뒤에 밴드가 연주를 시작했고 가을밤이 깊어갔다. 존과 나는 빌라리얼이 만든, 시시각각 변하는 하늘아래에서 춤을 췄다. 또 우리는 내가 가장 좋아하는 관습인'호라'를 했다. 내 생각에는 유대인 문화 중에서 이게 최고다. 왜 세계 나머지 사람들도 이 관습을 받아들이지 않는지모르겠다. 결혼식의 완벽한 은유이기도 하다. 호라는 하객들이 신랑 신부를 둘러싸고 춤을 추면서 빙빙 돌다가 의자에 앉히고 공중으로 들어올리는 것이다. 내가 막 위로 올려지기 직전에 내 가장 오래된 친구 중 한 명이 내 귀에 이렇게 속삭였다. "걱정 마. 아무 일 없을 거야." 저 하늘 위로 던져지기 직전인 나에게 가장 필요한 말이었다. 대학에 다닐때 나는 고대 그리스에서 술, 다산, 광적인 파티의 신으로군림한 디오니소스에 대해 배웠다. 디오니소스 축제에서는 춤을 추면서 황홀경에 도달함으로써 디오니소스를 숭배했다고 한다. 이십대 때 사람이 가득하고 귀청이 떨어질 듯 시끄럽고 열기가 후끈거리는 뉴욕이나 런던 나이트클럽에 가면 절로 디오니소스 숭배자들이 떠올랐지만, 내가 실제로 그런 황홀경에 다다른 것은 그날 의자에서 높이 들어올려졌을 때가 처음이었다.

결혼식은 생물학적 사건도 천문학적 사건도 아니다. 우리가 중요하다고 생각해서 만들어낸 사회적 행사다. 결혼은 워낙 다양한 형태로 나타나기 때문에 무어라고 정의하더라도 부족하다. 어떤 결혼은 평생 이어지고 어떤 결혼은 결혼 피로연 끝날 때까지도 못 버틴다. 어떤 결혼은 자유분방하고 어떤 결혼은 상징적이다. 결혼의 역사를 연구한 스테퍼니 쿤츠에 따르면 '여러 형태의 결혼 중에서 가장 많은 곳에서 가장 많이 발견되는 형태의' 결혼은 남자 한 명과 여자 여러 명의 결합이라고 한다. 아이를 최대한 많이 낳는 데 유리한 방식인데, 과거에는 아이를 많이 낳는 것이 결혼의 주목적이었기 때문이다. 반대로 하는 경우도 이따금 있어서, 티베트 시골 일부 지역에서는 보통 여자 한 명이 형제와 결혼한다. 고대 로마부터 북아메리카와 서아프리카 원주민 사회까지 동성 커플이 오래 관계를 이어가는 경우도 늘 있었다. 동성 결합을 유효하고 합법적인 결혼으로 인정하는 사회도 있다.

오늘날 이슬람교 시아파에는 임시 결혼이라는 게 있는데(한 시간 정도로 짧은 것도 있다) 잘되면 결혼을 갱신하고 아니면 자동으로 무효가 된다. 원칙적으로는 여자가 다시 결혼하려면 (어떤 종류의 결혼이었든 어떻게 끝났든 상관없이) 이전 결혼으로부터 석 달의 간격이 있어야 하지만 반드시 지켜지지는 않는다. 이런 결혼이 미국과 이란에서 서서히 늘면서 논란도 같이 생겨났다. 이 결혼을 무료 체험기간으로 볼 것인가? 아니면 미리 예정된 이혼이라고 보나? 성매매를 위해 종교적 허점을 이용하는 것은 아닌가? 혹은 전통 신앙과 현대 생활의 균형을 위한 완벽한 방법인가? 쿠란 학자들이 이런 의문을 가지고 논쟁을 벌이지만, 이 관습을 가리키는 단어 '니카 무타nikah mut'ah'가 '쾌락을 위한 결혼'이라고 번역될 수 있다는 사실이 이미 많은 것을 말해주는 듯하다.

결혼이 이루어졌느냐 아니냐의 기준도 모호한 면이 있고 시대에 따라 달라졌다.

중세 기독교 왕국에서 귀족 간의 결혼은 신중하게 계획된 합병의 일환이었다. 평민들은 보통 같이 살고 같이 자고 서로 약속하는 것 등을 결혼으로 쳤다. 공식 기록을 남기는 제도나 결혼을 관리하는 당국이 없을 때는 모호한 사적인 약속을 저마다 다르게 해석해 의견이 분분할 때가 많았다. 그래서 교회가 기본 원칙을 정했다. 사람들에게 미리 결혼을 공포하고 (이의를 제기할 사람은 하라고) 교회에서 예식을 올렸다. 서양에서는 1215년 제4차 라테라노공의회 이후에 결혼의식이 자리잡기 시작했다. 이제는 그냥 우리 결혼했다고 말하면 되는 게 아니었다. 특정한 방식으로 특정한 장소에서 그렇다고 말해야 결혼한 것이 되었다.

당연히 결혼의식도 진화했다. 단순히 '이제 이 여자가 이 남자에게 속한다'고 선언하는 것 이상의 의미를 갖게 되었다. 그보다는 '두 사람이 동등한 주체로서 함께하고 서로를 더 행복하고 더 낫고 덜 외로운 존재로 만들려는 선택을 한다'는 의미로 바뀌어왔다.

언제 어디에서 일어나든 결혼은 미지의 삶 속으로 뛰어드는 일이다. 그러나 알맞은 상대와 결혼한다면 그리고 식구들과 친구들의 사랑과 지지가 있다면 잘해낼 수 있을 것이다. 나는 의자 위에서 들어올려지며 내가 결혼한 아름다운 남자와 내가 잃은 아름다운 남자의 유산을 보면서 모든 게 완벽하지는 않지만 모든 게 마치 시처럼 깊고 진실하고 정확하고 숭고하다고 느꼈다.

지금 우리 침실에는 나와 존이 〈코스모스〉 아래에서 들어올려지며 기쁨으로 황홀해하는 순간을 그린 그림이 걸려 있다. 가까운 친구가 그렸고 나의 가장 오래되고 소중한 친구가 선물한 그림이다. 언젠가 헬레나가 이 그림을 보면서, 내가 부모님 결혼 앨범을 보면서 그랬던 것처럼, 자기도 거기 있었어야 한다고 생각할까 궁금하다. 우리 이전과 이후에 너무나 많은 일이 있었고 있을 것이기 때문에, 우리가 지금 이곳에 있는 동안에 일어나는 일을 충분히 음미해야 한다. 그날 우리는 아버지, 그리고 한때 우리와 같이 있었으나 지금은 없는 많은 사람을 그리워한다는 걸 알았다. 하지만 그때 아직 오지 않은 누군가를 그리워하고 있다는 사실은 미처 알아차리지 못했다.

11장 ━━━━━━━━━━ 섹스

쾌락은 분명 악하지 않고 선한 것이다……

　　　　　　　　　　　　　　　　　　—바뤼흐 스피노자

여러분, 내가 말하는데,
태어나기는 힘들고
죽기는 고약하니—
그사이에
조금 사랑을
누려보시오.

　　　　　　　　　　　　　　　　　　—랭스턴 휴스

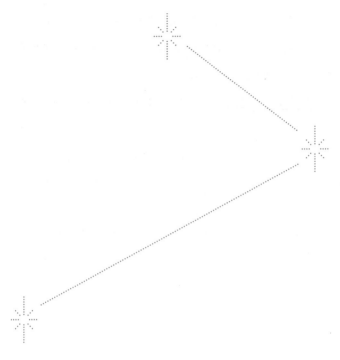

섹스를 통해 사람이 만들어진다는 게 믿어지나? 정말? 나는 내가 살아 있는 한 언제까지나 그 사실에 경탄할 것 같다. 자연에 있는 참 많은 것들처럼 이것도 한걸음 물러서서 말로 설명해보면 마치 마법처럼 신비롭게만 느껴진다. 내가 어렸을 때 아기가 어떻게 해서 생기는지 설명해주는 그 '대화'를 부모님과 나눈 기억은 없지만, 이 주제에 관해 솔직하고 과학적인 지식을 주는 그림책이 나한테 있었던 것은 기억한다. 그림 속의 정자가 실크해트를 쓰고 있었고, 오르가슴이란 너무너무 재채기가 하고 싶을 때 재채기하는 느낌하고 비슷하지만 그것보다 '훨씬 좋은 무엇'이라고 묘사되어 있던 게 기억난다(나중에 이 비유를 앨프리드 킨제이가 먼저 썼다는 사실을 알게 되었다). 그 책을 재미있게 봤던 건 기억이 나는데 그 정보를 알게 되어 어떤 기분이었는지는 생각이 안 난다. 나중에 매우 중요한 것이 될 무언가를 모른다는 게 어떤 느낌인지는 기억하기 쉽지 않다.

인간은 섹스라는 의식을 통해서 종교가 우리에게 약속하는 많은 것을 이룰 수 있다. 생명 창조의 기적, 고양된 감정, 자식에게 DNA를 물려줌으로써 죽은 뒤에도 삶이 영속되게 하는 것 등, 대개 인간적인 것이 아니라 신적인 것과 연결하는 요소들이다.

섹스가 죄악, 더러움, 남모를 수치 등과 연관되는 대신 찬란한 자연의 일부로 받아들여지면 어떻게 될까? 우주에서, 지구에서, 과학을 통해 밝혀진 우리의 생명에서 아름다움을 찾고자 한다면 오래전부터 존재해온 섹스와 관련된 수치를 떨쳐버리는 과정도 필요하다. 섹스는 재생산만을 위한 것이 아니라 즐거움을 위한 것이기도 하다.

임신하지 않고 쾌락을 경험하는 여러 방법이 있어서 다행이다. 섹스와 재생산을 분리할 수 있다는 것은 섹스가 재생산을 유발할 수 있다는 것만큼이나 신비로운 기적이다. 역사상 무수한 사람들이 재생산 위험 없이 끝내주는 섹스를 즐겼다. 동성 간이거나, 폐경에 이르렀거나, 임신하지 않는 방식으로 섹스를 한 덕이고, 아니면 피임장치를 썼을 수도 있다. 과거의 원시적인 장치부터 현대의 간편하고 확실한 장치까지 다양한 피임법이 쓰였다.

최근에 중국에서 암컷 생쥐 두 마리로부터 건강한 새끼 쥐를 탄생시키는 실험에 성공했다는 기사가 보도되었다. 언젠가는 동성 커플이 새로운 사람을 만들어낼 수 있을지도 모른다. 현재는 체외수정 등의 기술에 힘입어 생물학적으로 아이를 갖기 힘든 사람들도 아기를 가질 수 있다.

오르가슴은 아기를 갖기 위한 목적에만 봉사해야 한다고 하는 종교도 있지만, 인간이 아닌 다른 종도 동성애, 오럴섹스, 자위 등을 하고 어떤 종은 암컷이 이미 임신해서 아기를 더 가질 수 없는 상태일 때도 섹스를 한다(우리와 같은 영장류 동물인 보노보가 그렇다). 섹스에는 DNA를 전달할 가능성 말고 또다른 무언가 놀라운 점이 있는 게 분명하다.

나는 존과 로맨틱한 사이로 발전하기 전부터 아주 오랫동안 존을 짝사랑했었다. 그 대부분 기간에 다른 남자친구를 사귀었지만 오래가지 못하고 헤어지곤 했다. 내가 다른 남자와 사귀는 동안 존은 나한테 눈곱만큼도 관심이 있다는 내색을 안 했다. 그때는 존이 워낙 올곧은 사람이어서 그러는 건지 아니면 정말 나한테 아무 관심도 없어서 그러는 건지 알 수가 없었다. 어느 쪽이든 우리가 데이트를 할 일은 없어 보였고 우리 유전자를 합해 새로운 인간을 만들 가능성은 말할 것도 없이 희박했다. 내가 생각한 최선의 시나리오는 같이 밤을 보내고 그러고도 어색한 친구 사이를 유지할 수 있으면 좋겠다는 거였다. 남자친구하고 공식적으로 헤어지고 나서 존과 친구들 여러 명과 같이 뉴욕 메츠 경기를 보러 간 적이 있다. 멋진 여름밤이었다. 나는 아주 짧은 청반바지를 입었다. 자연 다큐멘터리에서 아주 화려한 깃털을 가진 수컷 새가 정말 열과 성을 다해서 짝짓기의식을 했는데 암컷이 거들떠보지도 않는 장면을 본 적이 있는지? 그 장면에서 다큐멘터리 내레이션을 하는 데이비드 애튼버러는 새가 너무나 절박하고 딱해 보인다고 안타까워한다. 2005년 여름날 셰이 스타디움에서 내가 바로 그 수컷 새였다. 나는 내가 할 수 있는 한 최대한 노골적으로 추파를 던졌다.

그날 밤 우리는 같이 택시를 타고 시내로 왔다. 27번가에서 존은 나를 매우 플라토닉하게 포옹한 다음에 "또 봐" 같은 말을 하고는 택시에서 내렸다. 택시 문이 닫혔을 때 나는 생각했다. **그래, 존은 나한테 성적으로 아무 관심이 없다는 걸 이제 인정해야겠어.**

자신감이 바닥에 떨어졌다. 하지만 24시간 뒤에, 오해를 좀 해소하고 엄청나게 많은 양의 술을 마신 다음에 우리는 새벽 동이 틀 때까지 섹스했다. 환상적이었다. 애튼버러가 알았으면 틀림없이 기뻐했을 것이다.

인간 역사에서 상당히 오랜 기간에는 누군가와 처음으로 섹스하기 위한 의식이 이와 좀 다른 과정으로 진행되었다. 그 의식은 결혼식이었다.

과거에는 여자가 결혼식 날에 처음으로 성관계를 하는 일이 아주 많았다. 그날이 처음 부모님 집에서 나오는 날이고 처음 남편을 만나는 날이고 처녀성을 잃는 날이었다. 하루 만에 엄청난 변화가 한꺼번에 일어났다. 지금은 다르다. 나는 결혼식을 올린 뒤에 성조차도 남편 성을 따라 바꾸지 않았다.

처녀성에서 벗어나는 기간인 허니문honeymoon도 이전 시대의 관습이 흔적으로 남은 유물이다. 허니문이라는 단어는 결혼 첫 달이 임신을 순조로이 하려고 마시는 벌꿀 술처럼 달콤하다는 데서 온 말이다. 달의 주기가 한 번 순환하는 기간인 허니문은 결혼생활을 시작하는 들뜬 한 달이기도 하지만 배란주기가 한 번 돌아 임신을 할 기회가 주어지는 기간이기도 하다. 원래 허니문은 신혼부부가 집 비슷한 곳에서 조용히 쉬면서 보내는 기간이었다. 서로에 대해 알아가고 신체 접촉을 하면서, 이론적으로는 처음으로 섹스를 시도해보는 시기다. 그리고 또 임신이 무엇보다도 중요한 일이었다. '허니문'이라는 단어가 처음 쓰인 것은 1500년대 중반 무렵이다. 부유한 영국인들이 허니문을 호사스러운 여행으로 생각하기 시작한 것은 그로부터 거의 300년이 지난 뒤부터였다.

우리 허니문은 정말 환상적이었다. 엄마가 통 크게 선물해주셔서 일생일대의 기회인 아프리카 여행을 떠났다. 낯선 곳에 함께 있다보니 우리 사이는 더욱 끈끈해졌다. 그뿐만 아니라 우리가 신혼이라는 말을 듣고 비행기 승무원, 웨이터, 호텔 컨시어지 등등 다들 어찌나 반색하는지 우리도 행복해졌다. 사실 이런 태도에는 결혼은 좋은 것이고 평생 일부일처제의 약속을 지키고 사는 것은 장한 일이라는 사회적 승인이 내재해 있다.

물론 결혼에 이 한 가지 형태만 있는 것이 아니다. 일부일처제를 따르는 사람이 많지만 모두가 그러지는 않는다. 수천 년 동안 일부다처제가 흔히 이루어졌고 지금도 일부 지역에서는 볼 수 있다. 수렵 채집생활을 하던 우리 조상들은 오늘날 난혼亂婚이라고 부르는 것과 비슷한 생활을 했다. 요즘 사람들도 금욕에서 난교까지 온갖 다양한 행태의 삶을 영위한다. 안 될 게 뭔가? 나는 사람들이 행복해지는 방법에 제약이 있어야 한다고는 생각하지 않는다. 동물도 종마다 짝을 짓는 방법이 각기 다르다. 초원들쥐는 일부일처제다. 코끼리물범은 일부다처제다. 침팬지는 아무하고나 짝을 짓는다. 이런 동물들을 연구할 때는 도덕적 잣대를 들이대지 않고 그냥 이해하려고 하지 않나.

한번은 내가 디너파티 자리에서 일부다처제를 불법으로

규정하는 것은 옳지 않고 서로 합의한 성인끼리라면 어떤 것이 되었든 원하는 형태로 가족을 꾸릴 수 있어야 한다고 말한 적이 있다. 누군가가 이런 반론을 제기했다. "그러면 존이 아내를 한 명 더 맞아도 좋다는 말이에요?" 아니. 이 자리에서 말해두자면 나는 그것에는 확실히 **반대한다**. 다만 나는 우리에게 옳은 것이 다른 모든 사람에게도 옳을 수는 없다는 걸 안다. 옳은지 아닌지를 판단하는 데 쓸 수 있는 유일한 잣대는 **그로 인해 다치는 사람이 있나?**라는 질문이라고 나는 생각한다. 어떤 속임수도 강요도 학대도 없는 관계라면 우리가 무슨 자격으로 비판하겠느냐는 말이다. 하지만 사람들은 이런 문제에는 아주 민감하게 반응한다. 자기들과 아무 상관이 없는 추상적 개념으로 거론할 때조차도 흥분하기 일쑤다.

왜일까? 인류가 계속 존속되는 데 필요한 여러 일 중에서도 왜 하필 섹스에 대해서만은 직접 관련이 없는 사람조차도 열을 내며 강하게 의견을 제시하게 되는 걸까?

먹고 숨쉬고 농사짓고 채집하고 집을 짓는 행동들은 우리가 좀더 오래 존속하고 앞날을 계획하기 위해서 하는 일들이다. 그런데 위험하고 잔인하고 폭력적인 사냥조차도 역사적으로 수치나 은밀함과 결부되지는 않았었다. 왜 섹스만은 다른 취급을 받았을까? 성적 관습이나 규범은 공동체마다 달랐어도 어느 시점부터 일반적으로 섹스가 가장 터부시되는 삶의 요소가 되었다. 적어도 서양에서는 그런 관점이 지배적이었다. 어째서 그렇게 되었을까? 성경에도 아담과 이브가 벌거벗은 상태로 돌아다니는 것에 대한 부끄러움을 '배워야' 했다는 말이 나온다. 과일을 먹는 사건 전에는 전혀 부끄러운 줄 몰랐다. 이브가 지식의 나무에서 금지된 열매를 따 먹고는 모든 걸 망쳐버린 것이다. 성경의 언어에서 누군가를 '안다'라는 말은 섹스를 완곡어법으로 돌려 말할 때 가장 흔히 쓰는 단어다.

그러나 섹스는 유용하다. 아기를 만드는 데만 유용한 게 아니라 섹스를 하면 스트레스가 풀리고 사랑하는 사람과 결속도 강해지고 잠도 잘 온다. 그리고 극도로 막강한 경험이기도 하다. 생명을 만들어낼 가능성이 있다는 점에서도 막강하지만, 사람이 오직 섹스를 위해서 평소에는 절대 하지 않을 행동과 말을 하게 만드는 힘도 있다. 마치 마법에 걸리는 것과 비슷한 힘으로 사람을 사로잡는다.

섹스가 그만큼 강력하기 때문에 이렇게 많은 규칙과 사회적 기대치를 부여하는 것일 듯싶다. 강력하기 때문에 길들여야 한다는 강박을 느끼는 것이다. 무엇이든 거대하고 경이롭고 무서운 것이 그렇듯 섹스는 기쁨과 불안을 동시에 불러일으킨다. 불, 날씨, 길들지 않은 야생, 자연의 힘 등은 두려움을 자극한다. 그러나 사실 우리는 자연의 일부다. 그리고 섹스는 우리가 자연의 일부라는 사실을 새삼 느끼는 순간이기도 하다.

다른 경구를 빌리자면, 힘이 클수록 책임도 커지는 법이다. 그러므로 모든 사회에는 섹스에 대한 상세한 규범과 터부가 있다. 그중에는 합리적이고 공정한 것도 있고 편견의 산물이거나 이치에 닿지 않는 것도 있을 것이다. 수치는 사람들이 규범을 깨뜨리지 않도록, 깨뜨리더라도 아무도 보지 않는 데서 몰래 하도록 만드는 강력한 도구로 기능해왔다. 하지만 사람이 태어날 때부터 수치라는 감정을 아는 것은 아니다.

스티븐 그린블랫 교수는 4세기와 5세기에 로마와 북아프리카에서 활동하며 큰 영향을 끼친 가톨릭 신학자 성 아우구스티누스가 섹스에 대한 현대적 관점을 발명한 장본인이라고 주장한다. 아담과 이브 이야기에 대해 그린블랫은 이렇게 말했다. "이교도들은 이 이야기가 원시적이고 윤리적 일관성이 없다고 조소했다. 존경의 대상인 신이, 인간이 선과 악을 구분하는 지식을 얻지 못하도록 막는다는 게 말이 되나? 학식이 있는 유대인과 기독교도 들은 이 이야기에 대해 깊이 생각하지 않고 그냥 알레고리로 치부했다."

그린블랫은 이어 이렇게 설명한다. "벌거벗은 남자와 여자, 말하는 뱀, 마술 나무가 나오는 옛이야기는 좀 당혹스러운 것으로 취급되었다. 이 이야기를 점잖게 무시되던 상태에서 구해낸 사람이 아우구스티누스다. 이 이야기가 유명해진 데는 아우구스티누스의 공이 가장 크다. 위상이 어느 정도로 높아졌느냐면 오늘날 미국인 열 명 중 네 명이 에덴 동산 이야기를 문자 그대로 믿는다고 할 정도다. 아우구스티누스는 극적으로 회심하고 기독교도가 되어 40년을 살면서(끝없는 논란의 중심에 있었고 권력도 행사하고 글도 엄청나게 쓴 나날이었다) 이 이야기가 단순한 우화나 신화가 아니라는 결론을 내렸다. 이 이야기는 모든 것을 설명할 열쇠였다."

아우구스티누스는 욕망이 통제 상실로 이어질까봐 줄곧 염려하고 고심했다. 통제 상실은 발기라는 형태로 극적으로 나타났다. 다른 신체 부위는 쉽게 통제할 수 있지만 페니스는 제멋대로였고 아우구스티누스는 그 점이 마음에 들지 않았다. 그린블랫은 아우구스티누스가 공중목욕탕에서 발기했을 때 아버지가 그 사실을 언급해서 깊은 수치심을 느꼈던 기억이 이런 생각의 배경에 있다고 생각한다. 가족 내 드라마에서 촉발된 사고思考가 아우구스티누스 자신, 그리고 서양 문명 전체를 정의하게 된 것이다.

생명활동이 극도로 강력하다는 사실을 일깨우는 일화이기도 하다. 아우구스티누스는 이렇게 사로잡힌 듯한 느낌이 드는 것을 사악한 일로 생각했다. 사실은 통제할 수 없으므로 더욱 신비롭고 놀라운 것인데 아우구스티누스는 그 점을 이해하지 못했다. 다른 초월적 경험에서도 그러하듯 섹스는 자연에 굴복하기 때문에 신성한 경험이다. 우리는 계절의 변화, 일몰과 일출, 사랑에 빠지는 경험 등 우리 삶에 가장 큰 전율을 안겨주는 일들 앞에서 무력하다. 이런 일들을 통해 살아 있다는 사실의 막대함을 맛보고 우리가 자연의 일부임을 깨닫는다. 이를 어떻게 찬미하지 않을 수가 있나?

생물학으로 설명하자면, 섹스를 하면 우리 몸안에 취하게 하는 물질이 생겨난다. 뇌에서 도파민이 분비되어 기분이 좋아지고 또 옥시토신이 나와 유대감이 증가한다. 그래서 우리는 제 몸에서 나온 물질에 취해서 사랑에 빠지는 황홀한 느낌을 받게 되는 것이다. 이런 신체적 현상은 측정하고 검증할 수 있는 사실이지만 그래도 여전히 초월적인 경험이다. 과학을 통해서 우리가 어떻게 이런 기쁨을 느낄 수 있는지를 이해할 수 있다.

하지만 한 걸음 물러서서 다시 보자.

섹스는 여러 문제를 일으킬 수도 있다. 섹스를 통해 옮는 병이 있다. 출산은 생명에 위협이 될 수 있다. 계획하지 않았던 아이가 생기는 바람에 삶이 바뀌기도 한다. 그러나 섹스는 즐겁다. 만약 즐겁지 않다면 굳이 할 이유가 없다. 무엇보다 재생산을 좋아하지 않는 종은 유지될 수가 없다.

그러니 생물학적 충동이 터부보다 더 강렬한 것이다. 섹스를 전적으로 금지하기는 불가능하다. 그러려고 시도한

이들이 없었던 것은 아니지만. 셰이커교를 예로 들어보자. 셰이커교의 정식 명칭은 '그리스도재림신자연합회'인데 18세기에 생겨나 평화주의, 공동체생활, 금욕생활을 신봉한 기독교 분파다. 결혼 전에만 금욕하는 것도 아니고 절대적으로 금욕한다. 이들은 에덴동산의 진짜 원죄가 섹스라고 믿었다. 지식의 나무는 그런 '지식'을 주는 나무였던 것이다. 셰이커교 창시자 앤 리는 완전한 금욕을 하지 않는 삶은 불순하고 부도덕한 삶이라고 가르쳤다. 재생산 대신 개종자를 받아들이고 입양을 하는 것만으로 세력을 유지할 수 있다고 믿었다. 그렇게 되지는 않았지만.

대신 대부분 신앙 체계에서 오락이 아니라 생식을 위한 섹스는 허용한다. 오직 영양을 얻기 위한 목적으로만 먹는 것하고 비슷하다고 할까. 날씬한 몸을 유지하려는 사람이 필요 이상의 열량을 섭취하는 게 못마땅한 일일 수는 있겠지만 물론 그렇다고 죄로 간주하지는 않는다.

여러 종교 집단이 생식을 목적으로만, 혹은 결혼 관계 안에서만 섹스를 해야 한다는 입장을 옹호한다. 가톨릭, 정통유대교, 모르몬교, 복음주의 기독교 일부 종파 등등은 아이를 많이 낳는 것을 신의 영광을 드높이는 일로 보고, 여러 종교에서 신도들에게 이 분야에서든 저 분야에서든 '많은 결실을 거두고 번성하라'고 설파한다. 그렇게 해야 생물학적으로 유리하기 때문이다. 자식이 많을수록 죽은 뒤에도 유전자가 지속할 확률이 높아진다.

그러나 섹스를 수단이 아니라 목적으로 보는 사회도 있다. 섹스 자체를 장려하고 성스럽게 취급하고 의식의 일부로 통합하여 거리낌없이 찬미하는 크고 작은 공동체들이 있었다.

업스테이트 뉴욕에 있었던 오나이다Oneida 공동체는 오나이다 원주민 부족과는 상관이 없고(가끔 서로 교류하기는 했다) 이 부족의 이름을 딴 오나이다라는 지역을 기반으로 했기 때문에 이렇게 불렸다. 오나이다는 섹스를 엄청나게 많이 하던 백인 집단이었다. 최전성기였던 19세기 중후반에는 신자가 300명에 달했다고 한다. 이들은 쥐덫이나 회전식 쟁반 같은 가정용품을 발명하기도 하고 식탁용 날붙이류를 만들어 팔았으며 일부일처제 관계를 막는 데 혼신의 힘을 기울였다. 루이스 J. 컨이 1981년에 낸 책 『지시된 사랑: 빅토리아시대 유토피아의 성 역할과 섹슈얼리티』에 따르면 오나이다 공동체 사람들 사이에서는 "성행위가 영성체 못지않은 중요성을 지녔다". 그들은 일부일처제는 이기적인 행동이라고 보았고 경제적 불평등이나 노예제와 마찬가지로 사회적 불평등의 사례라고 생각했으며 (성적 파트너조차도) 나누는 것이 곧 돌봄이라고 했다. 오나이다 공동체에는 사유재산도 없고 사적 결혼도 없었다.

오세아니아 지역에서는 난교나 아내를 교환하는 관습이

의식으로 행해졌는데, 유전자 풀을 확장하는 역할도 하고 부족 간의 협약을 강화하는 역할도 했다. 20세기 초에 방주네프는 『통과의례』에서 "오스트레일리아 중부에서는 성행위가 마법의 보조물이지 풍요의식의 일부가 아니었다"라고 했다. 그러니까 아이를 만들어내지 않더라도 섹스는 그 자체로 경이로우며 소통의 수단으로서 유의미하다는 것이다. 페루에 잉카문명 이전에 모체Moche 문화가 있었는데 모체 사람들이 하던 성적인 종교의식의 모습이 도자기를 비롯한 예술작품으로 오늘날까지 남아 있다.

우리가 사는 현대사회에도 성을 긍정하는 공동체가 번성하고 있다. 새로 생긴 것도 있고 오래된 것도 있다. 인도 차티스가르주에서 현재 인구 7000명 정도의 공동체를 이루고 사는 무리아족은 수 세기 전부터 '고툴ghotul'이라는 젊은이들의 합숙시설 같은 것을 운영했다. 결혼하기 전에 이곳에서 한 번은 살아야 한다는 사회적 압박이 엄청나다. 그래서 젊은이들은 고툴에 들어가서 기술을 익히고 예술품을 만들고 번제를 위한 장작더미를 쌓는 등 공동체의 결혼식과 장례식에 필요한 일들을 수행한다. 그리고 밤에는 짝지어 성관계를 한다. 밤이 되면 숙소가 담배, 드럼 소리, 관능적인 마사지 등이 어우러진 시골 나이트클럽처럼 바뀐다. 최근엔 한 상대에 대해서만 깊은 애착을 갖고 한 사람하고만 자는 것이 금기시되기도 한다. 그래도 난교는 허락되지 않는다.

섹스가 의식의 일부일 때는 집단성교에 대한 금기도 사라질 때가 있다. 주류 일신교 안에서도 그런 사례를 찾아볼 수 있다. 캐런 암스트롱의 『축의 시대』에는 바알신을 섬기던 고대 히브리인의 종교적 난교 사례가 나온다. 바알은 오늘날 유대인, 기독교도, 이슬람교도가 섬기는 유일신의 초기 원형이자 경쟁자였다. 예언자들은 못마땅해했지만 사람들은 집단성교를 통해 섹스의 힘을 이용하여 풍성한 수확을 기원하고자 했다. 이런 관습은 "8세기 그리고 그후까지 이어졌다."

'히에로스가모스hieros gamos' 곧 성혼聖婚은 신화에 나오는 신들 사이의 성적 만남을 인간이 재현하는 종교의식인데 고대 그리스에서부터 탄트라 불교까지 다양한 사례가 있었다. 신성에 다가가기 위해 영화에 나오는 섹스 장면처럼 그냥 연기만 할 수도 있고, 때로는 다른 종류의 영화에서처럼 실제 성행위를 하기도 한다.

어떤 상황에서는 섹스를 해도 되고 어떤 상황에서는 안 되는지에 대한 규준은 사회마다 다르지만 어디를 보든 엄격한 기대치가 있다는 점만은 다르지 않은 듯하다.

1995년에 나온 에이미 헤컬링 감독의 영화 〈클루리스〉에서 주인공 셰어 호로위츠에게 친구가 이런 말로 무자비한 모욕을 준다. "내가 대체 왜 네 말을 듣고 있는 거지? 넌

동정인데다가 운전도 못하잖아." 전국의 관객들이 이 말이 얼마나 심한 조롱인지 느꼈을 것이다. 셰어는 굴욕감을 느낀다. 〈클루리스〉는 십대의 고전이지만 실은 더욱 고전인 제인 오스틴의 『에마』를 각색해서 만든 이야기다. 다만 『에마』가 처음 출간된 1815년 영국에서는 '동정이고 운전을 할 줄 모르는' 게 미혼 십대에게 매우 강력하게 장려되던 자질이었다. 그때는 섹스는 결혼 후에만 할 수 있었다('운전'은 상상도 할 수 없는 일이었고). 에마 우드하우스가 성 경험이 있었다면 결혼을 하기에 부적합하고 따라서 무가치한 인간으로 치부되었을 것이다. 그러나 180년이 흐른 뒤에는 섹스가 셰어를 순진한 사람에서 현명한 사람으로, 조언을 해줄 수 없는 사람에서 통찰을 발휘할 수 있는 사람으로 바꾸는 무엇이 된다.

에마도 셰어도 사회적 기대에 묶여 있다. 그들이 섹스하고 싶은지 아닌지는 전혀 고려 대상이 되지 않는다. 섹스는 거의 언제나 '사적'이라고 치부되는데도 어째서인지 공동체 전체가 섹스에 대해서 찬성이든 반대든 무언가 할말이 있다고 느끼는 듯하다. 그리고 남자에게 적용되는 규칙과 여자에게 적용되는 규칙이 다르다. 요즘 우리 사회에서 여성은 파트너가 많거나 아니면 섹스에 열광한다는 이유로 사적으로나 공적으로 흔히 망신을 당한다. 남자의 경우는 그 반대다. 성적 경험이 너무 적은 게 비웃음을 당할 이유가 된다. 어느 쪽이건 실제 욕구와는 무관하게 마치 어떤 충족시켜야 할 기준이 있는 것처럼 보인다.

시대와 장소에 따른 사회적 관습이 어떠하건 간에, 섹스는, 특히 최초의 섹스나 새로운 파트너와의 섹스는 한 현실에서 다른 현실로 가는 관문이다. 이전과 이후에 많은 것이 달라질 수 있다. 두 사람 사이의 관계, 사회적 지위, 심지어는 삶이 송두리째 바뀔 수도 있다. 내가 마침내 존과 같이 잔 밤은 우정에서 로맨스로 넘어가는 관문이었다. 그날을 생각하면 아직도, 벌써 수천 밤이 지났는데도 불구하고 뱃속 깊은 곳이 짜릿하게 떨린다. 그뒤로 수년이 지난 뒤에는 같은 의식을 통해 우리가 부모가 되는 일이 일어났다. 이 신성한 의식을 거쳐 우리가 새로운 인간을 세상으로 불러올 수 있었던 것이다. 고대로부터 내려온 창조신화에 버금갈 만한 굉장한 이야기다. 게다가 이것은 사실이기도 하고.

12장 ━━━━━━━━ 다달의 의식

달에다가 맹세하지 말아요, 달은 자꾸만 변하니까.

　　　　　　　　　　　　　—윌리엄 셰익스피어, 『로미오와 줄리엣』

어떤 남자가 생리가 개떡 같다고 말하는 걸 들은 적이 있어.
나는 그렇다면 성스러운 개떡이죠, 생리가 없었으면 당신이
여기 있을 수도 없을 테니까, 라고 말했지.

　　　　　　　　　　　—치마만다 응고지 아디치에, 『엄마는 페미니스트』

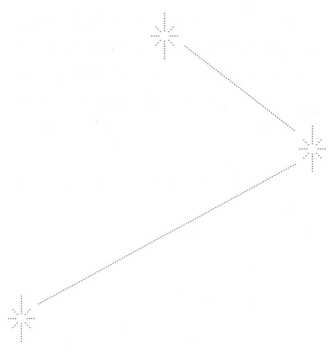

나는 달이 월경주기에 어떤 영향을 미치는지에 대한 설명을 왜 들어본 적 없는지가 늘 의문이었다. 둘 다 한 달을 주기로 일어나는 일이니까 당연히 상관이 있으리라고 생각했기 때문이다. 언젠가 내 딸에게 이런 아름답고도 시적인 이야기를 해준다면 정말 특별한 일이 되겠다는 생각도 했다. **머지않아 네 몸이 38만 5000킬로미터 높이에서 우리 주위를 도는 거대한 바윗덩이와 연결되고 너는 생명을 만들어낼 수 있게 될 거야.** 신화 못지않게 멋진 이야기인데 왜 사람들이 그런 이야기를 자주 하지 않는지 알 수 없었다.

그런데 알고 보니 놀랍게도 달의 위상과 인간의 생리 주기 사이에 연관이 있다는 과학적 증거는 전혀 없다고 한다. 둘 다 약 28일을 주기로 하지만 말이다. 이런 착각을 한 사람이 나만은 아닐 것이다. 아르테미스의 존재가 그 증거다. 어쨌건 간에 내가 완전한 착각에 빠졌었다는 것은 사실이다. 누가 그런 이론을 나에게 말해준 적이 있어서인지, 아니면 내가 잘못된 추정을 한 것인지는 모르겠지만 수십 년 동안 사실이 아닌 것을 사실이라고 굳게 믿어왔던 것이다. 심지어는 다른 사람들에게 그게 사실이라고 말한 적도 있어서 더욱 부끄러웠다.

연관 관계를 만들고 패턴을 발견하고자 하는 인간적 욕구에 나도 굴복한 셈이다.

달과 월경주기의 일치는 순전한 우연인 듯하다. 어떤 연관 관계가 발견되지 말라는 법은 없지만 지금으로서는 입증할 증거가 없다. 그래도 나는 내가 바랐던 멋진 이야기가 아닌 실망스러운 것일지라도 정확한 사실을 알고 싶다.

어쨌든 달이 인간 경험에서 매우 중대한 역할을 하는 경이로운 존재라는 사실은 달라지지 않는다. 과거에 달이 사람의 일상에, 특히 밤에 활동할 때 얼마나 큰 영향을 미쳤을지 생각해보라. 전기가 발명되기 전에는 보름달 아래에서 걷는 일과 그믐달 아래에서 걷는 일이 천양지차였을 것이다. 지구 어느 곳에서나, 과거나 오늘날에나, 다른 언어를 쓰고 다른 신을 믿는 사람들이 하나같이 밤하늘에서 빛나는 천체를 올려다보았다. 고대 로마인, 이슬람교도, 유대인, 중국인, 나이지리아의 이보족과 요루바족, 브리티시컬럼비아의 하이다족 등은 달의 주기를 기준으로 달력을 만들었다. 자연의 많은 면이 그러하듯 달도 시간에 리듬을 부여한다. 우리가 사용하는 한 달도 달의 주기를 따른다. 그래서 **달**month이 **달**moon인 것이다.

달의 차고 이지러짐은 꾸준하고 또렷하고 일정하다. 달이 어떻게 부풀고 줄어드는지를 알면 달의 움직임을 수학적으로 완벽히 예측할 수 있다. 달은 아무리 열렬한 신도도 그러지 못할 만큼 정확하게 교리를 따른다.

지구에는 달이 조정하는 또다른 중요한 리듬이 있다. 바다의 조석 변화가 그것이다. 고대에 바닷가 근처에서 문명을 이루고 산 많은 영리한 사람들이 그 사실을 알아차렸겠지만 누가 어떤 이론을 내놓았는지는 세월이 흐르면서 잊혔다. 현재 남은 기록을 기준으로 하면 기원전 4세기에 살았던 그리스 탐험가 피테아스가 최초로 달의 위상과 바다의 관계를 추론한 사람이다. 그러나 피테아스도 이런 일이 왜, 어떻게 일어나는지는 몰랐다. 그것을 설명하려면 거의 2000년이 더 지나야 했다. 아이작 뉴턴이 중력의 개념을 생각해냈기 때문에 달이 바다를 끌어당기는 힘이 작용한다는 사실을 알게 되었다.

그렇게 되기 전에는 이런 관계를 신의 권능이나 마법의 작용 따위 초자연적인 것으로 믿기가 얼마나 쉬웠을까. 달이 주로 여성으로 의인화되기 때문에 특히 여신의 힘이 바다에 미치는 것으로 종종 설명되었다.

고대 시가나 신화를 보면 태곳적부터 달과 여성성을 연결해 생각했음을 알 수 있다. 신토 신앙에 해의 여신과 짝을 이루는 쓰쿠요미노미코토月夜見尊라는 달의 신이 있는데 어둠의 영역을 신격화한 신이라고 한다. 하와이신화에서 달의 여신 로나는 인간과 혼인했다. 베냉공화국의 폰족에게는 글레티가 달의 여신이며 별들의 어머니다. 고대 중국신화에서는 상희常羲가 태양신 희화羲和의 자매이자 아내다. 고대 로마에서는 루나라고 불렸는데 'lunar(달의)'라는 단어 등으로 오늘날에도 남아 있다. 마야에서 쇼니 원주민까지, 필리핀 원주민에서 핀란드 원주민까지, 달을 극도로 여성적인 존재로 상상하고 숭앙한 문화는 얼마든지 찾아볼 수 있다.

여자의 신체와 자연의 주기가 일치하기 때문에 이런 연상이 이루어졌을 수도 있다. 혹은 인간 역사 대부분 기간에 여자에게는 아버지, 남편, 아들의 빛을 되받아 비추는 역할 말고 다른 것은 좀처럼 허락되지 않았고 그런 면에서 여자가 해의 빛을 반사하는 달과 닮았기 때문일 수도 있다.

인간이라는 종이 존속되려면 생리가 있어야 하지만 그럼

에도 생리는 금기시되고 불순하고 위험한 것으로 간주되었다. 남자들은 특히 생리를 두려워하고 접촉을 피하려고 엄청난 노력을 기울여왔다. 네팔, 나이지리아, 북아메리카 유로크족 등에는 생리하는 여자를 헛간 같은 장소에 격리하는 전통도 있다. 상당히 위험한 관습이어서 오늘날에도 안전하지 못한 곳에 고립되어 있다가 죽는 여자들이 있다. 물론 이런 것은 극단적인 사례이지만 그 밖에도 자궁 내벽을 배출하는 여자에게 적용되는 온갖 특수한 규칙들이 있다. 정통 유대인과 이슬람교도, 라스타파리안교도, 불교 일부 종파, 오스트레일리아 원주민 일부와 동방정교회 일부 분파에서도 이런 규칙을 찾아볼 수 있다. 생리 동안의 금욕이 가장 흔하다. 요리를 못하게 하는 예도 있고 성소聖所를 찾지 못하게 하기도 한다. 그리고 생리가 끝나면 정화의식을 한다. 정통 유대교 여성은 생리가 끝나고 나면 다시 성관계하기 전에 미크바라고 불리는 목욕의식을 한다. 생리 주기가 그러기 때문에 이 의식은 한 달에 한 번씩 하게 된다.

금지와 섹스와 관련된 규칙 없이 주기가 돌아오는 것을 축하한다면 세상은 얼마나 달라졌을까. 무얼 하지 못하는 게 아니라 오히려 특별한 것을 할 수 있다면 어떨까?

내 삶에서 축하할 만한 일 가운데 하나가 내가 엄청나게 친구 복이 있다는 사실이다. 형제나 다름없을 정도로 가까운 평생지기 남자 친구들도 있지만, 특히 여자 친구들은 내 삶에 없어서는 안 될 존재들이다. 직접 만나거나 전화 통화를 하거나 이메일과 문자 메시지를 주고받으며 우리는 힘들 때나 기쁠 때나 함께한다. 나에게 늘 힘과 기쁨이 되어주는 이들이다. 나도 그들에게 그런 존재이기를 바랄 뿐이다. 나는 여자들의 공동체를 간절히 바란다. 나에게 종교가 있었으면 그런 것을 누릴 수 있었겠지만 그런 것은 절이나 모스크나 교회 등에서 활동하는 사람의 특전이다. 어떤 종교 조직에든 기도나 학습이나 기금 모금이나 자선 활동 등을 하거나 아니면 그냥 뭐든 필요한 일을 하려고 모인 여자들 모임이 있다. 종교가 없어서 특히 안 좋은 점이, 사람들과 모임을 하려면 뭔가 계기를 만들고 따로 애를 써야 한다는 사실이다.

2009년, 존과 나는 런던에서 2년 동안 살다가 뉴욕으로 돌아갔다. 외국에 사는 동안 너무나 보고 싶었던 친구들과 얼른 만나서 하염없이 회포를 풀고 싶은 생각이 그야말로 간절했다. 한 명 한 명과 살뜰한 애정을 나누고 내가 그동안 못 들은 이야기를 전부 듣고 싶었다. 그러다 몇 달 뒤 런던에서 가깝게 지냈던 친구가 뉴욕에 놀러왔을 때 나는 내가 가장 사랑하는 친구들 전부를 여자들끼리의 저녁식사를 하자고 한자리에 불러모았다.

테이블에 둘러앉은 친구들을 보면서, 그동안은 이 친구들을 한 번에 한 명씩이나 두 명씩만 만났었는데 그럴 필요가 없었다는 걸 깨달았다. 나에게는 정말 멋진 친구들이 있는데 이 친구들을 꽁꽁 감춰두고 나만 알고 지냈다니 이기적인 일이었다. 이 친구들도 서로를 알아야 했다. 그냥 지나가면서 아는 사이나 소셜미디어에서 아는 사이나 인사만 주고받는 사이가 아니라 서로를 진정으로 깊이 아는 사이가 되면 좋을 것 같았다.

그리하여 2010년 가을에 나는 한 달에 한 번 저녁 모임을 하자는 아이디어를 떠올렸다. 지하철 노선 여럿이 지나는 유니언스퀘어역 근처에서 가격이 적절하면서도 특별한 느낌을 주는 식당을 골랐다. 재미있는 칵테일 메뉴가 있고 예약을 융통성 있게 받아주는 곳인데다 포토 부스가 있었는데 그게 나한테는 어쩐지 아주 중요한 요소로 생각됐다.

이렇게 충동적으로 만든 의식에 '레이디스 다이닝 소사이어티'라는 이름을 붙이기로 했고 어린 시절에, 대학에서, 직장에서, 혹은 그냥 살면서 만난 내가 아는 가장 멋진 여자 열여덟 명에게 이메일을 보냈다.

여섯 명이 왔다. 나를 포함해서.

솔직히 좀 긴장이 됐다. 이야기할 거리가 충분히 있을까? 너무 어색하지 않을까? 쓸데없는 짓을 한 걸까? 하지만 처음의 어색함은 곧 눈 녹듯 사라졌다. 우리는 '더티 제인'이라는 이름의 칵테일을 마셨다. 마티니에 절인 그린토마토를 넣은 칵테일인데 곧 모임의 단골 메뉴가 되었다. 나는 내가 사랑하는 여자들이 서로에게 빠져드는 모습을 보았다.

다음달에는 더 많이 왔다. 이서커에서 같이 자란 평생지기 친구도 있고 최근에 만난 친구들도 있었다. 영화제작자, 교사, 작가, 심리치료사, 디자이너, 회사 임원, 배우, 웨이트리스, 인사담당자, 전업주부 등등 직업도 다양했다. 전 세계에서 이 지구의 여자로 살아가는 다양한 삶의 길을 경험해온 여자들이었다.

머지않아 진짜 전통을 만든 것처럼 느껴졌다. 우리는 모일 때마다 밥을 먹고 술을 마시고 정치, 영화, 엄마, 아이 키우기, 사랑, 섹스, 예술 같은 온갖 주제로 흥미로운 대화를 나눴다. 우리는 에너지를 얻어서(술기운도 상당히 오른 채로) 헤어졌다. 달마다 꼬박꼬박 오는 사람도 있었고 한 번 오고 마는 사람도 있었다. 새로운 사람을 알게 되면 그 사람도 초대했다. 새로운 관점과 생각들이 들어오면서 우리 모임도 자라났다.

시간이 흐르자 내 소기의 목적이 결실을 보게 되었다. 멤버들 사이에 진한 우정이 자라난 것이다. 나는 공동체를 만들고 싶었는데 여기에서 그런 게 생겨나고 있었다. 어느 날은 두 친구가 내가 가장 좋아하는 속옷 가게 쇼핑백을 들고 함께 나타났다.

"우리 같이 브라 쇼핑 갔었어!"

내가 사랑하는 두 여자가 이제 자기들끼리도 친구가 되

었다는 사실에 기뻤다. 하지만 솔직히 약간 질투도 났다는 걸 부인하지는 않겠다. **두 사람이 이제 친구구나. 내가 중간에 낄 필요가 없어졌어.** 나에게 자신감을 심어주던 이 모임이 이제는 나 없이도 독자적인 생명을 가지고 발전해가기 시작한 것이다.

시간이 흐르면서 나는 일종의 원칙 같은 것을 만들었다. 주말에 모임을 했더니 부담된다는 사람들이 있어서 그뒤로는 반드시 주중 저녁에 모였다. 일단 다섯 명 자리를 예약한 다음 메일을 보내고 몇 명이 참석할지 정해지면 예약 인원 수를 늘렸다. 모임 이틀 전에 약속을 확인하는 메일을 다시 돌렸다. 이메일 양식을 일정하게, 열정적이면서도 공식적인 양식을 갖추고 유지하고 늘 똑같이 서명했다. 일곱시 삼십분으로 예약하면서 바에서 칵테일을 마시며 시간을 보내다가 다 모이면 여덟시 십오분쯤 테이블에 앉겠다고 식당에 알렸다.

나는 매번 모임을 할 때마다 (누구를 초대했고, 누가 왔고, 누가 안 왔는지) 스프레드시트에 꼼꼼히 기록을 남기면서 몇 년 동안 기록을 이어갔다. 심지어 똑같은 옷을 너무 자주 입지 않으려고 내가 무슨 옷을 입었는지도 기록해놓았다. 나는 모든 것을 일정하고 완벽하고 일관되게 유지하려고 애를 썼다. 그러면 내가 바라는 대로 통제되는 듯한 느낌을 받을 수 있었기 때문이다.

그렇지만 내가 아무리 완벽하게 스프레드시트를 관리해도 도저히 내 뜻대로 안 되는 무언가가 있음을 무시할 수 없었다. 사람들이 한둘씩 계속 뉴욕을 떠나고 있었다. 뉴욕은 영구히 정착하기가 힘든 도시다. 불가능하지는 않지만 다른 도시에 정착하는 편이 더 쉬웠다. 직장이나 사랑 때문에 뉴욕을 떠난 친구가 여럿이고 특히 캘리포니아로 간 친구들이 많았다. 하지만 아무리 멀리 사는 친구라도 우연히 우리 모임 날에 출장이나 휴가 여행으로 뉴욕에 오게 될지 몰라서 이메일 수신자 리스트에는 그대로 넣어두었다.

떠나는 친구도 새로 들어오는 친구도 있었지만 모임의 전통은 불변이었다. 거의 5년 동안, 단 석 달만 빼고 매달 꼬박꼬박 모임을 했다. 내 결혼식 전에 두 번은 내가 너무 정신없이 바빠서 모임을 준비하지 못했고 2012년 10월 허리케인 샌디 때문에 로어맨해튼 지역에 침수 정전 사태가 일어났을 때도 못 만났다.

그 5년 사이에, 아기가 태어나기도 하고 식구를 잃기도 했다. 우리는 서로의 사랑과 실연을 같이 살았다. 새 일을 시작하고 새 분야를 개척했다. 해고당하거나 퇴사하기도 했다. 쓰러지기도 하고 다시 일어서기도 했다. 우리는 우리 삶의 주요 사건들을 함께 나눴다.

레이디스 다이닝 소사이어티는 이렇게 2015년 4월까지 죽 이어졌는데, 존이 거절하기에는 너무 좋은 일자리를 제안받았다. 다만 그 제안을 받아들이려면 보스턴으로 이사를 해야 했다. 그래서 나도 내가 가장 사랑하는 도시, 친구들, 더티 제인, 우리 의식을 떠나야만 하게 되었다.

비슷한 시기에 이서커 시절부터의 친구가 로스앤젤레스에서 이 모임과 같은 것을 시작해보겠다고 했다. 나는 전화로 만들기 까다로운 수플레 레시피를 알려주듯이 엄격한 규칙들을 일일이 열렬하게 일러주었다. "메일에는 일곱시 삼십분에 모이라고 하고 사십오분 칵테일 타임으로 여유를 둬……" "서로 모르는 친구들을 초대해……" "주중에 해야 해!" "포토 부스가 있는 장소를 찾아!"

친구는 들뜬 마음으로 열심히 듣고는 몇 주 뒤에 로스앤젤레스 레이디스 다이닝 소사이어티는 뉴욕 것하고 다르게 만들었다는 소식을 들려주었다. 모이는 친구들은 전부 같은 극단에 소속된 서로 아는 사이였다. 일요일 저녁이 모이기 가장 편한 날이었다. 멋진 칵테일은 별로 중요한 문제가 아닌 것이 로스앤젤레스 사람들은 건강을 매우 중요시하고 집에 갈 때 운전을 해야 해서 어차피 술은 거의 마실 수가 없었다. 포토 부스도 없었다.

어쨌거나 환상적인 경험이었단다. 다들 신나는 시간을 보냈고 다음달에 다시 모이기로 했다.

전통이 나름의 생명을 갖게 된 것이다. 이제 다른 형태로 진화도 했다. 사실 계속 이어지려면 그래야만 했다. 뉴욕 레이디스 다이닝 소사이어티의 원칙이 우리 분파의 필요에 맞는 것이었다면 다른 곳에 있는 다른 분파는 다른 방식으로 자매애를 축하하는 게 마땅했다. 나는 광신도 같은 집착을 억누르고 우리가 만들어낸 무언가가 세상 밖으로 나가 뻗어가고 있다는 사실에 감사했다.

2006년에 나온 책 『주문을 깨다』에서 철학자 대니얼 데닛은 어떻게 과학을 통해 신앙을 살펴볼 수 있는지 설명하며 이렇게 말했다. "쓰다보면 닳고 망가지는 것을 피할 수 없으므로 만들어진 것은 무엇이든 새로 고치고 복제하지 않으면 지속할 수가 없다. 인간 문화의 제도와 관습도 생물학의 일부인 생명체, 기관, 본능 등과 마찬가지로 열역학 제2법칙을 따른다." 레이디스 다이닝 소사이어티도 이렇게 된 것이라고 할 수 있다.

다른 친구 두 명도 뉴욕을 떠난 뒤에 자기 방식으로 이 의식을 재현했다. 내 대학 친구 하나는 오클라호마시티로 이사 가서 새로 생긴 레스토랑 탐방과 고전영화 감상을 위한 레이디스 다이닝 소사이어티를 시작했다. 로스앤젤레스에 사는 남자 친구는 쇼비즈니스 업계에서 일하는 유색인 게이 남성을 위한 브라더스 다이닝 소사이어티를 만들었다. 이 친구들한테는 굳이 팁을 일러주려고 하지 않았다.

보스턴의 삶에 정착하면서 뉴욕을 오가는 일도 줄어들었다. 나는 보스턴에서 새로 친구들을 사귀었고 더 많은 친구가 뉴욕을 떠났다. 헬레나와 아기용품 일습을 끌고 뉴욕에 갈 엄두가 안 나기도 했다. 결국 내가 공들여 만든 전통을 떠나보내게 되었다. 상황이 바뀌고 사람은 적응한다. 크고 작은 많은 관습이 그렇게 되어간다.

그렇지만 전통이 사라지기도 쉽지만 새로운 것이 생기기도 쉽다. 오늘 당장 친구들에게 편지를 보내 새로운 모임을 시작해볼 수도 있다. 북클럽이나 영화 모임, 포커게임 모임이나 칵테일파티 등. 꾸준하고 특별하고 일 년에 딱 열두 번만 하는 모임. 기준은 스스로 정해야 할 것이다. 어떤 요소는 적당하고, 어떤 것은 그렇지 않은지. 이런 실험을 할 때는 시행착오를 거쳐 알아내는 수밖에 없다.

과학에도 나름의 원칙이 있다. 어떤 생각이나 가설이 엄밀하게 들여다보았을 때 버티지 못한다면 그 가설은 버려야 한다. 검증 가능한 증거와 구체적 근거로 어떤 게 사실이고 아닌지를 가려야 한다. 독실한 신도들도 그렇듯이 나도, 이런 기준을 신봉한다고 하면서도 때로 그 기준을 따라 살지 못할 때가 있다. 나는 달이 월경주기에 영향을 미친다는 증거를 무척 찾고 싶었지만 찾을 수는 없었다. 언젠가 미래의 뉴턴이 나타나 이걸 입증해줄지도 모른다. 아닐 수도 있고. 그때까지는 달이 우리에게 미치는 다른 힘이 있다는 사실만으로도 충분히 감탄할 수 있다. 달은 우리의 달력과 우리의 세계에 영향을 미치고 여신을 상상하도록 영감을 준다. 그리고 적어도 한동안 나는, 달마다 현실의 여신들과 같이 멋진 식사를 했었다.

13장 —————————————— 가을

반짝이는 저 작은 별들,
오리온자리에서, 플레이아데스성단에서,
줄어들며, 어둠 속으로 우리는 걷는다……

—『시경』

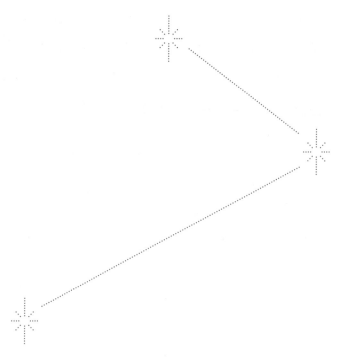

봄에 대해서도 그렇지만 가을에 대해서도 우리는 비슷한 생각들을 한다. 추분이 지나면 낮이 밤보다 짧아진다. 날씨는 점점 추워진다. 나뭇잎은 색깔을 바꾸고 가지에서 하나둘 떨어진다. 식량을 수확한다. 식물이 시든다. 동물은 동면 준비를 한다. 그러다보면 생각의 주제가 바뀌어 이런 생각이 떠오른다. **어둠과 죽음이 다가온다. 아직 오지는 않았지만 다가오고 있으니 살아 있는 동안은 살아야 한다.**

이런 서사가 인간이 만들어낸 다양한 추수제나, 두려움 속에서 기쁨을 찾고 으스스함 속에서 즐거움을 찾으며 음울한 재미에 빠지는 명절에서 뚜렷이 드러난다. 가을이 되면 우리는 다가오는 어둠을 몸에 두르고 죽음의 힘을 받아들여 우리 것으로 만든다.

어른이 된 지금 나는 핼러윈을 아주 좋아한다. 사회적 규준에서 벗어나는 게 좋다. 디오니소스 축제 같은 광기도 좋다. 낯선 사람의 또다른 자아를 들여다보는 것 같기도 하다. 자유스러운 분위기도 좋다. 이십대 때는 도발적인 의상을 입는 게 무엇보다도 좋았다. 단 하루라도 남의 눈을 의식하지 않고 도발적인 간호사나 동화 속 인물처럼 차려입는 게 즐거웠다.

그렇지만 어릴 때는 일 년 내내 핼러윈을 겁냈다. 솜을 늘여서 만든 거미줄이나 유령의 집이나 모르는 사람 집에 찾아가는 게 무서웠던 건 아니다. 내가 다니던 초등학교의 독특한 관습 때문이었다. 다른 면에서는 아주 좋은 학교이고 마음의 상처 같은 걸 전혀 안겨주지 않은 학교였는데, 이유는 알 수 없으나 핼러윈 때마다 우리 학교 아이들은 모두 의상을 차려입고 다섯 블록을 걸어 인근 요양원으로 가서 거기 계신 분들에게 퍼레이드를 보여주었다. 수백 명은 될 조그만 뱀파이어, 유령, 요정, 해적, 닌자거북이 등이 계단을 오르내리며 각층 휴게실을 한 바퀴 돌아 나왔다.

핼러윈 의상을 멋지게 차려입은 아이들을 보는 게 그곳에 사는 분들에게는 분명 즐거운 일이었을 것이다. 그리고 노인들 대부분이 다정하고 환하게 반겨주었고 전혀 무섭지 않았다. 그런 한편 죽음의 문턱에 매우 가까이 가 있는 노인도 많았다. 어린 눈으로 바라본 그 노인들은 이도 없고 창백하고 해골처럼 말랐고 말도 하지 못하고 신음을 냈으며 우리에게 손을 뻗거나 아니면 돌처럼 굳어 있었다. 내가 전에 만나본 그 어떤 사람보다도 살아 있는 시체에 가깝게 보였다. 어린 나이에도 그게 그분들의 잘못이 아니고 우리를 겁주려고 하는 것도 아니라는 건 알았지만, 악몽을 꾸는 듯한 느낌을 받지 않을 수가 없었다. 그 노인들을 보면 나는 겁에 질려 몸이 굳는 것 같았다.

요양원에 가기 전에 무서울 수도 있다는 말을 들은 기억이나, 이 행사가 즐거운 일인 한편 괴로운 면도 있다는 걸 이해해준 선생님이 있었던 기억은 없다. 어른이 된 다음에 초등학교 때 친구들하고 그때 이야기를 하면서 그 행사가 얼마나 불편했는지, 경고의 말을 듣거나 아니면 우리가 본 것을 이해할 수 있도록 추가 설명이라도 들었다면 얼마나 좋았을까 하는 이야기를 나누었다. 나는 아직 어렸고 모르는 게 많아서 그냥 그게 핼러윈의 일부인가보다 하고 생각했었다. 우리가 종이와 펠트지로 만든 의상으로 노인들을 겁주고 그분들은 피부로 전해지는 필멸의 운명으로 우리를 겁주는 거라고. 물론 그분들이 우리를 겁주고 싶어했던 것은 아니고 삶의 주기에서 그 단계에 있었기 때문에 어쩔 수 없었던 일이지만.

중학교에 가자 다른 아이들은 핼러윈에 우리와 같은 의식을 하지 않았다는 걸 알게 되었다. 알고 보니 분장을 하고 사탕을 얻어먹고 집을 유령의 집처럼 장식하는 게 '진짜' 핼러윈이란다. 나는 화가 났다. 나만 이 명절의 진짜 의미를 박탈당한 것 같은 기분이었다. 하지만 내가 이런 생각을 했던 것은 실제 핼러윈의 기원을 몰랐기 때문이다.

가장 맑은 날 밤에 지구에서 가장 외지고 오염이 적은 곳에 있더라도, 눈으로 볼 수 있는 별은 우주에 있는 별 중에서 극히 일부에 지나지 않는다. 그렇지만 눈으로 볼 수 있는 별들은 지구에 사는 사람들에게 지대한 영향을 미쳐왔다. 잡지에 별자리 운세를 쓰는 사람들이 주장하는 방식의 영향을 미쳤다는 말은 물론 아니다. 좋아하는 사람이 전화를 걸어올지 어쩔지 별이 알려주지는 않지만, 태곳적부터 우리의 상상력과 달력에 실질적인 영향을 미쳤다. 멀리 떨어져서 교류 없이 독자적으로 발달한 여러 사회에서 사랑받으며 전해내려오는 설화 가운데는 하늘에서 유달리 반짝이는 별을 보고 하는 이야기가 많다.

밤하늘 한구석에 특히 뜨거운 파란 별 일곱 개가 옹기종기 모여 있는 것을 보았을 것이다.

이 별들은 지구에서 400광년 넘게 떨어져 있다(다른 말로 하면, 우주의 물리법칙으로 가능한 최대 속도로 여행한다고 하더라도 지구를 떠나 그곳에 도달하기까지 지구에 있는 사람들의 관점으로 스무 세대가 걸린다는 뜻이다. 여행하는 사람은 상대성원리에 따른 시간 팽창 때문에 시간을 거의 느끼지 못한다). 이렇게 엄청나게 멀리 있는 별인데도 지구 구석구석에 사는 사람들의 삶에서 특별한 자리를 차지해왔다.

내 고향 마을 이름의 유래이기도 한 미국 카유가족은 겨울이면 이 별들이 머리 위에 올 때까지 기다렸다가 이레 동안 프로이트가 뿌듯해할 만한 꿈 분석 축제를 하면서 신년을 축하했다. 무의식을 찬미하는 축제인 셈이다. 북아프리카 사막 지역에 사는 투아레그족은 수 세기 동안 이 별들을 이용해서 계절 변화를 예측했다. 고대 튀르크족은 이 별들을 작은 부대가 대형을 이루고 있는 것으로 보았다. 남아프리카 코이코이족은 비가 다가오는 징조로 보았다. 거기에서 멀지 않은 곳에 사는 코사족은 이 별들에 '땅 파는 별'이라는 뜻의 이실리멜라라는 이름을 붙이고 밭갈이를 시작하라는 신호로 받아들였다. 아즈텍인은 나와틀어로 '시장'이라고 불렀다. 거기서 더 북쪽으로 가서, 오늘날 캘리포니아 지역에서 그곳이 캘리포니아가 되기 수 세기 전에 살았던 모노족에게는 이 별들이 남편보다 양파를 좋아하는 여자들의 무리라는 신화가 있었다. 고대 그리스인은 이 별들이 일곱 자매이고 아기 디오니소스를 돌보는 유모들이라고 했다. 일본에서는 별들이 하나로 합해져서 '스바루昴'라는 것이 되려는 와중이라고 했는데, 이 이름이 중형 스테이션왜건과 세계적으로 중요한 망원경에 붙여졌다. 영어로는 플레이아데스성단 혹은 '일곱 자매'라고 부른다. 이 밝은 파란색 별들은 약 1억 년 전에 형성된 것으로 추정된다.

마루하의 모어이자 콜럼버스가 나타나기 전까지 안데스 산지 사람들이 사용하던 언어인 케추아어로는 이 별들을 '창고'라고 부른다. 마루하가 안데스 산지에 있는 수도원에 들어가기 수 세기 전에 그곳에 살았던 선조들은 플레이아데스성단이 두 달 동안 보이지 않다가 다시 나타났을 때 동지 축제 킬루리티Quyllurit'i를 시작했다. 킬루리티는 '밝고 흰 눈'이라는 뜻인데 남반구에서 5월 말이나 6월 초, 동지가 오기 전에 내리는 눈을 가리킨다. 어둠이 다가올 때 이 눈의 빛을 축하하는 것이다.

플레이아데스성단의 움직임을 추수, 빛의 소멸, 죽음과 연결해 생각한 대표적인 이들은 오늘날 영국제도에서 철기시대와 중세시대에 살았던 켈트족이다. 켈트족 사우인Samhain 축제는 오늘날 핼러윈의 증조할머니격이다. 플레이아데스가 밤하늘에서 가장 높은 지점에 이르렀을 때가 사우인인데 추분과 동지의 정확히 중간이다. 기독교가 들어오기 이전 영국 사람들은 사우인이 되면 소, 돼지, 양을 살펴서 어떤 개체가 다가오는 겨울을 버티고 어떤 것은 그러지 못할지를 가렸다. 가장 높은 언덕에 모닥불을 피우고 잔치를 벌였고 망자의 영혼을 잔치에 불러들였다.

핼러윈이 사우인의 증손자라고 했지만 살아 있는 유일한 후손은 아니다. 12억 가톨릭 신자들은 '위령의 날'에 세상을 떠난 영혼을 기억하고 기도를 올리는데, 원래 이날은 연옥에 갇힌 사람들이 천국으로 올라가게 돕는 날이었다. 현대 멕시코에서는 10월 31일부터 11월 2일까지가 '망자의 날'이고 화려한 색채로 죽음을 기린다. 이날에는 죽은 아이의 '영혼'이 하루 동안 돌아올 수 있다고 믿으며 그리운 마음을 담아 죽은 가족의 무덤과 제단을 장식한다.

우리는 두려움을 마주하고 두려움과 맞서 싸우고 심지어는 별것 아니라 치부하고 미화하는 의식을 만들어 거행한다. 과거에 살던 사람들에게는 삶이 더 무섭고 위험천만한 것이었다. 아직 불을 다룰 줄 몰라 캄캄한 암흑 속에서 위험에 노출되어 있던 생명체로부터 우리는 진화했다. 달빛과 별빛 말고는 아무 빛이 없었을 그 기나긴 겨울밤을 생각해보라. 두려움을 느끼는 개체는 살아남았을 것이고 숲속에서 들리는 소리를 경계하지 않았던 개체는 금세 잡아먹혔을 것이다.

오늘날에는 많은 사람이 스위치만 누르면 곧 환한 빛으로 가득차는 안전한 집안에서 배부르고 등 따시게 잠자리에 든다(안타깝게도 그러지 못하는 사람도 많다는 점도 분명히 알아야 한다). 그런데도 두려움은 늘 우리 안에 있다. 우리는 롤러코스터를 타거나, 공포 영화를 보거나, 또 밤이 길어지고 어두워질 때 행하는 의식을 통해 두려움을 표면화한다.

촛불같이 오래된 사물이 어떻게 아직도 이렇게 흔히 쓰이는지 신기할 때가 있다. 기도를 올릴 때 붙이는 초부터 호박등 안에 들어가는 초까지 이 작은 마법이 여러 다양한 의식에 일부로 통합되었다. 마치 우리가 밤을 밝힐 작은 불빛을 만들어낼 수 있었다는 사실을 아직도 찬탄하는 듯하다. 불을 쓰기 시작한 지 백만 년이 지났지만 불은 여전히 신기하고 여전히 마음을 끈다.

디왈리Diwāli는 닷새 동안 계속되는 힌두교 등명제燈明祭인데 매해 10월이나 11월에 한다. 힌두교 일부에서는 이날을 유배되었던 라마 신이 돌아오는 날이라고 한다. 다른 일부는 부의 여신 락슈미를 섬기는 날로 생각한다. 자이나교도와 시크교도도 디왈리를 쇠는데, 바탕이 되는 전설은 다르다. 디왈리에 등에 불을 밝히는 의식은 우리의 앎이 어둠을 몰아냄을 상징한다. 북반구에서 시작된 가을 명절이지만 남반구로도 퍼져서, 남반구에서 여름에 크리스마스를 쇠는 것처럼 피지나 모리셔스에서는 디왈리를 국경일로 삼아 봄에 축하한다.

일본에서는 중세 헤이안시대 이래로 쓰키미月見 달맞이 축제를 열어 가을에 달빛을 찬미한다. 만두, 고구마, 보름달처럼 생긴 경단 당고 등 달에 바치는 특별한 음식을 준비해서 먹는다. 달은 해의 빛을 받아 반사하니까, 이 풍속도 어둠 속의 작은 불빛을 축하하여 계속 살아나갈 희망을 얻는 행위라고 할 수 있다.

8월 말이나 9월 초에 우기가 끝나는 아시아 다른 지역에서도 날씨가 서늘해질 즈음에 조상을 기리는 행사를 한다. 중국의 중원절中元節은 죽은 이들이 산 자를 만나러 오는 귀신의 날이다. 9월과 10월에 캄보디아 사람들은 15일 동안 이어지는 프춤번 때 지옥문이 열리고 배고픈 귀신들이 전부 나온다고 하여 이때 조상들에게 음식을 바친다. 베트남에서 이에 해당하는 명절은 뗏쭝응우옌인데 이때 산 사람들은 가난한 사람들에게 먹을 것을 나눠주고 새와 물고기를 방생하며, 저주받은 사람들의 영혼은 지옥에서 풀려난다.

이런 의식은 모두 겨울처럼 반드시 찾아오는 죽음을 상기시키는 역할을 한다. 겨울도 죽음도 필연적이고 인간과 뗴려야 뗄 수 없는 관계를 갖는다. 핼러윈은 강력하고 신비로운 무언가가 다가옴을 경고하고, 그게 오기 전에 현재를 즐기라는 의미가 있는 날이다.

현재의 밝고 활기찬 생기와 피할 수 없이 다가오는 죽음 사이의 대립이 우리가 느끼는 두려움의 핵심이며 우리가 비는 소원의 뿌리이며 끔찍한 악몽의 내용이기도 하다. 이서커 시내 요양원에, 놀이동산에 있는 유령의 집에, 핼러윈 퍼레이드에, 무시무시한 유령 이야기에도 이것이 담겨 있다.

초등학교 때 선생님들이 우리에게 이런 교훈을 주려고 했던 것인지는 모르겠지만, 아무튼 지역 요양원은 사실 핼러윈이나 이와 비슷한 명절의 진정한 의미를 경험하기에 아주 이상적인 곳이었다. 우리는 어둠을 무시하고 살기 쉽다. 죽음과 생존의 현실로부터 분리되어 생활하는 현대에는 더욱 그렇게 된다. 그렇지만 그 현실을 직시하고 알고 이해해야만 촛불이든 별이든 달이든 빛을 소중히 여길 수 있다.

핼러윈은 사회적 규칙에서 벗어나 자유를 만끽한다는 또다른 의미도 갖는다. 우리는 날마다 세세한 관습과 기대에 따라 생활한다. 어떤 옷을 입을지, 무슨 말을 할지, 어떤 행동을 할지 등이 어느 정도는 사회적 기준에 따라 정해져 있다. 그러나 핼러윈에는 감추어놓았던 자아를 사람들 앞에서 드러내도 아무 처벌도 받지 않는다. 핼러윈이 거대한 구멍 같은 역할을 하는 셈이다. 3월 아무 날 저녁에 뱀파이어 복장을 하고 술집에 갔다고 생각해보라. 하지만 핼러윈에는 그래도 된다. 사람은 배출구가 필요하다. 이런 압력을 분출하기 위한 작은 장치들을 마련한 사회가 시대를 넘어 곳곳에 존재했던 것으로 보아 이런 필요는 매우 뿌리깊은 것 같다. 배출구가 없으면 압력이 쌓여 체제가 버티지 못하게 된다. 세계 어디에나 어느 시대에나 젠더와 시간을 넘나들며 온갖 종류의 동물과 신, 영혼, 조상 등의 모습으로 가장

하는 의식이 있었다.

세계 각지의 오래된 가면에서 우리가 다른 사람이나 다른 무엇의 정체성을 취하기를 좋아한다는 점을 알 수 있다. 말리의 도곤족은 사하라사막 이남에 있는 다른 사회들과 마찬가지로 오래전부터 다양한 종류의 가면을 제작해왔다. 죽은 사람을 기리고 죽은 사람의 영혼을 마을 밖으로 인도하기 위해서 쓰는 카나가kanaga 가면 같은 것이 있다. 서아프리카의 단(기오)족은 어디든 지니고 다닐 수 있는 미니어처 가면을 만들어 성물聖物로 삼는다. 콩고민주공화국의 서西펜데족 남자 청소년들은 깃털로 만든 특별한 가면을 쓰고 사람들에게 몰래 다가간다. 아프리카 밖에서도 의식을 위한 가면을 흔히 찾아볼 수 있다. 이누이트 샤먼은 영혼 세계의 모습을 반영한 가면을 조각하고 한국에는 아주 오래전부터 이어져 내려온 의식용 가면이 있는데 오늘날에도 풍자극을 할 때 쓰인다. 선사시대 유럽의 동굴 벽화에도 가면을 쓴 사냥꾼 그림이 있다.

헬레나가 태어나고 두번째 맞은 핼러윈에 나는 헬레나에게 사자 의상을 입히려고 했다. 헬레나는 내가 만든 종이 발톱, 꼬리, 코, 수염을 달기를 강경하게 거부했지만 그래도 가게에서 산 갈기와 사자 귀는 잠시나마 달았다. 존은 직장에 발이 묶여 있어서 헬레나와 나 둘이서 초저녁에 산책하러 나갔다. 헬레나는 아직 사탕을 먹기에는 너무 어려서 사탕을 얻으러 가지는 않았고 대신 멋지게 차려입고 다른 자아를 드러내는 사람들을 구경했다. 비컨힐로 가서 마녀사냥 시대에 소가 지나다니던 길 위에 만든 좁은 벽돌 길을 따라 돌아다녔다. 거미줄과 미라로 장식된 갈색 석조건물들을 보며 감탄했다. 꼭 마법이 펼쳐지는 것 같았다. "저 차려입은 사람들 봐! 정말 멋지지 않니?" 나는 유아차에서 갈기는 이미 벗어던지고 점점 뚱한 표정으로 나를 쳐다보는 헬레나에게 물었다. 곧 날이 어둑해졌고 거리에는 단것을 잔뜩 먹고 들떠서 웃는 사람들이 가득했다. 사람이 많아서인지, 아니면 규칙이 무너진 게 못마땅해서인지는 모르겠지만 헬레나는 평소처럼 주변 세상에 호기심을 보이며 즐거워하지 않았다.

"핼러윈 정말 신나지 않니?"

헬레나는 아직 말을 몇 마디 못할 때였는데도 그때 또렷하게 이렇게 대답했다. "끝! 끝!" 밥을 다 먹으면 이렇게 얘기하라고 가르쳐준 말이었다. 이 말을 밥 먹을 때 말고 다른 상황에서 쓴 적은 한 번도 없었다.

"핼러윈은 이제 끝이라고?"

"끝! 끝! 끝!"

"알았어, 알았어. 집에 가자."

요란한 옷차림과 광기로부터 꽤 멀리 떨어질 때까지 헬레나의 "끝! 끝! 끝! 끝!" 하는 소리가 계속 울려퍼졌다.

어쩌면 헬레나도 내년에는 이날을 더 즐길지도 모른다. 아니면 핼러윈이 헬레나 취향에는 영 아닐 수도 있다. 헬레나가 자라면 알게 되겠지.

2년 전 이날에 나는 이서커 집에 가 있었다. 거의 20년 동안 아버지의 자리를 대신해주신 해리 할아버지에게 막 작별인사를 한 참이었다. 내가 요양원에서 처음 보았던 삶과 죽음 사이의 중간지대로 해리 할아버지가 빠져들어가는 것을 보았다.

할아버지가 돌아가신 날, 간절히 임신을 바랐는데 생리가 시작되었던 날, 해는 그전 날보다 일찍 졌다. 나뭇잎이 나무에서 떨어졌다. 모든 게 죽어가는 것 같았다. 아스라한 절망감이 느껴졌다. 나는 무척 우울했다. 존과 내가 약 일주일 뒤에 헬레나를 갖게 되리라는 것은 몰랐기 때문에 우울했다. 동지 무렵에는 엄마에게 이 신나는 소식을 전하게 되리란 걸 몰랐다. 평생지기 가장 친한 친구 두 명이 곧 자기들도 임신했다는 소식을 알려주리라는 걸 몰랐다. 그로부터 일 년 뒤에는 친구들과 아기들과 파트너들과 다 같이 모여 평생 최고의 여행을 가게 되리라는 걸 몰랐다. 그 여행에서 헬레나를 보면 해리 할아버지가 생각난다며 내 친구들과 존이 경탄의 웃음을 터뜨리리라는 것도 몰랐다. 할아버지 유전자의 팔분의 일을 지닌 내 어린 딸에게서 할아버지의 얼굴, 언뜻 나타나는 몸짓, 한숨 소리를 들으리라는 걸 몰랐다.

나는 빛이 다시 돌아온다는 것을 잊고 있었던 것이다. 그냥 어둠 속에 파묻혀버리기는 너무 쉬웠다.

열네 해 전인 2002년 10월에 나는 교환학생으로 피렌체에서 지내다가 로마로 여행을 갔었다. 친구들과 같이 스페인계단에서 멀지 않은 곳에 있는 카푸친 납골당이라는 작은 박물관에 갔다. 수 세기 동안 그 자리에 있었다는데 이곳에 들어갔다가 어떤 심경의 변화를 겪지 않고 나온 사람이 과연 단 한 명이라도 있었을까 싶을 정도로 강력한 경험이었다. 납골당에는 방이 여섯 개 있는데 전부 아주 오래전부터 카푸친 수도회 구성원들의 유골을 재료로 써서 아주 정교하게 장식해놓았다. 정강이뼈, 종아리뼈, 넓적다리뼈의 방. 엉치뼈, 엉덩뼈, 꼬리뼈의 방. 해골의 방. 수천 개의 인체 조각. 지금 우리 몸안에 있는 것과 같은 것들이다.

마지막 방에는 여러 언어로 이런 문구가 적힌 액자가 있었다. **지금 당신의 모습은 우리의 과거이고, 지금 우리의 모습은 당신의 미래다**……

이걸 보았을 때 내 나이가 스무 살이 되기 직전이었는데 그뒤로 하루도 이 글귀를 떠올리지 않는 날이 없다. 세속화한 유대인인 나의 영혼을 가장 깊게 뒤흔든 메시지를 로마에 있는 가톨릭 납골당에서 맞닥뜨리게 되리라고는 상상도 못했다. 내 편협한 생각 때문이었을 것이다. 믿음이 있건 없

278

건 사람은 누구나, 다음에 무슨 일이 오든 지금 이 순간에 경험하는 **이것이** 필연적으로 끝나리라는 사실을 알면서도 그 사실을 붙들고 살아간다. 삶 이후에 무를 발견하든 의미를 발견하든 그것은 우리가 아는 존재와는 다른 새로운 무엇일 것이다. 만약 당신이 윤회를 믿는다고 하더라도, 다른 몸으로 다른 시대에 사는 삶은 오늘날 경험하는 것과는 전혀 다를 수밖에 없다. 이다음에 무엇이 오든 우리 중 누구도 그것을 피할 수는 없다.

플레이아데스성단의 별 일곱 개도 언젠가는 죽을 것이다. 우리는 그 사실을 머릿속에서 밀어내는 대신에, 두려움을 무시하는 대신에, 두려움을 존중하고 두려움에 관해 이야기하고 빛이 사라지기 전까지 빛을 조금이라도 더 즐겨야 한다.

14장 ———————— 잔치와 금식

[단식은] 사람을 깨어나게 한다. 심장 박동이 차분해지고 영성이 높아진다.

—압둘 바하

모두의 아버지인 해가 자연 생장의 원칙인 빛을 비추고, 우리 어머니 지구의 끈기 있고 풍요한 자궁 안에는 식물과 인간의 배아가 감추어 있기에.

—오히예사

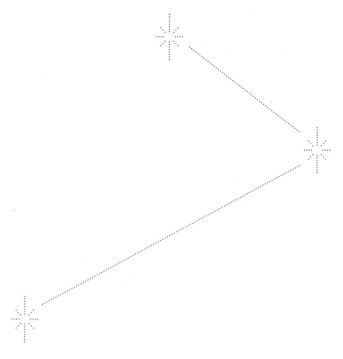

아버지는 가난한 집에서 태어났다. 극빈층은 아니었지만 가난했다. 아버지의 어머니인 레이철 쪽의 증조부모님은 러시아혁명 와중에 굶주려 돌아가셨다. 바부시카 숄로 머리를 감싼 증조할머니와 정통 유대교의 검은 외투를 입은 증조할아버지의 사진이, 부족한 게 전혀 없었던 우리집에 항상 걸려 있었다. 먹을 것이 늘 넉넉히 쌓여 있는 부엌 바로 옆 벽에 걸린 그 사진이 우리가 얼마나 운이 좋은지 상기시켰다. 부모님은 우리가 그 사실을 잊지 않도록 가르치셨다.

나는 내가 엄청난 특권을 갖고 태어났다는 걸 안다. 나는 고등학교에 들어가기 전에 세계 곳곳을 구경할 수 있었다. 또 부모님이 사회적으로 성공을 거두셨기 때문에 마루하가 우리집에서 같이 살면서 내 삶을 더 큰 사랑과 지식으로 가득 채워줄 수 있었다. 이 모든 것을 누렸던 건 나에게 그럴 자격이 있어서도 아니고 내가 어떤 노력을 해서도 아니다. 그저 엄청나게 운이 좋았을 뿐이다. 순전한 운. 복권을 사지도 않았는데 당첨된 것과 비슷하다.

나는 굶주림이 무엇인지 모르고 살았다는 점에 깊이 감사한다. 그러나 인간이 이 땅에 살게 된 이래 대부분 기간에는 그 누구도 굶주림을 모르고 살 수 없었다. 먹을 것이 넉넉한 시기가 있는가 하면 부족한 시기도 있었다. 흉작, 냉해, 사냥 실패, 긴 겨울에 사람들이 죽어나갔다. 굶주림이 삶의 일부였다.

오늘날 미국 중산층에 속하는 사람이 몇 세기 전에 세계에서 가장 막강했던 권력자보다도 더 풍족하고 다양한 식사를 할 수 있다. 동네 식료품점에서 장을 봐서 차린 식탁이 중세 국왕의 식탁보다 훨씬 더 풍성할 것이다. 지금은 연중 언제라도 거의 모든 과일 채소를 구할 수 있지만 얼마 전까지만 해도 상상하기 힘든 일이었다. 그런데 그렇다는 사실을 너무 쉽게 당연히 여기기도 한다. 우리가 얼마나 운이 좋은지 상기하도록 해주는 오래되고 보편적인 의식이 있는

데, 바로 단식이다. 기간이나 빈도는 달라도 거의 모든 종교에서 단식을 권한다.

내가 어릴 때 우리집에서는 유대교의 속죄일인 욤 키푸르를 지키지 않았지만 나는 삼십대에 접어들면서 유대교에서 가장 엄숙하고 진지하고 성스러운 날인 욤 키푸르의 관습 가운데 한 가지를 스스로 지키기로 마음을 먹었다. 바로 단식이다. 욤 키푸르는 9월이나 10월에 오는데 그날 하루 동안은 일출 때부터 일몰 때까지 아무것도 먹지 않는다. 나도 그날 하루 동안 단식을 한다. 하지만 내가 하는 것은 『레위기』에서 요구하는 단식을 아주 간소화한 정도다. 율법에 따르면 욤 키푸르에는 물을 마시는 것도 샤워를 하는 것도 로션을 바르는 것도 일하는 것도 섹스하는 것도 가죽신을 신는 것도 금지한다. 나에게는 너무 과한 일이다. 『레위기』에 따르면 욤 키푸르에 반드시 **해야** 하는 일이 기도 드리기인데, 나는 이것도 하지 않는다. 대신 내가 날마다 이렇게 살아야 한다면 어떨까를 생각한다. 지구상 수백만의 사람들 그리고 과거의 무수한 사람들이 이렇게 배가 주린 고통을 당연한 것으로 받아들이고 살아왔음을 생각한다. 일종의 명상인 셈인데, 명상은 종교가 없는 사람들의 기도이기도 하다.

헬레나가 더 크면 내가 왜 욤 키푸르에 단식을 하는지 알려주고 원할 때 아무때나 먹을 수 있다는 게 얼마나 큰 행운인지 말해줄 생각이다. 아이가 더 크면 나와 같이 단식을 할지 말지 스스로 결정할 수 있을 것이다. 어린아이들에게는 물론 단식을 하라고 요구하지 않는다. 수유중인 엄마도 마찬가지이지만, 나는 헬레나를 낳았던 가을에도 전통을 따라야 한다는 강박을 마음 깊은 곳에서 느꼈다. 위암으로 죽어가면서도 걸어서 예배당에 갔던 벤저민 증조할아버지 생각도 했다. 할아버지가 매주 그렇게 할 수 있었다면 나도 수유하는 동안에도 하루 정도는 금식할 수 있을 것 같았다. 이제는 부부의 의식이 아니라 가족의 의식을 만들어가는 때가 되었기 때문인지 존도 처음으로 단식에 동참했다. 사랑이 짙게 느껴지는 행동이라 감동했다. 존은 전에도 종종 내가 만들어냈거나 따르려 하는 전통을 함께했지만, 축하의식이나 촛불 밝히기 등은 아무것도 포기할 필요가 없으니 상대적으로 참여하기가 쉽다. 하지만 단식은 희생이 필요하기 때문에 존의 동참이 나에게는 큰 의미로 느껴졌다. 우리는 하루 동안을 배가 고픈 채로 약간 뚱하게, 그리고 조용하게 보냈지만 우리가 하나라는 느낌을 가질 수 있었다. 그날 사실 매우 피곤했던 것으로 기억하는데 아마 갓난아기가 있었기 때문일 것이다.

나중에 존이 말하기를 이 경험을 통해서 무엇보다도 '식량-산업 복합체'에 대해 생각하게 되었고 식량 대량생산이 굶주림에 대한 아주 깊고 오랜 두려움을 과잉 교정하려는 충동이 아닌가 하는 생각이 들었다고 한다. 미국에서 비만으로 인해 일어나는 건강 문제를 생각해보면 이 모든 게 수천 년에 걸쳐 이어진 〈환상특급〉* 에피소드나 다름없는 셈이다. 우리 인간 종은 굶주리던 시기에 간절히 원하던 것을 모두 얻을 수 있게 되었지만 여기에는 한 가지 함정이 있었다. 쉽게 음식을 구할 수 있게 되자 이번에는 너무 부른 배가 우리를 죽이게 된 것이다.

단식은 물론 유대교에만 있는 전통은 아니다. 라마단 기간(라마단은 음력인 이슬람력을 따르므로 흔히 쓰이는 그레고리력으로는 날짜가 일정하지 않다)에 이슬람교도는 일출부터 일몰까지 한 달 동안 금식한다. 이 의식은 내적 성찰과 신에 대한 헌신에 더해, 어려운 상황에 처한 사람들에 대한 공감을 불러일으키는 역할도 한다. 라마단을 끝내는 축제가 이드 알피트르다. 세부적인 내용은 지역마다 다르지만 보통 성대한 잔치, 기부, 불꽃놀이, 달맞이 등을 한다.

바하이교도는 봄에 하는 새해맞이 축제인 누루즈 전에 19일 동안 연속으로 일출부터 일몰까지 금식한다. 이렇게 욕망하지만 실제로는 필요치 않은 것들을 절제함으로써 신에게 다가가고자 한다.

---

* 원제목은 〈The Twilight Zone〉으로 판타지, SF, 호러, 미스터리 단편 드라마 시리즈다.

힌두교도는 연중 정기적으로 단식을 한다. 신앙의 정도, 지역, 지역 문화, 섬기는 신에 따라 다르기는 하지만 에카다시, 나브라트리, 비자야다사미, 카르와 차우트 같은 명절에도 단식을 하고 주마다 혹은 달마다 정해진 날에 단식을 한다. 예를 들어 인도 북부에서 크리슈나신을 섬기는 사람과 남부에서 가네샤신과 가장 긴히 연결되어 있다고 느끼는 사람은 서로 다른 스케줄에 따라 단식을 한다.

미국 그레이트플레인스 지역의 업사로케족은(유럽인들은 이들을 크로우족이라고 불렀다) 종교적 단식과 종교적 춤을 짝지은 의식을 오늘날까지도 수행한다. 음식과 물을 삼간 채로 격렬하게 몸을 움직이면 춤추는 사람들이 '겸허해지고' 존재의 우주적 미약함에 대한 깨달음에 가까이 다가갈 수 있다고 한다.

모르몬교도들은 한 달에 하루, 일요일에 단식해서 두 끼를 굶고 절약한 식사비를 가난한 사람들에게 기부한다. 이렇게 하는 데는 오직 공감만이 필요할 뿐 사실 신앙이 없어도 된다. 누구라도 이런 관습을 받아들이고 다른 사람과 나누는 기회로 삼을 수 있다.

찾으려고 하면 연중 어느 날이라도 금식을 할 종교적 이유를 찾아낼 수 있을 정도로 단식과 관련된 전통이 많다. 그런데 이런 종교 전통이 이렇게 흔히 나타나는 이유는 뭘까? 왜 풍족할 때도 신자들에게 먹는 행위를 자제하라고 하는 걸까? 우리 몸이 그럴 수 있게 적응했기 때문인지도 모른다. 단식이 몸에 좋은 건지 아니면 그냥 견딜 수는 있는 것인지는 모르지만, 우리는 자연이 제공하는 것이 일정하지 않기 때문에 단식에 적응해왔다. 보릿고개가 지나고 마침내 풍족한 시기가 올 때까지 버티지 못하는 종은 살아남을 수가 없기 때문이다. 단식을 지시하는 종교는 부지불식간에 인간 종 깊은 곳에 있는 생물학적 프로그램을 따르는 셈이라 할 수 있다.

그렇지만 단식을 지적 활동이라고 볼 수만은 없다. 굶주림이 실제로 존재하기 때문이다. 지금 이 순간에도 나의 고조부모님처럼 굶어 죽어가는 사람들이 있다. 2017년 9월 세계보건기구는 "세계의 기아가 10년 넘게 감소하다가 다시 증가세로 접어들었다. 2016년에는 세계 인구의 11퍼센트인 8억 1500만 명이 기아를 겪었다"고 보고했다.

지구상에 식량이 부족해서가 아니다. 균등하게 배분되지 않기 때문이다. 우리는 TV광고에서 굶어 죽어가는 아이들의 얼굴을 보면서도 그들의 현실을 우리의 현실과 분리해서 생각하려고 한다. 우리 책임이 아닌 척한다. 거기에 나는 죄책감을 느낀다. 내가 정말 필요하지도 않은 물건을 샀을 그때, 어딘가에서 얼마나 많은 엄마들이 아이가 세상을 뜨는 모습을 속수무책으로 지켜보았을까?

통통하고 건강한 나의 아기가 바로 옆에서 놀고 있는데

나의 이런 행동을 어떻게 정당화시킬 수 있을지 모르겠다. 무의식적으로 그 엄마와 나는 다르다고 스스로를 납득시키려 하지만 사실 우리는 다르지 않다. 어쩌면 나는 가끔 한 번씩 단식을 하면서 날마다 뱃속에서 굶주림의 고통을 느끼는 사람의 경험을 생각하게 되고 그럼으로써 다른 사람들을 위해 더 많은 일을 하게끔 되는 것 같기도 하다. 이런 깨달음에 힘입어 더 많이 나누고 기부하고 봉사하고 내가 가진 것에 더 감사할 수 있게 되길 바란다. 우리 가운데 굶주림이라는 생물학적 경고를 이해하는 사람이 더 많아지면 어떻게 될까 생각해본다.

단식하는 의식에서 또다른 중요한 부분은 다시 먹게 되면서 내가 가진 것을 새로운 마음으로 더욱 소중히 느끼게 되는 기회다. 단식이 **미안합니다**라고 말하는 방식이라면 단식을 깨면서는 **감사합니다**라고 말하게 된다.

거의 10억 년 동안 지구상의 생명체는 다른 생명체를 잡아먹는 대신 단순한 화학적 에너지로 개체를 유지했다. 지구의 동물들은 수억 년 동안 아주 천천히 먹은 것을 분해해 에너지로 만드는 새롭고 복잡한 방식을 발달시켰다. 정말 오랜 시간이 걸렸다. 지금 우리는 아무렇지도 않게 그렇게 한다. 기적에 못지않은 일이다.

풍요한 시기가 찾아오는 것도 당연히 축하할 일이다. 전 세계에서 추수제가 열린다. 풍작을 거두면 모두 함께 안도

할 수 있다. 굶주림에 대한 두려움을 잠시나마 잊을 수 있다. 고생한 보람이 있었던 것이다. 이런 기쁜 순간들이 사람들을 한데 뭉치게 하고 신체적, 심리적 힘을 준다.

이런 축제에는 단 하나의 주인공이 있는 일이 드물지 않다. 한 가지 작물이 사회 전체를 지탱하는 역할을 하는 경우가 많으므로 그 작물이 꽃을 피우거나 익거나 싹이 나는 등의 사건이 축하하고 신에게 감사할 충분한 이유가 된다.

크리크, 체로키, 촉토, 세미놀, 호데노소니 등 미국 원주민 부족은 추수기가 다가올 무렵에 '녹색 옥수수 축제'를 연다. 생존에 필수적인 작물의 추수를 축하하는 동시에 춤도 추고 의식적 용서 행위도 한다. 녹색 옥수수 축제는 개화 축제나 '첫 열매' 축제들처럼 옥수수 이삭이 막 팼을 때 거행된다.

타이완 원주민 파이완족의 마사루제나 일본 곳곳의 신토 추수제는 쌀 수확을 기념하는 제의다. 바베이도스에서는 사탕수수 수확을 축하한다. 서아프리카 이보족은 뿌리채소 얌 수확제인 '이와지Iwa Ji'를 한다. 잉글랜드 콘월주에서는 밀을 드높이고, 미국 서부 그레이트베이슨 지역에서는 잣이 열린 것을 춤으로 축하했다. '라 피에스타 나시오날 데 라 벤디미아'는 포도가 와인으로 변할 준비가 된 순간을 축하하는, 아르헨티나에서 1600년대부터 이어진 제의다. 식물과 인간 사이의 이런 관계는 마땅히 기념할 만한 것이라 아주 오랜 세월 동안 계속해서 열렬하게 축하해왔다. 그 어떤 관계보다도 밀접하고 강력하다. 우리는 식물에 감사해야 한다. 우리는 식물이나 식물을 먹는 동물을 먹고 산다. 식물은 또 우리가 숨쉴 때 쓰는 산소를 공급한다. 식물 없이 우리는 말 그대로 살 수 없다는 사실을 잊지 말아야 한다.

마야 창조신화인 포폴 부흐는 우리와 식물 세계의 연결을 찬미한다. 우리 인간이 어떻게 옥수수로부터 만들어졌는가 하는 이야기다. 사실 미국인들은 실제로 옥수수로 만들어졌다고 할 만도 하다. 미국인이 먹는 식사는 많은 부분이 여러 형태로 위장된 옥수수로 이루어져 있다. 여하튼 무얼 먹든 우리가 먹는 음식이 우리의 일부가 된다. 우리 몸은 우리가 먹은 음식에서 양분을 뽑아내어 그것을 이용해 기능하고 생명을 유지하는 세포로 이루어져 있다.

너무 당연히 어릴 때부터 배운 사실이라 그게 얼마나 놀랍고 신비로운지 잊기 쉽다. 사실은 당연하게 받아들이면 안 되는 일이다. 무언가 땅에서 자라난다. 물, 토양 안의 물질, 지구와 가장 가까운 별에서 나온 빛이 그것을 더 크게 만든다. 무에서부터 생겨난 것처럼 보이는 그것이 색이 바뀌고 꽃이 피고 커지고 변한다. 인간들이 와서 그것을 채취해 요리라는 반쯤 신성한 작업을 통해 변형시키고 입에 넣어 치아를 이용해 바수어 목구멍으로 넘기고 그렇게 살아가는 것이다.

늘 알아왔던 사실이 아니라면 세상에서 가장 놀라운 기적이라고 불렸을지도 모르겠다. 동화나 SF소설에 나올 법한 이야기라고.

산업화한 세상에 사는 대부분 사람은 운좋게도 다양한 식사를 할 수 있다. 아마 이번주에도 저녁으로 매일 조금씩 다른 것을 먹었을 것이다. 저녁 일곱시에 뭔가 먹고 싶은 걸 생각하면 일곱시 반이면 그게 집 문 앞에 도착할 수도 있다. 원하는 것 무엇이라도. 제철일 필요도 없다. 햇딸기를 먹으려고 일 년을 기다려야 했던 때를 상상할 수 있는지?

식물과 인간의 관계는 우리가 생각하는 것처럼 일방적이지는 않다. 인간이 주도하는 관계처럼 생각하기 쉽지만 유발 하라리는 『사피엔스』에서 이렇게 말했다. "우리가 밀을 길들인 것이 아니다. 밀이 우리를 길들였다. '길들이다 domesticate'라는 단어는 '집'을 뜻하는 라틴어 도무스domus에서 온 말이다. 그런데 집에 사는 것이 누구인가? 밀은 아니다." 하라리는 '농업'이라고 하는 식물과 인간의 관계가 인간에게 불리한 일이었다고 주장한다. 인간이 제비뽑기에서 짧은 쪽 막대를 뽑았고 자기도 모르는 사이에 식물에게 속아 쉴새없이 농사를 지어 식물이 온 지구에 널리 퍼지고 번성하게 돕고 있는 것이다. 그냥 수렵 채집을 하며 살았으면 더 낫지 않았을까?

우리 엄마의 표현을 빌리면 복잡하고 혼란스러운, 만년

이 넘는 기간 동안 이어진 다종多種 간의 러브 스토리이자, 지구 전체 생태계라는 낭만적 대서사의 그림자인 셈이다.

추수감사절에 엄마는 잔을 들며 이렇게 말한다. "누구한테 감사해야 할지 모르더라도 감사할 수는 있지!" 추수감사절은 일종의 추수제로 미국에서 가장 사랑받는 세속 명절이다. 하지만 오늘날 우리가 쇠는 추수감사절이 공인된 과정은 뚜렷이 종교적이었다. 수십 년 동안 비공식적으로 추수감사절을 축하해오다가, 남북전쟁 절정기에 링컨 대통령이 국경일로 지정했다. 잡지 편집자이자 동요 〈메리 해드 어 리틀 램〉 작곡가인 세라 조지파 헤일의 촉구에 따라, 둘로 갈라진 나라를 하나로 모으기 위해 한 행동이었다. 링컨의 선포문에는 추수감사절에 누구에게 감사해야 하는지가 구체적으로 나와 있다. "가장 높으신 하느님."

그렇지만 추수감사절을 종교와 무관한 명절로 보더라도, 청교도 이주민들이 왐파노아그 원주민을 초대해 벌인 잔치가 추수감사절의 기원이라는 이야기와 역사적 사실 사이에는 괴리가 있다. 청교도들이 오직 좋은 의도로 원주민들과 평화롭게 빵을 나누어 먹었다는 이야기가 종교적 신화는 아니라도 국가적 신화임은 분명하다. 플리머스에서 왐파노아그와 유럽 이주민 사이에 어떤 일이 있었는지는 모르지만, 학교에서 배운 대로 모두가 함께하는 잔치가 있었던 것은 아니었다. 그 자리에 원주민이 단 한 명이라도 있었다는 증거가 없다. 한 가지 확실한 것은 그 일이 원주민을 학살하고 원주민 사회를 절멸시킨 사건의 서막이었다는 것이다.

그렇다면 이런 의식을 우리는 어떻게 치러야 할까? 어떻게 해야 역사적 참상을 은폐하지 않으면서 추수에 감사하는 마음이라는 긍정적 요소를 취할 수 있을까? 이런 생각을 하면 마음이 복잡하다. 그렇지만 나는 감사하고자 하는 욕구가 강하고 새로운 방법을 찾아내는 데 아무 거리낌이 없으니 무언가 새로운 방법을 얼마든지 찾아볼 생각이다.

반드시 일 년에 한 번일 필요도 없다. 사실 자주 할수록 좋다. 존의 조부모님은 기독교도인데 당신들의 신앙을 사회적, 경제적 정의를 이루라는 소명으로 받아들이신다. 식사하기 전에 식탁에서 기도를 드리신다. 가족이 한데 모이면 18세기 스코틀랜드 시인 로버트 번스가 썼다는 일정한 운율의 시 「셀커크 그레이스」를 읊는다. 더 전통적인 기도를 드릴 때도 있다. 어느 쪽이든 접시 위에 올릴 음식을 주신 것에 대해 하느님께 감사하는 내용이다.

하지만 나는 이분들 댁에서 같이 식사를 할 때 감사하는 마음이 자꾸 다른 곳으로 간다. 존의 할아버지는 이 음식을 마련할 돈을 벌기 위해 60년이 넘는 세월 동안 힘겹게 일하셨다. 존의 할머니는 정성과 사랑으로 음식을 준비하셨다. 또 우리가 이걸 먹게 되기까지 얼마나 많은 농부, 이주노동자, 육체노동자, 트럭 운전사, 슈퍼마켓 직원 들이 수고를 했을까? 육류, 가금류, 생선, 유제품 등을 먹는다면 다른 동물의 일부 혹은 전체를 앗아와야 한다. 물론 존의 조부모님도 하느님뿐만 아니라 이 식사를 가능하게 해준 모든 존재에게 감사한다는 걸 안다. 그래도 나는 모든 생명체와 생명작용에 소리 높여 감사하고 싶은 생각이 먼저 든다. 나만이런 감정을 느끼는 것은 아니라서, 인터넷을 찾아보면 세속적으로 기도를 드리는 다양한 방식이 소개되어 있다. 기독교 기도에서 파생된 것도 있다. 새로이 만들어낸 것도 있다. 베트남 선사禪師이자 평화운동가 틱낫한은 이렇게 제안한다.

이 음식 접시에서 나는
내 존재를 지탱하는
전 우주의 존재를
뚜렷이 봅니다.

윌리엄 조지 애스턴은 19세기 후반에 활동했던, 일본 문화를 연구하는 데 헌신한 아일랜드의 학자인데 신토 신앙에 대해 이렇게 말했다. "[신토는] 두려움이 아닌 사랑과 감사의 종교다. 종교의식은 신을 달래고 누그러뜨리기 위한 것이기도 하지만 찬미하고 감사하기 위한 것이기도 하다." 이런 마음으로 종교를 실천하는 사람이 지닌 나날의 마음

상태는 어떠할까? 신심이 깊은 신토 신자들은 자연의 힘, 영혼, 신성한 현상 등을 포괄하는 가미神에게 감사를 드리는 뜻으로 눈을 감고 살짝 고개를 숙이며 소리 없이 혹은 소리가 나게 손바닥을 마주치는 의식을 한다. 박수는 감사를 표현하는 참으로 단순하고도 우아한 몸짓이다. 우리는 연설이나 연주 등을 칭찬할 때 아낌없이 박수를 친다. 식사를 위해서 단 한 번 박수를 친다면 어떨까?

몇 년 전부터 존과 나는 형식에 얽매이지 않고 가볍게 식전 감사의식을 드리기 시작했다. 대체로 "고맙습니다. 농부님. 고맙습니다. 어부님." 이런 식인데 헬레나를 위해서 그렇게 하는 것이기도 하다. 하지만 감사하는 것만으로는 충분치 않다. 단식만으로도 충분치 않다. 이런 의식이 행동으로 직접 이어져야 한다. 모르몬교 모델을 그런 예로 들 수 있다.

내가 쓴 글에 이런 댓글이 달린 적이 있다. "풍족할 때는 이게 삶의 전부이고 사후에는 아무것도 없다는 것을 받아들이기가 쉽다." 매우 일리 있는 말이다. 비종교적인 세계관에는, 사회경제적으로 유리한 나의 위치가 카오스 안의 순전한 운이라는 인식이 포함되어야 한다. 이런 인식에서 상대적으로 운 없는 사람들에 대한 도덕적 의무감을 느끼는 것으로 생각의 방향이 흘러가야 한다. 세상 어떤 종교도 가난한 사람들에게 먹을 것을 나누어주지 마라, 신께서 그들이 고통받기를 바라신다고 말하지는 **않는다**. 반대로 여러 종교에서 자선을 강력하게 강조한다. 다른 사람을 도우라는 사회적 압력으로 작용한다는 점이 아마 종교의 가장 훌륭한 면일 것이다. 그렇지만 종교와 무관하게 자선을 베풀어야 하는 이유가 있다. 내가 아무 이유도 없이 하루 세끼를 푸짐하게 먹고 자랐다면, 우주에 정의라는 거대한 안전망이 없다면, 인간이 서로를 위해 그런 것을 만들어야 한다. **운이 없었다면 나도 그렇게 살아갈 것이다**라고 생각할 필요가 있다. 신을 믿지 않는다는 것과 부도덕함을 연결짓는 사람들의 생각을 바로잡기 위해서라도, 종교가 없는 사람들이 기부와 봉사에 더욱 적극적으로 나서야 한다. 인본주의의 찬가가 널리 퍼지려면 시간이 좀더 필요하겠지만 좋은 일은 오늘 당장 시작할 수 있다.

오늘날 세계의 불평등, 부당함, 억압에서 절망감을 느낄 때, 세상이 끔찍한 곳으로 느껴지는 순간에, 나는 나눔에서 엄청난 위안을 얻을 수 있다는 사실도 알게 되었다. 돈을 기부할 수도 있고 시간이나 노력을 내어줄 수도 있다. 자신의 신념을 관철하기 위해 가두 행진을 하거나 세상을 옳은 방향으로 움직인다고 믿는 조직을 위해 자원 활동을 할 수도 있고 옳지 않은 회사를 보이콧할 수도 있다. 이런 행동은 그냥 소망이 아니라, 생각과 삶을 뚜렷하게 바꾸어놓는 행동들이다. 또 이런 활동을 통해 종교가 없는 삶의 또다른 문제를 해결할 수 있다. 공동체를 만들 수 있는 것이다. 비슷한 가치관을 가진 사람, 생각을 나눌 수 있는 사람, 같이 고통 스러워할 사람, 같이 성공하고 실패할 사람, 같이 단식하고 같이 잔치를 벌일 사람을 만날 수 있다. 우리가 영겁의 세월을 살아오는 데 꼭 필요했던 일이다. 다음에 어떠한 일이 일어나건 간에 우리에게는 그 일들을 함께 마주할 무리가 필요하다.

15장 ——————————— 겨울

어둠이 아니라 무지만이 있을 뿐……

　　　　　　　　　　　　　　　　　　　—윌리엄 셰익스피어, 『십이야』

땅이 있는 한 씨뿌리기와 거두기, 추위와 더위, 여름과 겨울,
낮과 밤이 그치지 않으리라.

　　　　　　　　　　　　　　　　　　　　　　　　—『창세기』

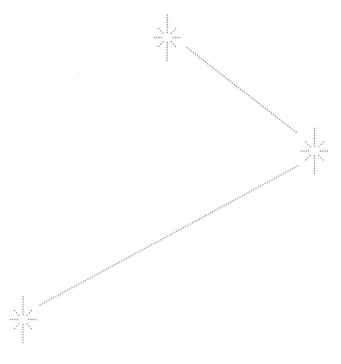

북반구에서는 12월 말에, 남반구에서는 6월 말에 찾아오는 동지는 한 해 중 밤이 가장 긴 날이다. 한 해 중 어느 날보다도 존재감이 두드러지는 날이라고 할 만하다. 이날은 가장 어두운 날이면서 또 빛을 향해, 희망을 향해, 다시 봄을 향해 나아가기 시작하는 전환점이다.

어릴 적 늦가을에 일본 여행을 갔는데, 도쿄의 타임스스퀘어 같은 곳인 긴자 중심가에서 매우 어리둥절했다. 그전에 신사 몇 군데를 보러 갔었고(너무 어리다는 이유로 입장을 저지당한 곳도 있었는데 나는 매우 부당하다고 생각했다) 신토라는 종교에 대해서도 간단히 설명을 들었다. 그런데 긴자에 와보니 상점마다 크리스마스 장식이 되어 있는 것이었다. 뉴욕이나 런던에서 볼 법한 거대한 산타도 있었다.

"일본 사람들은 기독교 안 믿는다고 하지 않았어?" 내가 물었다.

"그래, 그냥 크리스마스를 좋아하는 거야." 엄마가 말했다.

엄마 말이 맞았다. 크리스마스가 엄청난 인기를 누린다는 점에 대해서는 이견이 있을 수 없다. 독실한 신자가 아니어도, 심지어 기독교도조차 아니어도 크리스마스를 좋아하는 사람은 많다. 그냥 가족이 한자리에 모이기 위한 날일 뿐 반드시 예수와 관련해서 생각할 필요는 없다고 말하는 사람도 많다. 거기에 대고 "그리스도Christ와 미사mass가 합해진 날인데?"라고 말하면 눈총을 받는다. 내가 너무 자구에 얽매이는 고루한 사람인 것 같기도 하다.

중국, 이라크, 이란 등 기독교 국가가 아닌 나라에서 이주해온 친구들은 이날이 종교적 축일이라는 사실조차 몰랐다고 한다. 그냥 미국 명절이라고 생각했고 새로 미국인이 되었으니 자기들도 캔터베리 대주교 못지않게 이날을 기념할 이유가 충분히 있다고 느꼈단다.

친한 친구 중에서 크리스마스를 쇠자고 부모를 설득한 친구가 둘 있다. 한 명은 세속화한 유대인 집안이고 한 명은 이슬람교 냉담자 집안이다. 한 친구 부모님은 자기네 명절이 아닌 명절을 기념하는 게 옳은지 마음을 정하기 어려워했단다. 그래서 부모님이 아이들에게 "너희가 종이 눈꽃 같은 트리 장식을 백 개 만들면 트리를 구해오겠다"고 말했다. 아이들이 몇 개 만들다가 포기하겠거니 생각한 것이다. 그런데 놀라운 속도와 집중력으로 주어진 과업을 달성해냈고 결국 부모님이 크리스마스트리를 샀다.

크리스마스와 관련된 종교와 아무 상관이 없는 사람들도 분위기, 장식, 음악 등 크리스마스의 느낌을 좋아한다. 밤이 긴 계절에는 누구에게나 기분을 북돋는 무언가가 필요하기 마련이다. 한번은 뉴스에서 사탄숭배자를 인터뷰했는데 그 사람이 마을 광장 그리스도 성탄화 옆에 사탄의 상징도 놓아야 한다고 했다. 기자가 그 사람에게 크리스마스를 쇠느냐고 묻자 그는 이렇게 대답했다. "사실은, 합니다. 그냥 그날은 가족하고 같이 지내는 날이라고 생각해요." 사탄숭배자조차도 크리스마스는 좋아한다.

그리고 솔직하게 말하자면 열다섯 살 때 나도 엄마한테 크리스마스 선물과 트리를 졸랐다는 사실을 밝혀야 할 것 같다. 어쩐지 나만 동떨어진 것 같은 소외감이 느껴져서 그랬는데 엄마가 소원을 들어주셨다. 십대 때는 튀지 않고 남들 하는 대로 하고자 하는 욕구에 압도될 때가 있다. 그해 크리스마스 선물로 아주 멋진 진녹색 스웨터를 받아서 몇 년 동안 잘 입긴 했지만, 마음 한구석에는 좀 사기 같다는 생각도 있었다. 나는 동정녀 수태라든가 그런 부분은 믿지도 않으면서 그냥 크리스마스의 재미만 누리고 싶었던 것이다. 그런데 알고 보니 다행히도 크리스마스의 뿌리는 예수가 태어나 말구유에 눕기 한참 전으로 거슬러올라간다.

신약에 나온 이야기가 전부 문자 그대로 사실이라고 생각하더라도, 성경에서 예수가 12월 25일에 태어났다는 근거는 전혀 찾을 수 없다. 예수의 생일이 정말 그날이라면 엄청난 우연인 것이다. 성서학자들은 성경에 있는 단서로부터 실제 날짜를 추론하려고 했다. 생일이 봄일 가능성, 여름이거나 가을일 가능성도 전부 대두되었다. 어쨌거나 예수의 생일을 기념하기 시작한 것은 거의 3세기가 지난 뒤 로마 교회 지도자들이 예수 생일이 12월 25일이 되어야 한다고 결정하면서부터다. 이 날짜를 택한 까닭은, 동지 전후에 있는 기존의 로마 다신교 축일과 통합하기 위해서였다(율리우스력에는 윤년이 없어서 동짓날이 12월 25일 무렵이었다). 이렇게 함으로써 로마인들이 자기들의 여러 신에게 좀더 쉽게 작별을 고하고 기독교도로서의 삶에 적응할 수 있었다.

3세기 말에 로마를 5년 동안 다스렸던 아우렐리아누스 황제는 태양신 솔을 섬겼다. 아우렐리아누스 황제는 솔에 대한 숭배가 충분하지 않다고 생각해서인지 12월 25일을 솔을 기리는 축일인 '디에스 나탈리스 솔리스 인빅티Dies Natalis Solis Invicti'로 지정했다. '무적의 태양의 탄생일'이라는 뜻이다. 영어로는 태양Sun과 인자人子, Son의 발음이 같아서 기가 막힌 동음이의어라는 생각이 들지만 아쉽게도 라틴어로도 발음이 같지는 않다. 이 축일은 계절이 바뀌고 빛이 돌아오고 날이 길어지는 것을 태양신의 생일이라는 겉포장을 씌워 축하한 날이라고 할 수 있다.

그전의 로마에서는 동지 무렵에 풍요, 돈, 부, 해방, 농경, 순환적 재생, 납 등 큰 연관은 없어 보이는 것들의 신 사투르누스를 기리며 선물을 주고받는 사투르날리아Saturnalia, 農神祭를 성대하게 벌였다. 로마제국에 출신이 명확하지 않은 이민자 마크로비우스라는 사람이 있었는데 이 사람이 사투르날리아에 대해 아주 상세히 기술한 책을 남겼다. 아쉬운 점은 로마가 기독교화한 지 이미 백여 년이 지난 5세기 초에 이 책을 썼다는 것이다. 사투르날리아는 이제 유행에 뒤처진 것이 되었고 크리스마스는 아직 완전히 자리잡히지 않았을 때였다. 마크로비우스가 활동할 때는 아마 디에스 나탈리스 솔리스 인빅티를 축하했을 텐데 그래도 마크로비우스는 사투르날리아를 연구해서 잃어버린 세계를 들여다보는 창으로 삼았다. 마크로비우스가 변화의 신 야누스(얼굴이 앞뒤로 있는 신이며 야누스에서 1월January의 이름이 연유한다)가 "더 나은 삶의 근원인 사투르누스를 종교적 성심을 다하여 엄숙하고 장중하게 섬겨야 한다고 명령했다"라고 썼지만 직접 경험한 바를 기록한 것은 아닐 테다. 마크로비우스의 기록에 따르면 사투르날리아에는 화환을 장식하고 꿀 케이크를 먹고 선물에 돈을 많이 쓰는 풍습 등이 있었다고 한다. 예수 탄생 수 세기 전부터 해온 축제인데 오늘날 크리스마스하고 꽤 비슷하게 들린다.

사투르날리아에는 오늘날의 크리스마스보다 핼러윈에 더 가까운 요소도 있다. 이날은 로마식 '거꾸로 날'로 노예가 주인 역할을 하고 남자는 여자 옷을 입는 등 경직된 권력 구조를 잠시 뒤집는 날이기도 했다. 사실 동지나 하지도 일종의 거꾸로 날이다. 북반구와 남반구의 역설이 극단에 달해서, 한쪽은 하루가 가장 긴 여름이고 한쪽은 가장 짧은 겨울인 순간이다. 이 축일을 우리 지구상의 작고 순간적인 아름다움 그리고 비극성과 연결하고 싶은 유혹을 떨치기 어려울 정도다.

내 오랜 친구 『브리태니커 백과사전』은 크리스마스트리를 이렇게 설명한다. "상록수, 화관, 화환 등으로 영원한 생명을 상징하는 관습이 고대 이집트, 중국, 히브리 등에 있었다. 기독교 이전의 유럽에서 흔했던 나무 숭배가 기독교로 개종한 뒤에도 살아남았다." 사람들은 영원을 위해서, 행운을 빌고 봄이 오리라는 것을 상기하는 뜻으로 나무, 특히 상록수를 아주 오랜 옛날부터 장식해왔다. 크리스마스트리 장식이 과일을 닮은 것은 그런 까닭이다.

크리스마스의 전신 가운데 또하나로 페르시아의 빛의 신

미트라의 탄생일이 있다. 미트라를 숭배하는 사람들은 미트라가 섹스 없이 잉태되었고 12월 말에 태어났다고 믿었다(바위에서 태어났다는 점이 예수와 다르다). 다른 대륙의 다양한 신앙 체계에서도 동정 출생 이야기를 찾을 수 있다. 아즈텍 땅의 어머니 여신 코아틀리쿠에부터(코아틀리쿠에는 하늘에서 깃털 공이 떨어져 전쟁의 신인 아들 우이칠로포치틀리를 임신했다) 중국의 황제黃帝까지(황제는 어머니가 기원전 27세기에 북두칠성을 휘감은 번개를 보고 임신했다고 한다).

드루이드교에서는 의식에 겨우살이를 사용했고 겨우살이를 정력과 다산성과 연결했다. 크리스마스에 겨우살이 아래에서 입을 맞추는 현대의 관습이 이를 순화한 것인지는 분명하지 않지만 주제의 일관성은 있다.

이런 유래가 있다고 해서 크리스마스가 정당한 축일이 아니라는 말은 아니다. 연중 어느 때보다도 깊은 한겨울에 우리에게는 축제가 필요하다. 어둠이 영원하지 않다는 사실을 일깨워줄 무엇이 있어야만 한다.

당연하지만 하누카의 뿌리도 마찬가지로 어둠과 빛의 대결이다. 중국은 한나라 때부터 동지에는 쌀로 만든 작은 경단을 먹고 조상을 기렸다. 인도 펀자브 지역에 살았던 고대인은 로리라는 축제일에 거대한 모닥불을 피웠다(오늘날에도 축제가 이어지지만 날짜가 12월 말에서 1월 중순으로 바뀌었고 이제는 아이들이 집집이 다니며 노래를 부르고 간식을 얻어먹는 날이 되었다). 이란, 아제르바이잔, 아프가니스탄, 그 밖에 무슨무슨 스탄으로 끝나는 중앙아시아 여러 나라에서 는 동지에 '알다'라는 축제를 한다. 촛불을 켜놓고 페르시아 시인 하피즈 등이 쓴 옛 시를 소리 내어 읽는 날이다. 이슬 람교 이전 조로아스터교의 축제에는 악령을 쫓기 위해 잠 을 자지 않고 밤을 새우는 의식이 있었다. 오늘날에는 이런 명절날에 종교적 이유 때문은 아니지만 대부분 사람이 늦 게까지 자지 않는다. 언젠가는 12월 말에 다른 축일이 새로 생겨나고 우리가 지금 기념하는 날들은 역사책에만 남거나 아예 잊힐지도 모른다.

존과 내가 연인이 되었을 때 우리한테는 12월 말에 선물 을 나누는 각기 다른 전통이 있었다. 존은 크리스마스와, 나 는 하누카와 함께 자랐으므로 우리가 진지한 사이가 되고 같이 살게 되면서 이런 차이를 어떻게 타협해나갈지를 결 정해야 했다. 우리가 정말 축하하고 싶은 게 뭘까? 우리가 정말 중요하게 생각하는 게 뭘까? 같이 살게 되고 두번째로 맞은 12월에 우리는 런던에서 살고 있었는데 가족을 만나 러 고향에 가지 않기로 결정을 내렸다. 대신 해저터널을 타 고 파리로 가서 몽마르트르에 있는 작은 아파트를 빌려 틀 어박혔다. 가족과 함께 명절을 보내야 한다는 압박에서 벗 어나자 이제는 우리의 전통을 자유로이 만들어갈 수 있겠 다는 생각이 들었다. 전에 하던 것을 기준으로 삼을 게 아니라 정말 믿는 것을 기준으로 삼아서. 우리는 크리스마스트리도 메노라도 없는 명절을 보냈다. 동짓날 밤에 칵테일을 마시고 선물을 주고받았다.

헬레나가 태어나기 한참 전일 뿐 아니라 결혼도 약혼도 하기 전이었고 우리가 평생 같이 살면 어떨까 하는 생각을 머릿속에서 굴려보고만 있을 때였는데 파리 여행 동안에 처음으로 우리가 앞날에 가질지 모르는 아이를 위해 전통을 만들자는 이야기를 나누었다. 이런 상상을 했다. 한 해 중 가장 긴 밤 자정을 알리는 종이 치면, 조용히 아이 방에 들어가 작은 귀에 속삭여서 아이들을 살살 깨우고 이런 말을 들려주는 것이다. **너희한테 들려줄 아주 멋지고 대단하고 짜릿한 사실이 있어. 너무 거대하고 장대해서 어떤 인간도 멈출 수가 없는 일이야. 내일부터 다시 낮이 조금씩 길어질 거고, 서서히 다시 꽃이 필 거고, 햇살이 돌아올 거야. 여름이 다가오고 있어.**

그다음에 그림이나 지구의와 손전등을 이용해서 어떻게 그런 일이 일어나는지, 이 기적이 실제로 어떻게 작동하는지 가르쳐주는 것이다. 지금 이 순간 한여름과 가장 짧은 밤을 즐기고 있을 남반구 사람들을 상상해보라고. 내일부터 그 사람들의 낮은 줄어들고 겨울이 천천히 다가올 테고 6개월 뒤에는 우리와 입장이 반대로 바뀔 거라고. 아이들에게 이것이 50억 년도 더 된 시스템이라는 사실을 말해줄 날을 꿈꾼다.

그러고 나서 한바탕 잔치와 선물이 뒤따른다. 사실 아이일 때는 밤늦은 시간까지 부모와 같이 깨어 있는 것만큼 신나는 일은 없지 않나?

헬레나는 아직은 이런 경험을 하기에 너무 어리다. 어쩌면 헬레나와 미래의 동생들이 동네에서 자기들한테만 한밤중에 덩치 큰 할아버지가 굴뚝을 통해 집에 찾아오지 않는다며 크게 실망할지도 모르겠다. 물론 내 말이 믿음을 가졌던 우리 조상들을 기리지 말아야 한다는 뜻도 아니다. 헬레나에게는 그런 분들이 많았다. 헬레나에게도 믿음 때문에 미국으로 건너왔던 사람들의 유전인자가 있다. 존의 모계쪽 조상 가운데 '필그림 파더스*의 목사'라고 불렸고 영국 분리주의자**이며 조합교회 설립자 중 한 명인 존 로빈슨이 있다. 로빈슨의 신도들이 신세계에서 그를 기다렸지만 로빈슨은 결국 미국에 건너가지 못했다. 그는 네덜란드에 유배되어, 대서양을 건너가 자기가 설파한 신학 때문에 독립을 주창하고 하나의 나라가 될 땅을 보지 못하고 죽었다.

---

* 1602년 메이플라워호를 타고 미국으로 건너와 플리머스에 정착한 영국 청교도들을 말한다.

** 영국 국교회로부터 분리되어 독립교회를 설립하려고 했던 사람들. 나중에는 조합교회파라고 불리게 되었다. 뉴잉글랜드에 최초의 식민지를 건설한 청교도들도 분리주의자였다.

그러나 그의 아들 아이작은 종교의 자유를 찾아 보스턴으로 건너왔다. 그랬기 때문에, 또 그 밖의 무한히 많은 결정과 우연한 만남이 있었기 때문에, 헬레나가 지금 여기에 있을 수 있게 된 것이다. 존의 부계 쪽에는 박해를 피해 구세계를 떠나온 네덜란드 메노파교도들이 있다. 그리고 나의 조상은 동유럽에서 박해와 학살을 피해 유대인 집단거주지를 탈출해서 배의 삼등칸에 끼어 대양을 건너 뉴욕항 근처 엘리스섬을 통해 들어온 사람들이다.

헬레나가 태어나고 첫번째 12월에 헬레나는 선물을 많이 받았다. 대부분은 그림책이었다. 나는 하누카 동안 매일 밤 극도로 모던하고 아주 단순한 디자인의 메노라에 불을 붙인 다음, 헬레나에게 그림책을 한 권씩 선물해줬다. 두 가지 문제가 있었는데, 동네에 하누카 양초가 없어서 오래 타지 않고 금세 꺼져버리는 알록달록한 생일 초를 쓸 수밖에 없었다. 또 한 가지 문제는 우리가 아주 짧은 히브리어 기도도 외우지 못해서 밤마다 음차해놓은 것을 보고 읽어야 했다는 점이다. 어쨌든 완전히 동의하지 않는 신앙 선언문이라도 내가 모르는 언어로 적혀 있으면 훨씬 가벼운 마음으로 읽을 수 있다는 장점이 있다. 나는 신앙이 없지만 그래도 헬레나가 이런 경험을 하게 해줘야 한다는 생각이 있다. 이렇게 하라고 가르치기 위해서가 아니라 이런 것도 있다고 알려주기 위해서다. 하지만 오직 헬레나만을 위해서 하는 일은 아니다. 조상들의 자취를 따를 때 나는 아주 오래전부터 이어져온 따스하고 우호적인 기운을 어렴풋이 느낀다. 내 마음 깊은 곳에는 과거로부터 이어진 고리를 끊는 사람이 되고 싶지 않다는 생각이 있다. 언젠가는 헬레나가 이런 것들에 대한 자기 입장을 결정할 때가 올 것이다. 일단 지금 아이는 작은 불꽃을 보기를 좋아한다.

그해 동지에 우리는 이서커의 엄마 집에 있었다. 우리가 상상했던 계획을 그대로 실천하지는 않았지만, 새벽에 헬레나에게 젖을 먹이면서 잠시나마 지구의 움직임을 조곤조곤 설명해주었고 헬레나는 이해한다는 듯한 표정을 연습하며 나를 쳐다보았다. 어쩌면 내 말의 골자를 정말로 이해했는지도 모른다. 무언가 좋은 일이 다가오고 있다는 것. 상황이 나아질 거라는 것.

크리스마스이브에 우리는 존의 어머니 집에 갔다. 존의 아버지, 새어머니와 두 분의 딸도 왔다. 나는 크리스마스트리와 식구들 이름이 쓰인 양말까지 완벽히 갖추어진 존의 집에서 존의 가족과 크리스마스를 보낼 때가 많다. 즐거운 시간이다. 하지만 내가 이방인이라는 느낌은 지울 수가 없다. 이 가족의 크리스마스는 전혀 종교적이지 않고 우리가 자라면서 축하해온 여느 것과 다를 바 없이 세속적인데도 그렇다. 그저 크리스마스가 나에게는 자연스러운 일부가 아니라서 그런 느낌이 드는 것 같다. 아직도 배우고 있는 기분이다. 크리스마스는 내가 '다르다'라는 사실을 일깨운다. 기독교도인 척, 다수 집단에 속하는 척하고 있는 듯한 기분이 든다. 아마 존이 거의 10년 전에 처음 세데르에 참여했을 때에도 그런 기분이었을 듯하다.

헬레나가 태어나고 처음 맞는 크리스마스이브에, 다음날 눈이 온다는 예보도 있고 해서 보스턴 외곽에 있는 존의 조부모님 댁에 크리스마스 디너에 맞춰 가려면 아침 일찍 출발해야겠다는 이야기를 나누었다. 그랬더니 시어머니가 다음날 아침 일찍 나서려면 선물을 뜯어보는 의식을 전날 밤인 24일 저녁에 미리 하는 게 좋겠다고 했다. 아주 타당한 제안이었다. 그런데 놀랍게도 내 마음 한구석에 무언가 아쉬운 생각이 들었다. 나 때문이 아니라 헬레나 때문에. 헬레나는 하누카나 우리가 만들어낸 다른 동지 관련 축하의식이나 마찬가지로 크리스마스도 즐길 자격이 있었다. 헬레나에게는 유대교 혈통뿐 아니라 기독교 혈통도 있으니까. **나는 헬레나가 크리스마스 날 아침을 누리게 해주고 싶어!** 하는 생각을 했다.

"헬레나 것만 남겨두었다가 아침에 열면 어때요?" 내가 시어머니에게 말했다.

시어머니도 좋다고 하셔서 그러기로 했다. 나는 헬레나에게 내 친구들이 선물한 빨간색과 녹색 파자마까지 입혔다. 그러고 나서 존에게 "내 정체가 뭐지?" 하고 말했다. 어쩌면 그저 아이가 세상에 존재하는 모든 멋진 것을 다 누리기를 바라는 엄마일 뿐인지도 모른다.

아이가 크리스마스를 즐기지 못하게 하는 건 일종의 검열일 수도 있었다. 내가 공감하는 명절만 강조한다면 아이에게는 손해가 될 수 있다. 아이도 다 경험해보아야 각각에 대한 감정을 정리할 수 있을 것이다. 기독교 전통과 무관한 우리 부모님도 내가 마루하와 같이 성당에 가는 것에 아무 유감이 없었는데, 어떻게 헬레나가 크리스마스를 즐기지 못하게 내가 막겠는가?

헬레나가 선물을 열어본 다음에(많은 도움이 필요했다) 아이를 이동식 아기침대 안에 눕혀서 이층에 두고 여섯 시간짜리 자동차 여행을 할 채비를 했다. 나는 부엌에 있다가 이층에서 시어머니가 소리지르시는 것을 들었다. 존과 같이 계단을 뛰어올라가보니 헬레나가 몸을 뒤집어 고개와 어깨를 스핑크스처럼 번쩍 쳐들고 자랑스럽게 웃고 있었다. 처음으로 뒤집기를 한 것이다. 우리에게 주는 헬레나의 작은 크리스마스 선물이었다.

나는 앞으로도 헬레나에게 덩치 크고 유쾌한 할아버지가 굴뚝을 타고 와서 쿠키를 먹고 선물을 두고 갈 거라는 이야기는 하지 않을 것이다. 칼 할아버지가 하늘에서 너를 지켜보고 계실 거라는 이야기도 하지 않을 것이다. 저 위에 이 세상을 창조한 누군가가 있다는 말도 하지 않을 것이다. 하지만 결코 아이가 자기의 길을 선택하는 것을 막지도 않을 것이다. 아이가 어떤 사람으로 자랄지, 무엇을 믿을지는 알 수 없다. 다만 그건 전적으로 아이의 선택이 될 것이다. 부모나 교회나 정부 같은 권위적 존재가 믿음을 강제할 수 없듯 무신앙도 마찬가지다. 아이는 자기 생각을 따라야 할 것이다. 왜냐하면 "믿지 않으면서 믿는 척하는 것만이 죄"니까.

인간 역사 전체를 보면 크리스마스트리를 꾸미고 메노라에 불을 붙이고 하피즈의 시를 읽고 쌀 경단을 만드는 등의 의식은 상대적으로 매우 새로운 일이다. 인간은 지구의 공전으로 인해 일어나는 영향을 다른 어느 것보다도 더 오래전부터 축하해왔다. 크리스마스와 하누카 이전에, 일신교나 아니 어떤 종류의 종교도 있기 전에, 우리 조상들은 별을 올려다보며 계절의 변화, 시간의 흐름, 어둠이 무엇을 가져올지에 대해 알아내려고 애썼다. 온기와 빛이 찾아올 날이 멀지 않았음을 알고 가장 길고 가장 추운 밤을 기념하는 행위는 아주 **오래된** 것이다. 어디에 살든, 어떤 종교를 믿든, 어떤 민족에 속하든, 조상 때부터 우주 안 지구의 자리를 경외감을 가지고 고찰했다는 사실은 **모두** 매한가지다. 그들에게는 그것이 신성한 일이었다. 오늘날 우리에게도 여전히 그렇다. 자연의 신비와 아름다움에 대해 조상들은 꿈도 못 꾸었을 지식을 과학을 통해 얻게 되었기 때문에 더욱 그렇다.

신화를 뜻하는 'mythology'라는 단어와 'myth'라는 단어를 '부정확하다'라는 뜻으로도 많이 쓰는데, 캐런 암스트롱은『신화의 짧은 역사』에서 이렇게 말했다. "신화는 과거에 일어났던 일이지만 또 항상 일어나는 일이기도 하다. 우리는 역사를 엄밀히 시간 순서로 보기 때문에 이런 일을 가리키는 단어가 없다. 신화는 역사를 넘어서는, 인간 존재에서 영구한 것을 가리키며 우리가 무작위적 사건의 혼란스러운 흐름 너머를 이해하고 현실의 핵심을 언뜻 볼 수 있게 하는 예술의 형태다." 또한『피의 장: 종교와 폭력의 역사』라는 책에서는 "신화는 역사적으로 일어났던 사건 이야기가 아니다. 그보다는 사람의 일상적 실존에 내포된 영구한 진실을 표현한다. 신화는 언제나 현재에 대한 것이다"라고 했다. 우리가 축하하는 모든 명절, 생일, 독립기념일 등은 과거에 대한 것인 만큼 현재에 대한 것이기도 하다. 우리는 끊임없이 변화하며 또 동시에 가장 오래된 패턴을 지속해서 반복한다.

암스트롱은 이런 개념을 '언제나everywhen'라는 말로 표현한다. 지구가 해의 주위를 도는 일보다 더 '언제나'인 것은 없다. 우리가 경험하는 문자 그대로의 '언제나'에 가장 가까운 것이다. 50억 년 동안 이어져왔고 앞으로도 수십억 년은 이어질 가능성이 매우 크다.

나는 동지가 얼마나 대단한 날인가, 얼마나 축하할 만한 날인가 하는 이야기를 자주 한다. 디너파티에서도 그런 애기로 사람들을 지루하게 만들곤 했다. 그런데 이런 이야기를 할 때 내가 일부러 말하지 않는 한 가지가 있다. 동짓날이 우리 아버지가 돌아가신 날이기도 하다는 것이다. 아버지는 12월 20일 새벽, 별이 그 어느 때보다 길게 빛나는 날에 돌아가셨다.

16장 ———————————— 죽음

나를 달래려고 죽음을 얼버무리지 마오.

—호메로스, 『오디세이아』

언젠가는, 당연히, 아무도 내가 기억하는 것을 기억하지 않을 것이다.

—도널드 홀

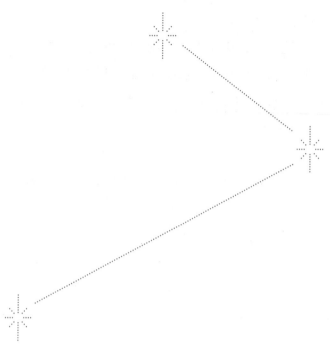

헬레나가 태어나고 처음 돌아온 12월 20일, 그러니까 아버지가 돌아가신 지 21주기가 된 날에 처음으로 헬레나를 데리고 이서커로 갔다. 우리는 농담 삼아 이서커를 '조상의 땅'이라고 부른다. 존과 내가 성장하고, 만나고, 세월이 흘러 혼인을 한 곳이니까. 그리고 헬레나의 살아 있는 조부모님 세 분이 사는 곳이고 돌아가신 한 분인 나의 아버지가 묻혀 있는 곳이기도 하다. 또 헬레나의 생물학적 이모, 삼촌 혹은 명예 이모나 삼촌들이 살고 있거나 살았던 곳이기도 하다. 또 헬레나가 뱃속에 들어선 곳도 이서커였을 거라고 나는 거의 확신한다.

다음날인 12월 21일은 동지였다. 동지 아침에 헬레나를 처음으로 가족 묘지로 데려갔다. 내가 나름의 세속적 방식으로 열렬히 따르는 유대교 전통 중에는 사랑하는 사람의 무덤에 작은 돌을 가져다놓는 풍습이 있다. 나는 아버지와 조부모님들이 묻힌 묘지에 가면 늘 돌 다섯 개를 모았다. 아버지 무덤에 하나, 펄 할머니 무덤에 하나, 레이철 할머니 무덤에 하나, 샘 할아버지 무덤에 하나, 그리고 1991년 자전거를 타다가 버스에 치여 죽은 초등학교 때 친구 무덤에 하나를 놓았다. 지금 생각해보니 그 아이가 내가 실제로 아는 사람 중에서 처음으로 죽은 사람이었던 것 같다. 젊은 나이에 죽은 사람 중에서는 확실히 처음이었다. 요새는 묘지에 가면 돌 여섯 개를 모은다. 해리 할아버지를 위한 돌까지 하나가 더 필요하니까. 헬레나의 조상들이 묻힌 곳을 향해 걸어가면서 우리는 이서커를 내려다본다. 존과 내가 처음 만났던 중학교, 카유가호수, 누군가 다른 사람의 신성한 묘지 위에—다른 누군가의 아버지 무덤 위에—세워진 우리 고향 마을을 내려다본다.

우리 가족 무덤은 축성된 유대교 구획 안이 아니라(아버지 쪽 할아버지 할머니는 그 안에 묻히고 싶으셨을 테지만) 낮은 철망 문 바로 바깥쪽에 있다. 마치 출입통제선 밖에서 기다리기만 하고 영영 클럽 안에는 못 들어가는 사람들 같은 모양새다. 우리에게는 비유적으로 볼 때 아주 절묘한 위치가 아닌가 싶다. 우리는 엄밀히 말하면 유대인이 아니지만 유대인에 가까우니까. 내가 '우리'라고 말한 것은 나도 죽으면 그곳에 묻히고 싶기 때문이다. 그곳에 있으면 '행복하고' 다른 곳에 있으면 '불행할 것' 같은 기분이 든다. 사실 내가 죽은 뒤에 어디에 묻히든 실제로 나에게 눈곱만큼이라도 차이가 있으리라고 생각할 이유는 없다. 그렇지만 죽음 직전에, 마지막이 임박했음을 알게 되었을 때 이런 생각을 할 수 있다면 나에게 조금은 위안이 될 것 같다. **적어도 카유가 호수를 내려다보는 아름다운 곳에, 우리 아버지 옆에 묻힐 수는 있겠구나.** 물론 그곳에 묻힌 것이 과연 **나일까** 하는 의문은 있다. 정말 아버지 가까이에 묻히게 되는 걸까? 아니면 거기에는 한때 아버지나 나였던 외피의 잔재만이 있을까? 산 사람 시야의 한계 안에서는 알기 어려운 일이다.

아버지 무덤 근처에는 아버지의 죽음을 기리는 사람들이 돌멩이 말고 다른 것들도 많이 놓아두었다. 세계 곳곳에서 온 사람들이 종이쪽지, 구슬, 레고, 작은 행성 모형 등을 두고 간다. 그걸 보면 행복하다. 다른 사람들도 아버지를 그리워하고 기억하고 아직 사랑한다고 생각하면 슬픔이 조금 누그러진다.

아버지가 돌아가시고 여러 해가 지난 뒤에 무덤가에 서 있는데, 아버지 장례식에 대해 가장 뚜렷하게 남은 기억이

관을 보면서 **저 안에** 아버지가 누워 있다는 것을 도무지 납득할 수가 없었던 일이라는 생각이 들었다. 그 생각을 하면 슬픔이 아니라 놀라움이 느껴진다. 지금도 잘 이해가 가지 않는다. 이 지구상의 모든 사람, 내가 사랑했던 사람, 미워했던 사람, 아는 사람, 쳐다본 적도 없는 사람 모두가 살아 움직이다가 갑자기(혹은 서서히) 움직이지 않게 되는 것이다. 그리고 육신만이 남는다. 그러면 누군가가 그 몸을 나무 상자에 넣어 땅에 묻는다.

나는 존과 사귈 때 우리 가족을 '만나보라고' 묘지에 여러 차례 데려왔었다. 존은 내가 걱정했던 만큼 이상하게 생각하지는 않고 심상하게 받아들였다. 우리가 약혼하고 나서 처음으로 다시 묘지를 찾았을 때는 나도 존한테 프러포즈하고 싶은 것이 떠올랐다. "우리 결혼하기로 했으니까 죽은 다음에 여기에 같이 묻힐까?" 존은 좋다고 했다. 나는 뛸 듯이 기뻤다. 그 순간 세상이 더 눈부시고 아름답게 보였다. 다른 때의 기억과 겹쳤을 수도 있지만, 그때 샘 할아버지 무덤가의 라일락이 만발했던 것 같다. 죽은 뒤에도 함께하자는 말이 우리가 할 수 있는 가장 깊은 언약인 것 같았고 너무 낭만적으로 여겨져 나는 이렇게 말하고 말았다. "빨리 그날이 왔으면!" 당연히 존은 기겁했다.

말할 것도 없지만 그날이 빨리 오기를 바라지는 **않고** 실은 가능한 한 늦게 오기를 바란다. 그전까지는 언젠가 그곳에 함께 묻힐 거라고 생각하며 작은 기쁨을 느낀다. 그날이 오더라도 그곳에서 영원히 잠들어 있을 수는 없을 것이다. 50억 년쯤 뒤에는 수명을 다해가면서 점점 부풀어오르는 해에 지구가 흡수될 것이기 때문이다. 아니 그보다 가까운 시기에, 사람들이 이곳에 묻힌 우리를 선조라고 여기지 않게 되면, 죽은 사람을 매장하는 데 쓰인 넓은 땅이 다른 용도로 바뀔 가능성이 크다(미국 원주민의 신성한 공동묘지를 유럽 사람들이 어떻게 취급했는지 생각해보라). 그렇긴 해도 나는 사랑하는 사람들과 같이 이곳에 묻힐 수 있다고 생각하면 기쁘다. 아름다운 일 같기도 하다. 또 가끔 존을 놀리는 재미도 느낄 수 있다. 존이 우리 가족 묘지에 묻히겠다고 말한 날 이후로 나는 그냥 같은 땅에만 묻히면 별로 가깝지 않으니까 아예 같은 관 안에 들어가고 싶다고 농담을 하기 시작했다. 묘지 관리소에서 횡령 사건이 벌어져 일부 구획이 여러 가족한테 이중으로 팔리는 일이 있었기 때문에(다행히 우리 땅은 아니었다) 부지가 매우 부족해졌다는 소식을 듣고 떠올린 농담이기도 하다. 하지만 생각할수록 낭만적인 생각 같았다.

몇 년 뒤에, 당연히 그렇겠지만 이런 생각을 한 사람이 내가 처음이 아니란 걸 알았다. 어느 날 보스턴미술관에 갔다가 탄츠빌 타르나이와 라스 테트니에스 부부의 석관을 본 적이 있다. 이탈리아 피렌체와 로마 중간쯤에 위치한 불치라는 작은 도시에서 기원전 4세기에 사랑하며 살았던 부부다. 두 사람이 묻힌 거대한 석관 뚜껑에는 두 사람의 모습이 실물보다 더 크게 조각되어 있다. 두 사람은 옷을 벗고 홑이불을 같이 덮은 채 마주보고 서로를 끌어안고 있다. 뜨거운 밤을 보내고 나서 끌어안은 채로 깨어난 두 사람의 모습 그대로다. 박물관에서는 이 조각에 〈영원히 함께〉라는 제목을 붙였다.

나는 두 사람이 석관 안에 여전히 함께, 뼈가 서로 뒤엉켜서, 섹스하는 동안보다도 더 가깝게, 오직 섹스가 불가능해졌을 때만 이룰 수 있는 거리로 얽혀 있을 거라고 상상했다. 박물관에서 그 석관을 수차례 보고 난 다음에야, 큐레이터가 **유골은 남아 있지 않다**며 내 생각을 바로잡아주었다. 탄츠빌과 라스는 거대한 대양 너머 이 불가능한 미래에 있는 우리의 생각 속에서만 '영원히 함께'인 것이다.

인류학자들 가운데 죽은 자를 그냥 썩도록 내버려두는 대신 장례를 치르기 시작한 것이 인간성의 진정한 시작이라고 주장하는 학파가 있다. 미국에서는 사랑하는 이들이 죽으면 대개 시신을 상자에 넣어 땅 밑에 묻고 이름과 생몰일, 간단한 이력 등이 적힌 작은 석판으로 표시하지만, 이런 관습이 더 이상할 것도 더 합리적일 것도 없다. 화장도 매장 못지않게 오래된 방식이고 점점 늘어가는 추세이기도 하다. 요즘에는 보통 화장을 비공개로 하고 유족들이 그 광경을 직접 보지는 않는다. 그렇지만 사랑하는 사람의 시신이 불꽃에 소진되는 모습을 함께 보는 실외 화장도 아주 오래전부터 있었고 오늘날에도 거행된다. 라오스의 승려들부터 콜로라도의 히피들까지, 이렇게 모닥불을 피워 망자와 작별하면서 상실을 받아들이는 사람들이 많다.

고대 이집트보다도 더 오랜 과거부터, 세계 곳곳에서 사람들은 사랑하는 이의 시신을 조금이라도 더 오래 보존하기 위해 미라로 만들었다. 인도네시아 타나토라자 산지 섭정 관할 지역 사람들은 오늘날까지도 시신을 묻지 않고 미라로 만들어, 죽은 사람이 아닌 아프고 말이 없는 사람처럼 취급하면서 같이 살며 망자를 기리고 애도한다. 자연사박물관에 있는 디오라마와 비슷한 것이다. 어쩌면 엘리자베스 퀴블러로스가 말하는 죽음을 받아들이는 첫 단계인 '부정denial, 否定'을 완벽하게 구현한 것이라고 할 수 있을 것 같다.

베트남부터 마다가스카르까지, 여러 지역의 공동체나 아마존과 오대호 근처 원주민들에 이르기까지 시신 매장을 한 번으로 끝내지 않는 사례를 많이 찾아볼 수 있다. 상실의 충격 이후 몇 년이 흐르고 시신이 분해되고 난 뒤에 유골을 파낸다. 유골을 정성스레 닦아서 다시 묻는 관습도 있다. 이게 일종의 최종적 종결 역할을 하는 듯하다.

슬픔의 단계가 하나하나 집단의식 절차로 만들어져 있는 사회에 살았다면 큰 위안이 되었을 듯싶다. 내가 고등학교를 마칠 무렵에 미라로 만든 아버지 시신이 우리집 식당에 있었더라면 좋았겠다는 말은 아니다. 다만 어떤 의식적 절차가 있어서 그걸 통해 내가 속한 공동체, 학교 친구들, 선생님들, 식구들이 죽음을 받아들이기가 얼마나 힘겹고 오래 걸리는 일일지를 드러내놓고 인정할 수 있었다면 좋았을 것이다.

아버지 장례식에서 우리 집안 친구 한 분이(당연히 도와주려고 하신 일이었다고 생각한다) '너무 슬퍼질 때'를 대비하라며 나한테 항불안제 한 알을 주었다. 나는 추도사 도중에 그 약을 먹었다. 그로부터 20년이 지난 지금까지도 그 일이 후회된다. 항불안제에 반대한다거나 그런 건 물론 아니고, 그때 내가 너무 어려서 뭣도 모르고 그 약을 먹어버린 게 아쉽다. 나는 약을 먹을 게 아니라 그날의 끔찍한 감정을 오롯이 느껴야 했다. 내가 슬픔을 느껴야 한다는 것, 심지어 '너무 슬퍼야' 한다는 것, 장례식이 다 함께 카타르시스를 느끼는 중요한 기회라는 것을 몰랐던 탓이다.

친구한테 들은 이야기인데 숙모가 돌아가셨을 때 이맘(무슬림 성직자)이 페르시아 전통에 따라 연극적으로 과장되게 눈물을 흘렸고 조문객들도 망자를 위해 후련하게 울어 감정을 배출하도록 유도했다고 한다. 나한테도 그런 게 필요했다.

우리는 평소에 종교를 실천하지는 않지만, 아버지를 묻

을 때는 유대교 장례기도인 카디시kaddish를 읊었다. 20년 뒤에 아버지 바로 옆에 해리 할아버지를 묻을 때도 마찬가지로 그렇게 했다. 우리 가치관을 드러내면서 동시에 전통을 존중하는 다른 글귀가 마땅히 없었기 때문이다. 어쩌면 내가 세상을 떠날 때는 내 생각을 더 잘 드러낸다고 생각되는 글귀 목록을 사랑하는 이들에게 남길 수도 있을 것 같다. 한편 유대교 장례의식 중에서 꼭 집어넣고 싶은 것도 한 가지 있다. 장례용 문구와는 아무 상관 없는 비언어적인 행위인데 땅속으로 관을 내릴 때 가족, 친구, 이웃이 돌아가면서 한 명씩 삽으로 흙을 떠서 관을 덮는 것이다. 이 관습은 유대교와 이슬람교에 공통으로 나타나는 여러 관습 가운데 하나다. 이슬람교에서는 흙 세 줌을 뿌린다.

"소리가 가장 충격적이었어." 몇 해 전 프리다 대고모의 장례식장에서 나오면서 존이 한 말이다. 흙 떨어지는 소리가 정말 끝임을 알린다. 삶에는 여러 전환점이 있지만 죽음이야말로 의식을 치러 기념하는 게 마땅하기도 하고 그럴 필요도 있는 일이다. 대부분 장례 절차가 복잡하지만, 가장 단순한 절차라 할지라도 무게감은 전혀 덜하지 않다.

고대 이집트 말기왕조시대(기원전 664년에서 332년)에는 부유한 집안의 여자가 남자 친척의 상을 당하면 거리에서 가슴팍을 풀어헤치고 손으로 가슴을 치면서 걸었다. 현대 불가리아 일부 지역에서는 누군가 죽으면 죽은 사람의 사진과 삶의 행적을 담은 벽보를 만들어 마을에 게시한다. 40일이 지나면 벽보를 다시 붙이고, 그뒤에도 일 년마다 다시 붙여 다른 사람들도 죽은 사람을 기억하고 함께 애도하게 한다. 유대인은 상을 당하고 며칠 동안은 집에 있는 거울을 천으로 덮어놓는다. 상중에는 외모에 연연할 일이 없어야 한다는 뜻이다. 또한 죽은 친구를 위해 술을 따르고 마치 같이 술을 마시듯 하는 관습을 나는 내가 어릴 때부터 듣던 노래를 통해서 알았는데 알고 보니 아주 오래된 관습이었다. 고대 아프리카, 로마, 그리스, 잉카, 중국에도 죽은 사람, 조상, 신을 위해 술을 따르는 전통이 있다.

이런 공통의 의식이 있다는 사실을 알았을 때 다음과 같은 생각이 들었다. **그래, 이런 전통에는 아무 신앙도 필요 없어.** 너무나 의미가 뚜렷하고 직접적인 방법이라 누구라도 따라 할 법하다. 물론 이 의식이 와닿지 않는다는 사람도 있을 수 있는데, 그렇더라도 누구나 마주해야 하는 거대한 삶의 미스터리를 받아들이는 데 도움이 될 다른 의식을 또 얼마든지 찾을 수 있을 거라고 생각한다.

우리는 이런 의식들이 죽은 사람을 위한 것인 척하지만 사실 생각해보면 살아 있는 사람들을 위한 것이다.

레이크뷰공동묘지에 있는 가족묘로 헬레나를 데려갔던 날은 춥고 흐렸고 나무들은 헐벗어 있었다. 하지만 나는 결혼식 날 혼자 울려고 이곳을 찾아왔을 때의 눈부신 여름날 아침을 떠올렸다. 이번에는 울지 않았다. 헬레나가 울었다. 헬레나는 그냥 배가 고프거나 피곤해서 울었겠지만(그때 생후 5개월도 안 되었을 때였기에), 나는 헬레나의 울음에 내 깊은 감정을 이입하지 않을 수가 없었다.

삶에서 상실을 마주할 때마다 이전의 모든 상실을 다시 겪는다. 하나하나의 작별은 다른 모든 작별이다. 할아버지가 돌아가셨을 때 나는 11년 전 할머니의 죽음, 그리고 마루하의 죽음을 떠올렸다. 마루하에게는 제대로 작별인사도 하지 못했고 그게 지금까지도 가슴이 아프다. 내 친구 브렌트(2001년에 죽어서 음성사서함에 녹음된 인사말을 듣고 또 들었던 그 친구)가 병원 침대에서 죽어갈 때 다른 친구들은 다 작별인사를 했지만 나는 너무 무서워서 차마 인사를 못했다. 또 2018년에는 평생 친구의 어머니가 돌아가셨다. 우리 친구들 모두 이서커로 와서 어머니 침대 안으로 들어가 마지막 인사를 했다. 이 상실들이 모두 하나로 이어진 것처럼 느껴진다. 이 모든 일이 내 삶의 최초의 슬픔으로 나를 끌고 간다. 나의 아버지의 죽음.

아버지가 돌아가시기 전, 나에게 마지막으로 한 말 중에 "미안하다"라는 말이 있었다. 나는 왜 아버지가 미안하다고 했는지 여러 해 동안 이해하지 못했다. 미안해야 할 사람은 나인데. 고통에 시달리며 죽어가던 사람은 아버지였으니까. 하지만 아버지는 내가 너무 충격이 큰 나머지 알아차리지 못했던 사실을 알고 계셨다. 이 일이 내 삶에서 결정적인 일이 되리라는 사실을. 내가 상실을, 슬픔을 겪을 때마다 이 상처가 다시 벌어지리라는 것을. 내 삶의 최고의 순간에조차, 성공하고 결혼하고 처음으로 아기를 품에 안은 순간에조차, 아버지의 부재라는 그림자가 드리우리라는 것을.

아버지와 할아버지 할머니에 대해 처음으로 이야기 나누었던 때가 종종 떠오른다. 아버지에게 왜 나는 그분들을 만나보지 못했는지, 죽음이란 무엇인지 물었었다. 잠자리에 들기 전에 아버지에게 죽지 않겠다는 약속을 끌어내려고 하면 아버지가 "최선을 다할게"라고 대답했던 것도 생각한다. 아버지가 거의 2년 동안 아프다가 좋아졌다가를 반복했기 때문에, 아버지가 정말로 죽어가고 있었을 때도 나는 거의 막바지가 되기까지는 아버지가 죽을지도 모른다는 생각을 못했다. 한편 엄마는 타고난 낙천주의자라 좋은 소식만 받아들이고 나쁜 소식은 무시했다. 그래서 우리는 아버지가 좋아지실 거라고 믿었다. 어떻게 보면 '최선을 다할게'라는 약속이 내가 매달릴 수 있는 최선이었던 것도 같다. 그리고 아버지는 약속을 지키셨다. 아버지는 최선을 다하셨지만, 그것으로 충분하지는 않았다.

부모님은 나에게 삶이 영원하지 않더라도(영원할 수는 **없으므로**) 살아 있음은 누구나 깊이 감사해야 할 아주 아름다운 것이라고 가르쳤다. 영원히 살 수 있다면 그만큼 경이롭지도 않을 것이다. 그렇다고 해서 상실이 두려운 일도 아니고 힘든 일도 아니라는 말은 아니다. 그래도 그런 생각이 나에게는 조금 도움이 되었다.

기원전 4세기에 중국 도교철학자 장자는 아내가 죽으면서 상실을 마주해야 했다. 친구들이 문상을 와보니 장자가 장례의 관습을 싹 무시하고 북을 치며 노래를 부르고 있었다고 한다. 친구들은 왜 장자가 슬퍼하지 않는지 이해할 수가 없었다. 장자는 '봄, 여름, 가을, 겨울, 사계절이 서로 이어지는 것처럼' 아내의 삶도 죽음으로 나아갔다고 말했다. 장자는 아내가 태어나기 전을 생각했고 아내가 태어났다는 사실 자체가 얼마나 경이로운 기적인가 생각했다고 말했다. 죽음은 자연스러운 것이고, **도**의 질서, 우주 작용의 일부라고 장자는 보았다. 그렇지만 장자는 또 친구들에게 자기도 슬프다고, 자기도 절망을 느낀다고도 했다. 자연의 섭리에 따른 일이라고 믿지만 그런데도 슬플 수밖에 없었던 것이다.

헬레나가 태어난 직후에 아버지의 『악령이 출몰하는 세상』 오디오북을 듣는데 당신 아버지가 죽음의 문턱에 있을 때 작별인사를 건넨 이야기가 나왔다. 내 동생 샘의 이름이 할아버지 이름을 딴 것이지만 우리가 만나본 적은 없는 분이다. 아버지는 할아버지가 마치 다른 삶으로 여행을 떠나려는 참이기라도 한 것처럼 "조심히 가세요"라고 말했다고 한다.

　나에게는 샘 할아버지가 흑백사진 몇 장, 전해 들은 이야기 몇 가지, 긍정적 형용사 몇 개, 아버지 무덤 옆에 있는 묘비로 떠오르는 존재다. 살과 피로 이루어진 실제 사람이 아니다. 아버지가 느끼는 것하고는 다른 존재다. 내가 헬레나와 함께 아버지 무덤가에 서 있자니 우리 아버지도 헬레나에게는 실제 사람으로 느껴지지 않으리라는 생각이 들었다. 하지만 아버지는 실제로 존재했다. 샘 할아버지도 마찬가지고. 아버지나 샘 할아버지도 어릴 때 당신들은 만나본 적이 없는 죽은 친척의 이야기를 그를 알고 사랑했고 그리워하는 사람들의 입을 통해 들었을 것이다. 그런 식으로 시간의 지평을 넘어 언어의 시작까지 거슬러올라갈 수 있다. 적어도 과거시제를 가능하게 한 문법이 생겨났을 때부터 그런 일이 죽 반복되었을 것이다. 그전에는 아마 전달할 수 없는 그리움, 원시적 형태의 애도, 아직 인간이 아닌 존재들 사이에서 말로 전달할 수는 없지만 그래도 느낄 수 있는 무언가가 있었으리라고 짐작한다.

　오래전에 사라진 우리의 친척 네안데르탈인은 시신을 묻을 때 중요하다고 여기는 잡동사니를 같이 묻었다. 네안데르탈인의 부장물들이 왜 혹은 어떻게 그들에게 중요한 물건이었는지는 시간이 흐르며 잊혔기 때문에 우리는 알 수 없다. 4만여 년 전에 지구를 걸었던 멸종 인간은 어머니, 아버지, 형제자매를 태아처럼 웅크린 자세로 묻었다. 이들이 다음 생에 다시 태어나도록 준비하는 뜻이었을지도 모른다. 혹은 만물의 순환이라는 개념을 선사시대 방식으로 표현한 것일 수도 있다. 네안데르탈인은 매우 혁신적인 사람들이었다. 지구상에서 시신을 어떤 방식으로든 수습한 최초의 종이었던 것으로 보인다. 그 사실로부터 우리는 네안데르탈인에 대해 무엇을 알 수 있을까? 혹은 우리 자신에 대해서?

대니얼 데닛이 『주문을 깨다』에서 "그리움에 이끌리고 혐오감에 되밀리고, 우리는 사랑하는 사람의 시신 앞에서 갈등에 휩싸인다. 이 갈등이 도처에서 종교가 생겨나는 데 핵심적 역할을 했음은 당연한 일이다"라고 했다.

많은 문화에 사람들이 죽음을 직면하게끔, 아니면 적어도 누군가가 죽었을 때 뭐라고 말해야 할지 알게끔 돕는 체계가 있다. 믿음이 없는 사람에게는 죽음이 더 어색하고 어려운 일일 수 있다. 아버지가 돌아가셨을 때 사람들이 우리에게 정말 희한한(때로는 기분 나쁘기까지 한) 말들을 했다. 샘에게 "이제 네가 이 집의 가장이다"라고 말한 사람이 많았다. 그때 샘은 다섯 살이었다. 무슨 일이 일어난 건지 아직 이해도 힘들 아이에게 얼마나 큰 부담을 지우는 말이었을지 생각해보라. 아이 둘을 홀로 키우게 된 우리 엄마에게 이제 다섯 살 아들을 따라야 한다고 한 셈이니 얼마나 모욕

적이었을지 상상해보라.

수십 년이 지난 지금도 난처한 순간을 맞닥뜨린다. 몇 년 전, 내가 성인이 되고도 한참 뒤에 누군가가 나에게 아버지가 돌아가신 지 몇 년이나 되었느냐고 물어서 1996년에 돌아가셨다고 대답했다. 그 사람이 이렇게 대꾸했다. "아, 그럼 이제는 극복하셨겠네요." 그 말에 나는 울음을 터뜨리고 말았다. 또 누군가가 내 성을 듣고 칼 세이건과 혈연관계냐고 물어서 우리 아버지라고 답하면 현재시제로 아버지를 칭찬하는 일도 심심치 않게 있었다. 가끔 나는 아버지가 죽었다는 말을 하기 싫어서 그냥 맞장구를 친다. 우리 아버지가 죽지 않고 그냥 나이들었고 이제는 TV에는 나오고 싶지 않아 조용히 학생들만 가르치는 세계에 나도 살고 싶기 때문이다. 하지만 가끔은 상대가 질문을 하거나 "아버지 책 엄청나게 좋아한다고 아버지께 전해주세요" 하는 등의 요구를 할 때는 아버지가 죽었다는 소식을 전해야만 했다. 가장 최근에는 안경점 판매원에게 아버지가 돌아가셨다는 사실을 20년 뒤늦게 알린 적이 있다. 나는 좋지 않은 소식을 전하는 것도 싫지만 그것보다도 상대방 기분이 어떨까 하는 생각 때문에 더욱 괴롭다. 그 사람들은 아무 나쁜 의도 없이 내 삶에서 가장 고통스러운 주제를 꺼냈다는 사실에 당혹스러워한다. 그래서 나도 괴롭다. 내가 다른 사람에게 그렇게 했다면 10년이 지난 뒤에도 잠자리에서 그 생각을 하면 마음이 불편할 것이다. 그래서 나는 최선을 다해 어색한 분위기를 깨려고 "괜찮아요" 같은 말을 하지만 거짓말이다. 나는 괜찮지 않다. 아직도 무척 슬프다. 하지만 분위기를 어색하게 만들지 않고 슬프다고 이야기할 방법이 없다.

아버지가 돌아가시고 몇 달 뒤에 우리가 아는 사람이 아기를 데리고 우리집에 왔었다. 그들이 돌아간 뒤에 엄마가 나를 보더니 이렇게 말했다. "지금 생각했는데 세상에서 누군가를 알았던 마지막 사람이 죽으면 그때 그 사람이 다시 죽는 것이나 다름없는 것 같아." 아마 그 아기가 아버지가 생전에 알던 사람 중에서 가장 어린 사람이었을 것이다. 그때 다섯 살이었던 내 동생보다도 더 어렸으니까.

그때는 몰랐지만 나미비아의 오밤보족에게는 이런 개념을 표현하는 단어가 있다. 제이컵 올루포나 교수가 이렇게 설명했다. "'조상'과 '살아 있는 죽은 자' 사이의 구분이 있다. 전자(아티티)는 '잊힌 죽은 자'를 가리키는데, 그 사람의 업적이나 그 사람에 대한 기억을 떠올릴 수 있는 살아 있는 후손이 없는 사람이다. 반면 '살아 있는 죽은 자'는 최근에 죽은 사람을 가리킨다."

마루하가 자식을 갖고 싶어했는지는 모르겠다. 마루하는 결혼한 적은 없었다. 연애를 한 적도 없었던 것 같은데 확실하지는 않다. 하지만 마루하가 키운 다른 아이들과 마찬가지로 나는 어떤 면에서 마루하를 이어받았다고 생각한다.

우리가 마루하의 DNA를 물려받은 것은 아니지만 마루하의 가르침과 영향을 받았고 그렇게 물려받은 것을 언어나 문화나 의식처럼 후대로 이어갈 수 있다. 인척 관계가 아닌 사람들에게 물려받은 다른 모든 것들도 마찬가지다.

메멘토 모리Memento mori는 '죽음이 반드시 찾아온다는 것을 기억하라'는 뜻의 라틴어다. 중세 기독교회에서 교구민들에게 지상에서 죄를 짓고자 하는 욕망에 굴하면 언젠가는 그 대가를 마주하게 되리라는 걸 일깨우려고 쓴 말이다. 머지않아 창조주를 만나게 될 것이고 지상에서 음욕, 식탐, 탐욕, 나태, 분노, 질투, 오만 등의 죄를 저지른 것을 후회하게 되리라는 말이다. 그러나 사후에 대가를 치르게 된다고 믿지 않는 사람이나 혹은 최소한 옳고 그름에 대해 다른 기준을 가진 사람이라도, 반드시 **죽음을 기억**해야 한다.

나나 당신이나 우리가 아는 모든 사람은 언젠가 죽는다. 또 우리 종도 멸종하거나 아니면 알아볼 수 없는 형태로 진화할 것이다. 태양도 언젠가는 죽을 것이다. 지구상의 생명이 끝날 것이고 우리가 아직 예측하지 못한 많은 일이 우주에서 일어날 것이다. 만약 우주가 계속 지금과 같이 확장된다면 1000조 년 뒤에는 마지막 별마저 죽을 것이다. 최상의 시나리오대로 진행될 때 그렇다는 말이다. 그런 생각을 하면 기운이 빠지고 겁이 난다. 우울하기도 하다. 지금 이 글을 쓰기만 하는데도 어쩐지 불안해진다. 하지만 이게 사실이다.

죽음 뒤에 꿈 없는 잠 말고 다른 것이 있을 가능성도 있다고 생각한다. 우리가 이해하지 못하는 것이 세상에는 너무나 많으니까. 그 가운데 대부분은 인간이 영영 이해하지 못할 것이다. 그렇지만 우리가 사는 이 짧은 순간에도, 느끼고 이해할 수 있는 아름다움과 의미가 얼마든지 있다. 우리는 진화의 작동방식, 인간의 뇌, 우주, 광합성, 생물학, 재생산, 중력, 유전, 물리학을 이해하고 자연이 얼마나 눈부신지 경탄할 방법을 찾아야 한다. 만약 죽음 이후에 꿈 없는 잠만이 아니라 다른 무언가가 있다면, 그게 **작동**하는 방식이나 그렇게 되는 이유는 자연의 일부이지 '초자연적'인 무언가는 아닐 것이다. 최근 인간 역사에서는 질병(특히 정신적 질병), 가뭄, 홍수, 지진, 날씨, 태양계 구조, 식물상과 동물상 등의 현상을 마법이나 종교의 영역에서 떼어내 과학의 영역으로 가져오는 과정이 있었다. 그 과정에서 우리는 경외감을 잃었다. 나는 그렇게 된 것이 어느 정도는 전달방식의 문제라고 생각한다. 아이들에게 과학을(혹은 수학을) 가르칠 때도 탁월한 설교자에 못지않게 열렬한 열정으로 가르쳐야 한다.

어딘가에서 믿기 어렵게 놀라운 무언가가 알려지기를 기다리고 있다—칼 세이건이라고 적힌 티셔츠, 포스터, 온라인상의 밈 등을 곳곳에서 볼 수 있다. 하지만 아버지는 그런 말을 한 적이 없다. 아버지를 소개한 『뉴스위크』 기사에 나온 말인데 어떻게 해서인지 자체의 생명력을 얻어서 돌아다니고 있다. 엄마와 나는 그걸 보면 재미있기도 하고 좀 안타까운 생각도 든다. 아버지는 정확성을 엄청나게 중시했기 때문에 '믿기 어렵게' 같은 표현은 쓰지 않았을 것이다. 저 우주에서 알려지기를 기다리는 무언가는 '믿기 어려운' 것과는 정반대일 것이다. 그러니까 저 우주 어딘가에 확실히 '믿을 만한' 무언가가 알려지기를 기다리고 있다는 말이다. 믿을 만하고, 놀랍고, 아름답고, 혼란스러운 무언가. 어떤 것은 바로 저 모퉁이 너머에 있을지도 모른다. 어떤 것은 헬레나의 자식의 자식의 자식 대가 될 때까지 기다려야 할지 모른다. 시간이 흐르면서 더더욱 놀라운 일들이 밝혀질 것이다. 각 개인의 경험에 의해서, 과학적 방법에 의해서, 우주가 작동하는 방식에 관한 더 깊은 이해에 의해서, 가설을 검토하고 검증해서 이론으로 만듦으로써. 우리가 아직 모르는 것이 무엇이든 일단 알게 되면 그것도 자연의 일부가 될 것이다. 우리가 알게 된 뒤에도 경이를 느낄 수 있기를 바란다. 이렇게 알게 된 것들도, 또 무작위성과 우연과 혼란 속에서 세상이 어떻게든 돌아간다는 사실도 여전히 신비롭고 여전히 아름답다.

우주에 어떤 비밀이 숨어 있든 우리가 태어났다는 사실은 달라지지 않는다. 우리는 기쁨을 느낄 것이고 고통을 느낄 것이고 거대하고도 광활한 우주의 아주 작은 일부로서의 존재를 다양하게 경험할 것이다. 다음에 무슨 일이 일어나건 간에, 우리는 여기에 있었다. 각각의 삶의 기록은 시간의 흐름 속에서 잊힐지라도 우리가 여기에 **있었다**는 사실은 변함이 없다. 우리는 살았다. 우리는 이 거대함의 일부였다. 살아 있음의 모든 위대함과 끔찍함, 숭고한 아름다움과 충격적 비통함, 단조로움, 내면의 생각, 함께 나누는 고통과 기쁨. 모든 게 정말로 있었다. 이 모든 것이. 광대함 속에서 노란 별 주위를 도는 우리 작은 세상 위에 있었다. 그것 하나만으로도 축하하고도 남을 이유가 된다.

끝맺는 말

어느 날 헬레나가 생후 7개월쯤 되었을 때—이가 나고 이
유식 먹는 연습을 하고 까꿍 놀이를 하고 자기 정체감을 조
금씩 찾아갈 무렵에—엄마가 전화를 걸어왔다. 헬레나를
안고 있어서 엄마가 하는 말에 집중하기가 좀 어려웠던 게
기억난다.

"너 레이철 할머니 역 할래?"

"뭐라고?"

"지금 막 회의하고 나왔어. 〈코스모스〉 다음 시즌에 아빠
가 어릴 때 꿈꾸던 미래 전단을 그리는 장면이 들어갈 거야."

아버지가 어린 시절 브루클린에 있는 아파트에 살 때, 미래 세계에서 온 전단을 상상해서 그린 적이 있었다. 민간인들에게 행성을 오가는 선단에 지원하라고 광고하는 전단이었다. 정말 귀엽기도 하고 조금은 예언적이기도 했다. 전단에 어린 아버지가 또박또박 눌러 쓴 글자, 길쭉한 디자인의 로켓, 우주비행사의 조그만 얼굴을 처음 보았을 때 나는 중년 남자로만 알았던 어린아이에 대한 사랑이 뭉클 솟는 느낌이었다. 그 그림이 너무 좋아서, 그 전단을 비롯해 우리 부모님이 만든 여러 물건이 의회도서관에 소장되고 존과 내가 노래하는 택시 운전사를(어쩌면 신을) 만났던 그 무렵부터 거의 5년 동안 휴대전화 잠금화면 이미지로 썼다.

"내 전화기 잠금화면 그림 말이지?"

"응, 바로 그거."

엄마는 대사가 있는 역할은 아니고 촬영도 하루면 된다고 나를 안심시켰다. 헬레나를 데리고 미국을 가로질러 날아가야 한다는 사실, 카메라 앞에 서야 한다는 사실에 대해서는 곰곰이 생각해보지도 않고 나는 하겠다고 대답했다.

나는 TV라는 게 그럴듯하게 꾸민 환상이라는 걸, 그동안 몇 번 출연할 기회가 있어서 대강 안다. 그런데도 방음 스튜디오에서 레이철 할머니 의상을 입고 연기하면서 아버지 역을 맡아 연기하는 아이를 보는 경험이 내 안에서 뜨거운 무언가를 이끌어낼 것 같았다. 나는 하루 동안 레이철이 되고 싶었다. 브루클린의 아파트로 시간여행을 해서 어린아이였던 아빠를 보고 싶었다. 죽어가는 천재가 아니라, 세상에 대한 탐구심이 가득한 아이, 창창한 앞날이 기다리는 브루클린 억양의 아이를 보고 싶었다. 물론 진짜 아버지가 아닌, 아버지 역으로 캐스팅된 한 번도 본 적 없는 아이일 뿐이겠지만.

출발하기 전에 나한테 딱 하나 있는 레이철 할머니 물건을 몸에 착용했다. 할머니에게 물려받은 유일한 것은 아니지만 물건으로는 유일하다. 할머니의 웃음, 할머니의 외모, 내 혈관 속에 흐르는 유전 정보 사분의 일이 아닌 유일한 물건, 반지였다. 할머니는 샘 할아버지와 결혼할 때 수수한 금속 반지를 할아버지에게 받았다. 그 반지는 나 말고 다른 손녀 샤론이 결혼반지로 썼다. 샘 할아버지가 세월이 지난 뒤에 할머니에게 루비가 박힌 반지를 새로 선물했는데 그게 우리 엄마를 거쳐서 나한테 왔다. 나는 그 반지를 끼고 시간여행을 해보려 했다. 반지를 받고 좋아했을 할머니가 아니라(그 일은 몇 년이 더 지난 뒤에 있을 일이므로) 이런 반지를 받고 싶어했을 할머니가 되어보려 했다.

하지만 반지만으로는 좀 부족했다. 이 일을 제대로 해내려면 그 이상이 필요했다. 아버지가 어릴 때 십수 년에 걸쳐 찍은 무성 홈비디오 영상이 의회도서관 웹사이트에 있다는 사실이 생각났다. 출발 전날 밤 존과 헬레나가 자고 있을 때

나는 핸드폰으로 그 동영상을 봤다. 레이철 할머니의 젊은 모습을 봤다. 나와 정말 많이 닮았다. 웃기고 다정한 어린 시절의 아버지가 내 동생을 닮은 것처럼 빼닮지는 않았지만. 침대에 누워 레이철의 손짓을 따라 해보려고 했다. 배우들이 어쩐지 그렇게 할 것 같았다. 영상 속 할머니는 아버지를 대견하고 사랑스럽고 조금 놀랍다는 듯한 표정으로 바라보았다. 내가 헬레나를 볼 때와 비슷했다.

다음날 비행기를 타면서 레이철은 몇 살 때 처음 비행기를 탔을까 생각했다.

분주한 스튜디오에서 나는 우리 엄마가 나에게 생명을 준 사람일 뿐 아니라, 또 대규모 TV프로그램의 제작자이자 작가이자 영화감독일 뿐 아니라, 사랑하는 사람의 과업을 계속 이어가는 아내이기도 하다는 사실을 깨달았다.

"여기가 할머니가 일하는 곳이야." 나는 헬레나에게 말했다. "샘 삼촌도." 내 동생이 공동제작자다.

나는 메이크업을 받으며, 중국 축의 시대Axial Age에 손자가 죽은 할아버지의 모습을 띠듯 나도 죽은 할머니의 모습으로 바뀌어가며 대본을 읽었다. 대본 제일 위쪽에 이렇게 적혀 있었다. "우리는 기억 속에 있다." 엄마가 쓴 글이다. 이 기억은 아무 기억, 그냥 역사처럼 익명의 기억이 아니라 우리 아버지의 기억이다. 완벽하지도 생생하지도 않고 직접적인 경험조차 아닌 기억이다. 한때 존재했으며 지금은 땅 밑에서 분해되고 있는 아버지 뇌의 뉴런에 축적되었던 무언가를 비슷하게 재현한 것이다. 이 기억은 아버지가 다른 사람, 그러니까 엄마에게 들려준 기억이고 엄마는 살아서 그 기억을 되살릴 수 있는 세계를 만들었다. 한때는 사실이었다. 1946년에 아버지와 할아버지 할머니, 그리고 여동생이 살던 아파트가 있었다. 이제 내가 거기에 가능한 한 최대한 가까이 다가가려 하는 것이다.

스태프 한 사람이 나를 방음 스튜디오로 데려갔다. 천장이 아주 높고 큰 방이다. 저멀리 상상의 우주선 '소티*'(다큐멘터리 〈코스모스〉 2014년 판에서는 칼 세이건 대신 닐 디그래스 타이슨 박사가 진행을 맡아 상상의 우주선, 소티를 타고 우주의 시작부터 현재에 이르기까지의 정보를 전달한다)가 보였다. 엄마가 나를 작은 출입구로 데려갔다. 그 문을 지나면서 우리 둘 다 메주자mezuzah를 만졌다. 메주자는 유대인들의 전통적 기도문이 적힌 양피지 조각을 특별한 통에 넣어 문설주에 붙여놓은 것인데, 여기 세트장에도 세트 디자인의 일부로 붙어 있었다. 유대교를 실천하는 사람들은 문을 지나갈 때마다 메주자를 만지는데 보통 우리는 잘 안 하는 일이다.

※ SOTI, Ship of the Imagination.

그렇게 우리는 포털(관문)을 지나 아버지가 어릴 때 살던 아파트로 이동했다. 나는 프로처럼 행동하려 했지만 감정이 북받쳐올라 애써 눈물을 삼켜야 했다. 정말 시간여행을 한 것 같았다. 레이스 테이블보, 전쟁부에서 보낸 우편물, 향신료 선반, 메노라 촛대 등의 소품 사이에 나이가 지긋한 동유럽 정통 유대인 부부 사진이 있었다. 백년 전에 굶주려 돌아가신 나의 고조부모님이 그 자리에 있었던 것이다.

젊은 시절의 아버지를 연기하는 건강한 남자아이가 마룻바닥에 누워 있었다. 내 자리인 주방에 서서 나는 그 아이가 정말 우리 아버지이고 나는 레이철 할머니라고 생각할 수 있었다. 감독이 "액션!"이라고 외치자 나는 레이철 할머니가 할 법한 소소한 일상적 일을 하면서 할머니의 감정, 비밀스러운 내면세계, 세상을 바라보는 관점을 상상했다. 아버지의 미래, 우리의 과거를 상상했다.

존이 헬레나를 촬영장으로 데려와서 한 장면 촬영이 끝날 때마다 두 사람을 만날 수 있었다. 내 동생 샘도 구경하러 왔다. 그렇게 우리가 모두 거기에 있었다. 같은 이름의 다른 버전으로—레이철, 샘, 하야—서로가 서로의 일부로, 시간과 공간을 구부려 한곳에, 가브리엘 가르시아 마르케스의 『백년의 고독』처럼 한 가족의 여러 세대가 시간의 경계를 뛰어넘어 공존하고 있었다.

몇 주 뒤, 내가 헬레나에게 줄 채소를 찌다가 돌아보니 헬레나가 유아용 의자에 앉아 나를 쳐다보고 있었다. 그때 나는 가장 가까운 별의 도움으로 땅에서 자라난 음식을 헬레나가 더 크게 자라는 데 쓸 에너지로 바꿀 수 있게 준비하고 있었다. 수백만 년에 걸친 진화의 결과로 가능해진 일이다. 헬레나는 호기심 어린 눈으로 내가 사소하고 일상적인 의식을 수행하는 것을 지켜보았다. 반쯤 신성한 과업을 수행하는 나의 모습이 헬레나의 뇌에 각인되는 중이었다. 언젠가 나는 사라질 테지만, 헬레나는 나를 기억하기를 바란다. 그러면 나는 헬레나 뇌의 뉴런 안에서, 그리고 핏속의 세포 안에서 조금 더 살 수 있을 테니까.

더 읽을거리

내가 읽지 않은 책의 수가 날마다 점점 늘어가며 나를 괴롭
힌다. 세상에는 정말 눈부신 생각들이 있고 내가 배워야 할
것들은 너무나 많다. 나에게 추천해주고 싶은 책이 있으면
인터넷을 통해 알려주길 바란다. 그에 대한 답례로 나도 내
가 그간 읽고 좋아했거나 깨달음을 얻었거나 이 책의 주제
와 관련이 있다고 생각하는 논픽션들을 여기에 소개하려
한다.

Charles C. Mann, *1491: New Revelations of the Americas*

Before Columbus, Knopf, 2005.

Tim Whitmarsh, *Battling the Gods: Atheism in the Ancient World*, Vintage, 2015.

Ta-Nehisi Coates, *Between the World and Me*, Spiegel&Grau, 2015(『세상과 나 사이』, 오숙은 옮김, 열린책들, 2016).

Stephen Hawking, *A Brief History of Time: From the Big Bang to Black Holes*, Bantam, 1988(『시간의 역사』, 김동광 옮김, 까치, 2021).

Chimamanda Ngozi Adichie, *Dear Ijeawele, or A Feminist Manifesto in Fifteen Suggestions*, Knopf, 2017(『엄마는 페미니스트』, 황가한 옮김, 민음사, 2017).

Karen Armstrong, *Fields of Blood: Religion and the History of Violence*, Anchor, 2015.

Caitlin Doughty, *From Here to Eternity: Traveling the World to Find the Good Death*, W. W. Norton&Company, 2017(『좋은 시체가 되고 싶어』, 임희근 옮김, 반비, 2020).

The Great Courses series

Karen Armstrong, *The Great Transformation: The Beginning of Our Religious Traditions*, Atlantic Books , 2006(『축의 시대』, 정영목 옮김, 교양인, 2010).

David Wootton, *The Invention of Science: A New History of*

the Scientific Revolution, Harper Perennial, 2016(『과학이라는 발명』, 정태훈 옮김, 김영사, 2020).

Stephanie Coontz, *Marriage, a History: How Love Conquered Marriage*, Penguin Books, 2006(『진화하는 결혼』, 김승욱 옮김, 작가정신, 2009).

Greg Jenner, *A Million Years in a Day: A Curious History of Everyday Life from the Stone Age to the Phone Age*, Orion Paperbacks, 2016(『소소한 일상의 대단한 역사』, 서정아 옮김, 와이즈베리, 2017).

John McWhorter, *Our Magnificent Bastard Tongue: The Untold History of English*, Avery Publishing Group, 2009.

Alain de Botton, *Religion for Atheists: A Non-believer's Guide to the Uses of Religion*, Vintage, 2013(『무신론자를 위한 종교』, 박중서 옮김, 청미래, 2011).

Åke Hultkrantz, *The Religions of the American Indians*, University of California Press, 1979.

Arnold Van Gennep, *The Rites of Passage*, University of Chicago Press, 1961.

Carlo Rovelli, *Seven Brief Lessons on Physics*, Riverhead Books, 2016(『모든 순간의 물리학』, 김현주 옮김, 쌤앤파커스, 2016).

Carl Zimmer, *She Has Her Mother's Laugh: The Powers,*

Perversions, and Potential of Heredity, Dutton Books, 2018.

Karen Armstrong, *A Short History of Myth*, Canongate U.S., 2006(『신화의 역사』, 이다희 옮김, 문학동네, 2011).

James Gleick, *Time Travel: A History*, Vintage, 2017(『제임스 글릭의 타임 트래블』, 노승영 옮김, 동아시아, 2019).

Very Short Introductions series

그리고 말할 것도 없지만 우리 부모님의 책이 나에게는 한없는 영감의 원천이다. 출발점으로 이런 책들이 좋을 듯하다.

Cosmos(『코스모스』, 칼 세이건 지음, 홍승수 옮김, 사이언스북스, 2004).

Pale Blue Dot: A Vision of the Human Future in Space(『창백한 푸른 점』, 칼 세이건 지음, 현정준 옮김, 사이언스북스, 2001).

Shadows of Forgotten Ancestors: A Search for Who We Are(『잊혀진 조상의 그림자』, 칼 세이건, 앤 드루얀 지음, 김동광 옮김, 사이언스북스, 2008).

The Demon-Haunted World: Science as a Candle in the Dark (『악령이 출몰하는 세상』, 칼 세이건 지음, 이상헌 옮김, 김영사, 2001).

감사의 글

이 책이 나의 부모님 앤 드루얀과 칼 세이건에게 바치는 찬사이자 러브레터라는 것을 알아주길 바란다. 내가 순수한 우연으로 두 분을 부모로 맞을 수 있었던 것에 대한 감사는 어떤 말로도 모자라다. 두 분이 아니었다면 내 삶의 어떤 것도 가능하지 않았을 테다. 두 분의 사랑과 지혜와 관대함과 믿음 덕에 오늘날의 내가 될 수 있었다. 엄마는 이 책의 원고를 여러 차례 읽고 나아질 수 있게 도와주셨다. 아버지가 돌아가신 뒤로 엄마의 강인함, 창의성, 명민함에 얼마나 감탄했는지 모른다. 아버지의 유업을 계속해서 이어오셨는데,

그게 아버지가 한 일인 만큼 엄마가 한 일이기도 하다는 사실을 잊지 말아야 한다. 뛰어난 과학 저술가이자 방송 제작자이며, 딸이 바랄 수 있는 최고로 열렬한 응원자이기도 한 분이다.

그 밖에 나의 사랑하는 가족, 특히 샘 세이건, 닉 세이건, 클리넷 미니스 세이건의 한없는 사랑과 조언과 자극을 주는 대화에 감사한다.

멋진 시어머니 로리 앤 로빈슨에게, 헬레나를 돌보아주신 것부터 가족사를 조사하는 데 도움을 주신 것까지 큰 배려와 도움에 감사한다. 로리와 시아버지 앤디 노엘, 존의 조부모님 마거릿과 드와이트 로빈슨께, 나를 따스하게 받아들여주고 삶의 일부를 책에 담을 수 있게 허락해준 것에 감사드린다.

나의 유능한 편집자 타라 싱 칼슨과 헬렌 리처드에게, 기발한 수정과 사려 깊은 통찰에 감사드린다. 그분들의 기여가 없었으면 이만큼 좋은 결과가 나오지 못했을 것이다. 또 꼼꼼한 교열담당자 캐슬린 고, 펭귄 퍼트넘과 계약할 수 있게 해준 케리 콜런에게 한없이 감사하다.

격려와 아이디어를 아낌없이 나눠주는 나의 에이전트 클로디아 밸러드와 이브 애터먼과 같이 일할 수 있었던 게 정말 행운이다. 또한 5년 전 짧은 대화를 나누는 동안 이 책이 착상할 수 있게 도와준 제니퍼 루돌프 월시에게 감사한다.

이 책을 가능케 해준 세 분 모두에게 감사드린다.

여러 소중한 친구들, 재능 있는 동료들, 그 밖에 경험, 지식, 영감, 통찰, 지지를 나눠준 모든 사람에게 감사한다. 다 적을 수는 없지만, 미카 T. 애들러, 케이티 아널드-래틀리프, 리앗 바루크, 맬러리 베이, 브리트니 버먼, 재커리 K. 블룸킨, 미나 보야지에브, 루시 보일, 에릭 브라운, 애런 챈들러, 제시 차산-테이버, 초비 추두리, 리타 추두리, 리스 클라크, 말린 콘, 로레타 디버, 조이 페힐리, 베카 프리데인, 에밀리 피츠제럴드, 브랜던 카일 굿맨, 벤 그래넌, 제더다이어 젠킨스, 바히라 자와드, 루마 자와드, 모하마드 자와드, 대니얼 래딘스키, 미미 마리츠, 알리 맥스웰, 메건 펄먼, 해리 페트루시킨, 피비 시걸, 랍비 피터 슈위처, 웬샤오 구오 티아노, 캐시 트렌탈란시아, 팀 위트마시, 이저벨 윌킨슨, 세라 잰디…… 그리고 나에게 정말 많은 것을 가르쳐주시고 내가 이 책을 막 마무리할 때 세상을 뜨신 나의 영어 선생님 리처드 앤더슨께도 감사드린다.

원고를 꼼꼼히 읽어주고 수많은 실수를 바로잡고 소중한 정보를 더해준 스베틀라나 질, 사파 사미에자데야즈, 안드레이 보마니스에게 특히 감사한다. 또 진 부스와 필리핀 릴로는 이 책을 쓰는 동안 헬레나를 사랑으로 돌보아주었다.

나의 평생지기 친구 클라라 해처 바루스, 에이미 로소프 데이비스, 린지 J. W. 다이아몬드, 제시카 에스 제이컵슨은 날마다 내가 책을 완성할 수 있을 거라고 격려해주었다. 그 친구들의 격려가 얼마나 큰 도움이 됐는지 말로는 못할 것이다.

그리고 남편 존, 내 평생의 사랑, 나는 어쩌면 이렇게 운이 좋을까. 변하지 않는 무조건적 사랑과 수없는 격려의 말과 한없는 인내심과 믿음에, 매일매일을 축하할 만한 날로 만들어준 것에 감사해. 당신과 함께할 수만 있다면 광대한 시간 속에서 눈 한 번 깜짝할 만한 순간이라도 나에게는 충분해.

내가 이전에 발표했던 글을 수정해 다시 이 책에 넣을 수 있게 허락해준 아래 간행물 관계자들께도 깊이 감사드린다.

『오, 디 오프라 매거진』에 실렸던 「사랑 노래」의 일부.

『오, 디 오프라 매거진』에 실렸던 「텅 빈 공간」의 일부.

『더 바이올렛 북』에 실렸던 「레이디스 다이닝 소사이어티」의 일부.

〈리터러리 허브〉에 실렸던 「크리스마스 대신」의 일부.

『더 컷』(New York Media, LLC)에 실렸던 「나의 아버지 칼 세이건이 남긴 불멸성과 유한성의 교훈」의 일부.

『와일더니스』에 실렸던 「점성술 대 천문학」의 일부.

우리 각자가, 살아서,
이 세상에서 함께 살아가게 되기까지,
우리가 바로 지금 이 순간에
도달하기까지 있었던
그 모든 일에 대해 나는 경이를 느낀다.

옮긴이 홍한별

글을 읽고 쓰고 옮기면서 살려고 한다. 옮긴 책으로 『클라라와 태양』 『온 컬러』 『도시를 걷는 여자들』 『하틀랜드』 『우먼 월드』 『먼보 여왕』 『밀크맨』 『달빛 마신 소녀』 『나는 가해자의 엄마입니다』 『나는 불안과 함께 살아간다』 『바다 사이 등대』 『페이퍼 엘레지』 『몬스터 콜스』 『가든 파티』 등이 있다. 지은 책으로 『아무튼, 사전』 『우리는 아름답게 어긋나지』(공저) 등이 있다. 『밀크맨』으로 제14회 유영번역상을 수상했다.

우리, 이토록 작은 존재들을 위하여
ⓒ 사샤 세이건 2021

1판 1쇄 2021년 6월 4일
1판 9쇄 2024년 5월 8일

지은이 사샤 세이건
옮긴이 홍한별

기획·책임편집 황은주 | 편집 황수진 임혜지 박영신 | 모니터링 임혜원
디자인 최윤미 김마리 | 저작권 박지영 형소진 최은진 서연주 오서영
마케팅 정민호 서지화 한민아 이민경 안남영 왕지경 정경주 김수인 김혜원 김하연 김예진
브랜딩 함유지 함근아 고보미 박민재 김희숙 박다솔 조다현 정승민 배진성
제작 강신은 김동욱 이순호 | 제작처 한영문화사

펴낸곳 (주)문학동네 | 펴낸이 김소영
출판등록 1993년 10월 22일 제2003-000045호
주소 10881 경기도 파주시 회동길 210
전자우편 editor@munhak.com
대표전화 031) 955-8888 | 팩스 031) 955-8855
문의전화 031) 955-2696(마케팅) 031) 955-1905(편집)
문학동네카페 http://cafe.naver.com/mhdn
인스타그램 @munhakdongne | 트위터 @munhakdongne
북클럽문학동네 http://bookclubmunhak.com

ISBN 978-89-546-7992-3 03840

www.munhak.com